千利休
光秀
千利休

お市

織田信長
竹中半兵衛
羽柴秀吉

【鐵城(キャッスル)】
錏偉亞吽(アイアン)浜松(ハママツ)
イラスト：太田垣康男

手代木正太郎
イラスト：sanorin
メカデザイン：太田垣康男
原案・原作：ANIMA
鋼鉄城アイアン・キャッスル
KOU-TETSUJO IRON CASTLE
2
弐

【目次】

鋼鉄城
アイアン・キャッスル
KOU-TETSUJO
IRON CASTLE
2
弐
手代木正太郎
イラスト：sanorin
メカデザイン：太田垣康男
原案・原作：ANIMA

人物紹介

松平竹千代【まつだいら　たけちよ】
三河国松平家の若き当主。浜松城主。我らが本作品の主人公。心の臓に鋼を宿し、命短し悩める快男児。

服部さやか【はっとり　さやか】
松平家に仕える女軍師。そのかんばせ花のごとく、純情可憐な紅一点。勘の鋭さ、摩訶不思議なり。

石田佐吉【いしだ　さきち】
秀吉の家来にして長浜城軍師。匂うような男ぶり、冷めた瞳のその奥に、隠しきれぬ野心の焔。

織田信長【おだ　のぶなが】
織田家当主。戦国の覇王。掲げる御旗は天下布武。覇道の先に見据えるは、太平楽土か無限の焦土か？

羽柴秀吉【はしば　ひでよし】
織田家臣随一の出世頭。佐吉の主君。本邦一の人たらし、猿面冠者の剽軽者は、嘗めちゃいけない大器の漢。

竹中半兵衛【たけなか　はんべい】
秀吉の軍師。蒲柳の質の天才は、天に乞われた儚き魂。刹那の命を輝かせ、めぐらす鬼略を御覧じろ。

お市【おいち】
織田信長の妹。冷たき美貌は古今無双。傀儡のごとき姫君の、胸に宿りし恋情は、凍れる心を溶かし得るのか。

【序章(はじめに)信長危機一髪(だいぴんちののぶなが)一乗谷(いちじょうだに)退口(だいだっしゅつ)】

とうとうと川は流れる。

大河と呼ぶほど大きくない、小川と呼ぶほど小さくもない。

川の周辺の原野には、方々で紫陽花(あじさい)が青い花を咲かせ、ところどころに残る雨上がりの水溜(た)まりにはヒラヒラと蝶(ちょう)が舞い降りて渇きを癒やし、アメンボがスイスイと水面(みなも)を滑っている。

点在する灌木(かんぼく)林からは、短い夏を謳歌してセミが一心に鳴いていた。

陽射しを照り返す川面(かわも)は、一見して流れなどないかのように穏やかである。だが、見よ。木の葉が一枚、川上より流れてくるではないか。見る間に木の葉は、川下へと消えていった。

〝ゆく河の流れは絶えずして、しかももとの水にあらず〟——である。

これが、世の移ろいというものであり、天然自然の営みというものであろう。

あくまでも川は、とうとうと、とうとうと穏やかに流れるのであった……。

——ズズゥゥン……。

遠く地響きがする。川面が揺れ、湿地より数十羽の水鳥が一散に飛び立った。

——ズズゥゥゥン……ズズゥゥン……。

川が流れを乱して、大きく波打った。流れゆく木の葉が逆流し、クルクルと回る。

——ズズゥウンッ！　ズズゥウンッ！　ズズゥウンッ！

やがて、遥(はる)か川下に天突くように巨大な影が五つ、土煙に霞みつつ、朦朧(もうろう)と姿を現した。

それは一見して甲冑(かっちゅう)を纏(まと)った巨人である。腰に長大な太刀(たち)を佩(は)き、ある者は槍(やり)を、ある者は長巻(ながまき)を手に、スッカリ戦備えの出(い)で立ちだった。重々しく大地を踏みしめ歩み進んでくるその威容は、さながら神代(かみよ)の巨神を見るがごとし。

が、よくよく見れば——ヤ？　あれは、本当に巨人か？　その脚に門があるぞ。胸に狭間(さま)があるぞ。腹部は石垣(いしがき)積みの天守台だ。甲冑と見えたは瓦(かわら)ではないか？

形こそ鎧武者(よろいむしゃ)だが、細部を見れば人ではない。建築物だ！　城だ！　超高層の城塞(じょうさい)だ！

——〝鐵城(キャッスル)〟！

神州(しんしゅう)の大地の下を流れ巡る〝龍氣(りゅうき)〟を循環させることにより、無機物たる城郭(じょうかく)に城主の五感を拡張させ、意のままに操(あやつ)る戦国の超兵器。

それが五体、ノソリ、ズンッ……ノソリ、ズンッ、と歩み進んでくるのであった。

足下には、小さな——とはいっても鐵城(キャッスル)に比してのことだが——〝砦城(フォオト)〟が、およそ数十体、ガチャコンッ、ガチャコンッと絡繰(からく)り音もけたたましく従い進んでいる。

この動く城らの内に一際美々しく威厳に満ちた鐵城(キャッスル)の姿が見えた。

黒漆塗(くろうるし)りの厳かな外装、眩(まばゆ)いばかりの金箔瓦(きんぱくがわら)に飾られた幾棟もの御殿や大門、櫓(やぐら)にて構成されている。風に靡(なび)かせるまま無造作に引ッかけた大マントは、内側が深紅、外側が漆黒。両腕に握られた山吹色に鈍く光る二門の短筒は南蛮渡来の颯武魔神砲(サップマシンガン)である。

――〈凱帝(カイザー) 安土(アヅチ)〉こと安土(あづち)城。尾張織田(おわりおだ)家の誇る戦国有数の名城であった。

城主の名は、言わずと知れた織田弾正少忠信長(だんじょうしょうちゅうのぶなが)である。

彗星(すいせい)のごとく戦国の世に名乗りを上げた戦の申し子。隣国美濃(みの)の斎藤(さいとう)氏を攻め滅ぼし、京の都を絶対的な軍事力で支配していた三好長慶(みよしながよし)をすら一夜にして討伐(とうばつ)した。畿内を次々と攻め平らげ、勢力を拡大させながら日本全土へ征服の手を伸ばさんとしている。

サテ、安土城を先導し、一軍の最前線を進むのは織田家重臣佐久間信盛(さくまのぶもり)が城主を務める永原(ながはら)城。尾張時代から織田に仕える宿老の鐵城(キャッスル)だけあって凛々(りり)しい貫禄があった。

続くのは胴部が樽(たる)のように膨らんだ有岡(ありおか)城。織田より摂津(せっつ)国支配を任されている荒木村重(あらきむらしげ)の鐵城(キャッスル)である。一見して肥満を思わせる武骨な外観だが、それは重層的に砦(とりで)機構を胸部と腹部に仕込んだ堅固な〝総構え式装甲〟ゆえで、相撲(すもう)取りのような重々しい迫力がある。

その隣には下半身に六脚を備え、さながら蜘蛛人間とでもいった姿の信貴山(しぎさん)城がいる。城主は松永久秀(まつながひさひで)。京の大仏殿を焼いた梟雄の城だけあってどこか禍々(まがまが)しい雰囲気を漂わせていた。

そして――オヤ？　もう一体のあの鐵城(キャッスル)はなんだ？

鐵城(キャッスル)にしては小柄であり、さらにやや猫背姿勢をしているため、より小さく見える。天守面部は猿を模して剽軽(ひょうきん)だ。短躯(たんく)に不釣り合いなほど長い城杖(じょうじょう)を肩に担いでいる。

しかし、マア、なんともみすぼらしい城じゃないか。

右腕と左腕で、瓦の種類、石垣の組み方がチグハグである。腹部や肩など木造構造が丸見えだったり、穴があいた壁面に応急処置的に板が張り付けてあったりする。

このガラクタみたいな城の名は、墨俣城こと〈衛威武　墨俣〉。

その頭の上にチョコンと何か小さなものが腰掛けていた。

小猿？　のように見える。事実、そいつは猿のような矮軀だし茶色い頭髪、長いもみあげもまた猿を髣髴とさせた。尻からは尻尾まで生えていて、ヒョコヒョコと揺れている。

だが人間だ。粗末な胴当ての上に緋色の陣羽織を纏っている。顔立ちは童のような幼顔だが、風を受けて目を細める様には達観した大人の風情があった。先を進む諸城を眺める童顔の奥には、隠しきれぬ期待と興奮が笑みとなって表れている。

――羽柴藤吉郎秀吉。

かつては木下藤吉郎という浪人者だったが、一年ほど前に織田家へ仕官した。草履取りから始め、見る間に頭角を現し、鐵城を与えられ城持ち武将にまで出世している。

「オヤジ殿」

声がした。秀吉の背後――墨俣城の頭部の板が一部開き、男がひとり顔を突きだしている。

薄墨色の髪をした若者だ。細面、細い吊り目、高い鼻、知的な顔立ちをしている。

「オ。佐吉」

ニカッ、と笑って秀吉は、その若者——石田佐吉の名を口にした。

「オヤジ殿、いつ敵襲があるやもしれませぬ。このような場所にいては危のうございますよ」

「ニャッハハッハッ。ようやく城を持てたのが嬉しくてな。ここでこうやって城持ち武将となった実感というやつを味わっていたいのよ」

「オヤジ殿が鐵城を持てたのは、私も嬉しゅうございますが……」

佐吉は墨俣城のツギハギだらけの外観を見下ろす。秀吉は苦笑する。

「マ。贅沢は言えまい。こんなボロ城でも貰えただけ上等上等。虎之助め。よくもマア、廃城寸前のこいつを動かせるようにしてくれたもんだわい」

パンパンと秀吉は己の座る墨俣城の頭を叩いてみせる。

虎之助とは、秀吉一味のひとり加藤虎之助清正のことだ。

「あやつ、操城の腕も抜群だが、改築術にも天才を持っておるやもしれんなァ」

秀吉はこう言うが、佐吉は憮然としている。

「家中には、一夜で作った仮ごしらえの城——〝墨俣一夜城〟と揶揄する者がおります」

「ニャッハハッハッ！　上手いこと言ったもんだな。言わせとけ言わせとけ。一夜城とは何やら艶ッぽくていいではないか。それより不具合は出ておらんよな？」

「ハッ。蜂須賀乱波党が小六殿の指揮の下、問題なく陀威那燃を回しております」

蜂須賀乱波党は、秀吉の若年の頃からの盟友で元盗賊の蜂須賀小六の家来衆である。

「正則も操城にはなんの不備もないと」

正則――福島市松正則は、加藤清正同様に秀吉一味のひとりで操城術に巧みな豪傑である。

「で、虎之助は？」

「むくれております。自分が墨俣城を動かして戦働きをしたかったと」

「ニャッハッハッ！　そうかそうか。マア、万一城に故障が出た時、あやつがすぐに修理せにゃならんからな。今回は我慢してもらうしかないノ」

石田佐吉、加藤清正、蜂須賀小六、福島正則……皆、秀吉とともに諸国を流浪し、苦難を分かち合ってきた家族同然の者たちである。その大家族の家長〝オヤジ〟こそが羽柴秀吉なのだ。

「フフ。俺が城主か……」

シミジミとした呟きに万感の思いがある。佐吉も胸を熱くせずにはいられなかった。

秀吉は武家ではなく農家の出である。魂鋼を身に宿すことはできない。魂鋼刀を持たず、鐡城を動かすことができないのだから、本来城主になることもまたできないはずだ。

一味で墨俣城を動かせるのは、源平の血をひき魂鋼刀を所持する清正と正則だけ。

だが、墨俣城の城主は秀吉なのだ。秀吉を実の親同然と慕い、絶対の忠誠を尽くす清正と正則は〝城主秀吉〟の命に従って鐡城を動かす家来なのである。

鐡城を動かせぬ者が、鐡城を動かせる者を従え城主となるなど前代未聞であった。

「墨俣城の初陣、半兵衛も連れてきたかったな……」

フト、秀吉が寂しげに呟く。秀吉をオヤジとする大家族——その中の大事なひとり、竹中（たけなか）半兵衛が、今、墨俣城にはいなかった。

「エエ……。半兵衛殿も此度（こたび）の戦、参戦したかったでしょう……」

秀吉が、暗くなった雰囲気を一変させるようにニカッと笑う。

「オイ、佐吉やい。半兵衛がおらぬのならば、軍師はおまえが務めねばならんぞ」

「ハッ！　心得ております」

佐吉が身を引き締めて答える。

「ソラ。イヨイヨ一乗谷（いちじょうだに）が見えてきたぞ」

見れば左右に聳（そび）える山岳が徐々に狭まり谷を成し始めていた。

越前（えちぜん）国一乗谷——越前一国を支配する朝倉義景（あさくらよしかげ）の都のある土地である。

佐吉は一乗谷を眺め、思案げに呟いた。

「このまま谷の奥まで侵攻して本当によいのでしょうか……？」

「ホオ？　佐吉、何か思うか？」

「一乗谷は険阻（けんそ）な天然の要害。朝倉一族はこの地を本拠とすることによって周辺勢力より不可侵の立場を保ち続けております」

こう話している間にも織田（おだ）軍はドンドン一乗谷の奥へと進んでいた。

「地の利が朝倉方にあるのはもちろんのこと、ここまで迎え撃ってくる様子を一切見せぬのも解せませぬ。何やら誘い込まれているような気が……」

秀吉は顎をポリポリ掻いた。

「明智殿も、軍議の席で一乗谷の奥への侵攻へ懸念を抱いておったな……」

「明智光秀殿も？」

織田信長直属の軍師の名である。今も安土城の天守にて信長の傍らに控えているはずだ。

「明智殿は一乗谷の手前で軍を止め、朝倉を兵糧攻めにする策を提案しておられたぞ。が、信長公がそれを入れずになァ～……」

「何ゆえ……？」

「上様のご気性では兵糧攻めなど悠長なことなどしておられぬのだろう。それに京を長く離れれば、三好や六角らがまた陰謀を巡らしかねぬ。此度の戦、早々に終わらせたいのだ」

「早々に？　終わりましょうか？」

「終わる、と上様は申しておるな。ソラ、浅井長政が織田についたであろう？」

浅井長政とは北近江を支配する大名である。浅井長政と朝倉義景はそれぞれの父親がかつての盟友同士で、一乗谷に一朝事あれば、浅井が兵を挙げて朝倉を助けるのが慣例であった。

が、その浅井長政が、信長の妹であるお市を嫁に迎えて、織田へと降った。今回の戦でも浅井は、織田軍の背後を守る形で北近江から反信長勢力の動きに目を光らせている。

「浅井に見捨てられ、朝倉は従来の戦ができぬ。当軍が圧倒的な兵力をもって攻め入れば一刻と経たずに落ちるであろう――と、いうのが上様のお考えなのだ」

「確かに数においては勝っておりますが……圧倒的と申すにはいささか不十分かと……」

「織田には敵が多い。全軍をここだけに割くことはできぬのだ。マア、よいではないか。そのぶん我らが武功を立てられるのだからな。ニャッハッハッハッハッ！」

と、秀吉が呑気に高笑った時である。

『ダッリぃぃぃぃ～……』

フイに響き渡った気だるげな声に、秀吉と佐吉は会話をやめ、周囲を見回した。

何者かが名乗り法螺貝を用いて発した声に違いない。だが、声の主の姿どころか声の発された方向すら定かでなかった。さながら左右に聳える渓谷の木魂が口を利いたかのようである。

墨俣城のみならず安土城、永原城、有岡城、信貴山城、十数という砦城たちも、不審な声に警戒し進軍の足を止め、四辺を窺う。再び――

『まッことに、ダッリィィィッなァァァァッ！』

やけッぱちな声が響いたかと思うや否や――ゴッゴッゴッゴッゴオオオオオオオッ!!　と、俄かに大地が鳴動した!?

「ム!?　わわわわわッ！」

激震に秀吉と佐吉は危うく墨俣城の頭上から滑り落ちるところであった。

「オヤジ殿！　ここにいては危のうございます！」

佐吉と秀吉は慌てて墨俣城頭部の開口窓より天守内部へと転げ戻る。天守の床几には、依然続く揺れの中、突き立った魂鋼刀を必死に握る大男が座していた。今回墨俣城の操城を任された福島市松正則である。

「アッ！　オヤジさん、佐吉！　やっと戻ったッすか？　なんなんすか、この揺れ？」

豪胆な正則もさすがに戸惑っている。

「イヤ、わからん。敵襲か……？」

などと秀吉と正則が狼狽え話していると、佐吉が「アッ！」と叫び、前方——外界を映す大護摩壇の蒼い炎を指差した。

「オヤジ殿、正則！　あれを！」

ゴッゴッゴッゴッ……と、織田軍の十町ほど先の地面が盛り上がり始めたではないか!?

猛烈な速度で隆起した大地は見る間に小山のごとき高さへ達したかと思うと、バラバラバラッ！　と剝がれ崩れ、内側に潜む威容を露出させた。

——顔だ！　巨大な顔面——それだけで織田軍の鐵城と同等規模の頭部が地の下より突き出ていたのである。無論、生身の人間の頭部ではない。石垣と漆喰にて造形された人造の頭部であった。頭上には煌びやかな御殿が王冠のごとく載っている。

『ナッ、なんだ、こいつはァッ!?』

動揺の声を発したのは永原城主、佐久間信盛。声こそ上げぬものの、有岡城や信貴山城、数十の砦城(フォオト)城主たちもまた同様の狼狽(ろうばい)を挙動に表していた。

ただ安土(あづち)城のみが、泰然(たいぜん)と鋭い城眼を大顔面へと向けていた。

「佐吉、あれが……」

　緊迫する正則の声に、佐吉は軽く頷(うなず)いた。

「アア。おそらく、あれこそ朝倉(あさくら)の鐵城(キャッスル)、一乗谷(いちじょうだに)城こと〈峨谷雄(キャニオン)　一乗(イチジョウ)〉……」

『……ダッリィィ〜……』

　一乗谷城の大きな口から、先程同様の気だるげな声が漏れ出てきた。

『ワザワザこの一乗谷までやってきやがッてよォ〜。オマエ、どんだけ暇なんだよォォ〜』

　一乗谷城主、朝倉義景(よしかげ)に違いない。戦場へ出てきた武将とは思えぬ覇気(はき)のない声色である。

『朝倉義景よな？』

　対照的に、若々しくも威厳のある声が、安土城より発された。織田信長(のぶなが)の声である。

『貴様、本願寺(ほんがんじ)や六角(ろっかく)三好(みよし)の残党どもを煽(あお)っておるであろう？　貴様が方々に文を送り、この信長を亡き者にせよとふれまわっておるのは存じておるぞ』

『俺がァ？　ブハッ！』

　義景が噴き出した。

『俺は、尾張(おわり)のクソ田舎(いなか)もんが図に乗ってッからよォ〜、天下布武(てんかふぶ)とか恥ずかしーッて、言ってただけだッつッーの。そうしたら、勝手に騒ぎ出しただけだろ？　俺は関係ねーし』

『きゃつらはいずれ朝倉が乗り出して助力すると思うて手向かいしておるぞ?』

『それを信じてここまできたの? 必死過ぎて草なんだけどォ〜。ギャーハッハッ!』

侮蔑的な朝倉義景の言葉にも、信長は感情を動かされた様子はなかった。

『それで? うぬはどうするのだ?』

『アア? どうするゥ?』

『俺は上洛し三好を討伐したおり、諸国の大名どもにこう告げてやった。畏れ入ったならばひれ伏せ。気に食わねばかかってこいと。うぬはどちらだ?』

この問いに、義景は馬鹿笑いを迸らせた。

『ギャハハハハハハッ! こいつ、マジうつけだァァ! あのなァ〜。俺はオマエなんか、どうでもいいの。くッだらねー天下布武ごっこに構ってる暇なんかねーんだよォー!』

『……なるほどな』

信長の声はおそろしく冷たかった。

『うぬは、俺に歯向かう気もなければ、服従する気もない。そういうことだな?』

『そう言ってんだろ。同じことばっか聞くんじゃねえ。もうウッゼェ〜から早く帰れ帰れ』

フッ、と信長が微笑した。

『左様な振る舞い、この戦国の世においては生殺与奪を他者に委ねるに等しいぞ。うぬの生殺与奪はこの信長が預かった。サテ、うぬの処遇は――』

安土城の両手に握られた颯武魔神砲が、スイ……と無造作に上がり、大顔面に向けられた。

『——殺だ』

途端、閃光！　ドドドドドドドドドドドドドドッ！　と、雷のごとき轟然たる響きとともに、一乗谷城のいた場所に爆発的に土煙が湧きあがった！

安土城が、一乗谷城へ颯武魔神砲を連射していた。掃射の振動で肩口まで震わせながら、瞬時にして発射される数十発の砲弾を、安土城は容赦なく土煙の内の一乗谷城へと叩き込む。粉砕され飛散する瓦礫！　幾重にも上がる火柱！　数百発の砲弾を撃ち込んでなお撃つ手を止めない信長の猛攻は、不快な害虫を徹底的に駆除してくれんとするかのようであった。

——シンッ……。

と、射出音がやんだ。安土城の短筒がユルリと下がる。濛々と立ち込める土塵に遮られ一乗谷城の姿こそ確認できないが、木っ端微塵になったであろうことは疑いようもない。が——

『ア〜……ア〜……ダッリぃいい〜……』

例の気だるげな声が響いたのである。

薄れ消えていく弾煙に朦朧と浮き上がったものを目にし、織田軍城主たちは唖然となった。

——壁だ!?

左右の山々よりも一層高い垂直の岩壁が一軍の目前に聳え立っていたのである。帯状の地層が幾重にも重なったそれは、瞬時にして地下断層が隆起したことを教えていた。

岩壁に擂り鉢状のへこみが無数に穿たれている。颯武魔神砲の弾痕に違いなかった。一乗谷城へと撃ち込んだと思われた砲弾は尽くこの突如出現した岩壁によって遮られていたのである。

『ヘッヘッヘッ……。朝倉軍法〈一乗谷大地層障壁〉だぜェ〜……』

嘲笑的な朝倉義景の声が岩壁の向こうから聞こえてきた。

『越前国は土ん中から龍骨を産する土地だッつうことぐらい知ってんよなァ？　ア。知らねエか？　悪ィ悪ィ。オマエ、馬鹿だったわ。ギャハハハハッ！』

龍骨とは恐竜化石のことである。近年、越前国の地層よりフクイサウルス、フクイラプトルといった恐竜化石が数多く発掘されているのはご存じの通りである。

『龍骨は龍氣の伝導体だ。そいつを豊富に宿した一乗谷の大地そのものが天然の鐵城よ。一乗谷城は、大地と接続されている。つまり一乗谷全部が俺の鐵城。地面を瞬時に隆起させることも自由自在ってわけね！　こんッなことだってできるんだぜエーッ！』

と——今まで泰然と聳え立っていた左右の山岳が、オ、オ、オ、オ、ッ……と、哭くがごとく鳴動を開始したではないか。ドドドドドドォオッ！　と、爆発的な轟音とともに——アッ！　山が！　左右の山が、倍ほどに突き上がったではないか!?

が、異変はこれにとどまらない。再度、山神の嘶きを思わせる凄まじい音を立てたかと思うと、激震とともに左右の山岳が、ジリッ、ジリリッ！　と、動きだしたのである！

『朝倉軍法〈渓谷打潰死負烈剝〉ッ！』

なるほどその名の通り。左右の山が見た目には僅かずつ――だが着実に、ジワリジワリと一乗谷の内にいる織田軍を圧し潰さんと狭まってきた！

『イ、イカン！　谷を脱出せねば！』

狼狽の声を上げ、真ッ先に駆け出したのは佐久間信盛の永原城。一時の逡巡を見せて荒木村重の有岡城、松永久秀の信貴山城がそれに続く。三城の撤退を皮切りに砦城たちもワラワラと駆け出した。踏みとどまっているのは墨俣城と安土城のみである。

『上様！　ここはいったん撤退いたしましょう！』

安土城の名乗り法螺貝より、信長とは異なる少年のような高い声が漏れ聞こえた。信長の傍らに控える軍師明智光秀の声である。

『撤退だと？　この俺が……？』

『あの岩壁を破るには時がかかります！　破ったところで谷に圧し潰されるのが末路！　ここはいったん退いて、策を練り直すべきにございます！』

信長が口惜しげに呻いた。そこは即断即決の信長である。意地や未練で決断を遅らせはしない。即座に頭を切り替え、迅速に安土城を反転させた。

『ギャハハハハッ！　偉そうなこと言っといて、結局逃げんのかよォ、何しにきたんだオマエさァ～ッ！　だがなァ！　逃がすわけねーだろ、バーッカッ！　オラ！　撃てェッ！』

兵ッ！　風を切る音が安土城の背に迫る。

咄嗟に飛び退いた安土城の足下に、ビィインッ！　と突き立ったものがある。矢だ！

ハッ、として見上げれば、高々と聳える岩壁の遥か頂上に巨大な影がふたつある。箙を背負い、対城郭強弓を満月のごとく引き絞る鐵城が二体、そこに佇立していた。

『朝倉一門衆、金ヶ崎城主、朝倉景恒！』

『同じく！　亥山城主、朝倉景鏡なり！』

高みより朗々と名乗りを上げたのは、朝倉家臣団の龍虎とも言える鐵城二体であった。

山岳で圧し潰さんとすれば必ずや信長は背を見せて一乗谷脱出をはかるであろうことを、義景はあらかじめ予測し、その背を狙える射手を二城配置しておいたのである。

金ヶ崎と亥山の二城、立て続けに、ヒユッ、ヒユッ！　と矢を放った。

安土城が、旋風のごとくマントを翻す！　キイィン！　と、飛来する矢を弾き落とした！　すでに岩壁上の金ヶ崎城、亥山城は次の矢を番えている。間髪を入れず放たれる飛矢！　跳んで避けた安土城のいた場所を、飛燕のごとき二対の矢が通過する！

着地と同時に、安土城は颯武魔神砲の筒先を岩壁上の両城へ向けた。だが、標的が射程距離外であることを瞬時に理解し、三歩四歩跳び下がる。ドドッと足下に矢が突き立った！

射手に狙われている状況で背を向けて逃げることが叶わない。矢を防ぎながら後退していては脱出する前に一乗谷に圧し潰されてしまうだろう。信長、完全に策に嵌まっていた。

逃げあぐねるうちにも、岩壁上の二城、次なる矢を、ビンッ！　と、射出した。

と、ここで疾風のごとく割り込んだ一城がある。キィンッ！　と城杖で矢を弾き落とした。

『猿!?』

墨俣城だ！　信長の口にした〝猿〟とは羽柴秀吉の愛称である。

墨俣城は安土城を庇うように岩壁と対峙すると、城杖をピタリと構え、頼もしく告げた。

『殿は、この猿めにお任せあれ！　それがしが敵の矢を防いでおる隙にお逃げ下されッ！』

安土城の名乗り法螺貝より信長ではなく明智光秀の声が答えた。

『羽柴殿！　我らを逃がし、貴殿はどうここを逃れるおつもりか!?』

『ニャッハハッ。明智殿、猿の逃げ足を侮られては困りますぞ。ナァ～ニ、ご案じ召されるな。いいところでなんとかかんとかトンズラこきますわい。ニャッハハッハハーッ！』

秀吉の剽げた高笑いは、緊迫した戦場に明るく響き渡る。

『任せたぞ、猿』

端的に信長が言った。素ッ気なくも聞こえるが言下には秀吉への強い信頼がある。

『合点承知の助にございまする！　ニャッハハッハハッハーッ！』

と、答えた後、秀吉は佐吉と正則へ向き直り、すまなそうに手を合わせた。

「と、いうことになった。すまん。頼むぞ」

「チョット、オヤジさん、殿なんて引き受けて、どうやって逃げるんすか？」

「そこは、ホレ、軍師佐吉がなんとかしてくれるわい」

無茶ぶりに苦笑するも、佐吉は即座に答えた。

「ハッ。承知致した」

秀吉が無茶苦茶を言う。それを全員で実現する。そうやって道なき道を切り開いてきた。窮地を乗り切った先に必ずや新しい景色が広がっている。そう佐吉も正則も確信しているのだ。

「蜂須賀殿！　清正！」

佐吉が護摩壇に呼びかけた。

『オウ！』

侠客じみた人相の悪い顔と、虎毛の若々しい顔が護摩壇の火に浮かんだ。蜂須賀小六と加藤清正である。ふたりは墨俣城の各陣間に分れ、蜂須賀乱波党の陀威那燃働きを指揮している。

「敵の射撃から上様の背をお守りする！　敏捷性を重視し、脚部を集中的に増強させ、撤退まで龍氣を温存する形での陀威那燃働きをお頼み致すッ！」

『……承知した』

『オッケーだぜ！』

すでに安土城は墨俣城を背後に残し、駆け出している。『逃すか！』と岩壁上の金ケ崎城と亥山城が逃げる安土城を追撃せんと矢を放った。

『させねえッつうのッ！』

俊敏に墨俣城が動いた。猿のごとく跳ねて回って、連射される矢を次から次へと杖で叩き落としていく。その軽捷なこと曲芸でも見るかのようだ。

『ウラウラウラァァァッ！　いくらでもきやがれェェェッ！』

立て続けに射出される矢を叩き落としながら、正則は興奮状態になっている。普段、温厚な正則だが、戦場に出ると一転、横紙破りの暴れ者と化す。

正則が我を忘れ過ぎぬよう諌めるのは、軍師佐吉の役割だ。

「正則！　谷がだいぶ迫ってきているぞ！　あまり熱くなるんじゃない！　少しずつでもいい！　後退しながら敵の相手をしてくれ！」

冷静を装っていたが、佐吉の内には焦りがあった。安土城が撤退を終えた頃には一乗谷はかなり左右に迫っているだろう。墨俣城退却の時間は僅かしかない。

（信長公！　早く逃げ切ってくれよ！）

内心で佐吉がこう願った時――思いもかけぬ事態が出来した。

――ドウッ！　と、突如、背後より響いた爆発音。振り返れば、視界の果て、一乗谷の出口も間近というところで、一体の鐵城が右肩口より濛々と黒煙を立ち昇らせていた。

「あれは、佐久間様の永原城……!?」

永原城の肩口が爆ぜ割れて、炎を上げている。巨体が見る間にグラグラッと揺れ傾いだ。そのまま、ガクンッ、両膝を地につける。

「攻撃を受けた!?　しかし、いずこから何者が!?」

　また、ドドォン！　轟音とともに幾条もの赤線が天空を彩った。炎の尾を引いた十数の爆裂弾が一乗谷出口付近から発射されたのだ。事態を把握しきれぬ織田軍へ驟雨のごとく降り注ぐ。

『ぐあッ！』『だあッ！　うああッ！』『ひぎゃあああッ！』

　直撃を受けた砦城が次々と爆散し、破片となって飛び散った。さすがに安土城、有岡城、信貴山城ら鐵城は防いでいたが、狭まる一乗谷の奥へと後退を余儀なくされている。

「谷の外から攻められている!?　なぜだ!?　浅井が敵軍の接近に目を光らせていたはず!?」

　困惑の声を上げる佐吉の横で、秀吉が神妙に呟いた。

「……どうやら、その浅井だなァ……」

　濛々と立ち昇る黒煙の向こう側に、巨大な影が浮き上がった。

　大型の鐵城である。両肩、両肘、両膝、両腰に角のように高々と鋭角な砦を装着した攻撃的な外形だ。それらの砦に開いた狭間より弾煙が揺らぎ出ている。

　その鐵城、ノッシノッシと前進し、一乗谷の出口へと立ち塞がった。

「大嶽城、京極丸、小丸、山王丸……複数の砦級支城と一体になったあの鐵城は――」

　佐吉は己の見ているものを未だ信じ切れぬといった風に言葉を発する。

「小谷城か!?　浅井長政の〈馳嶺威　小谷〉!?　な、なぜ、浅井が……!?」

　味方のはずの浅井長政の鐵城が、織田軍の撤退を阻んで砲撃をしたのだ!?

　安土城が、落ち着いた動作で小谷城へと歩み寄る。

『長政、何ゆえ俺を裏切る？　貴様には我が妹のお市までくれてやったではないか』

静かながら強い憤りを潜ませた信長の声だった。小谷城は答えない。

『初めから俺の背後を突くよう朝倉と密約を交わしておったか？』

沈黙する小谷城を、信長は睨み殺さんばかりに凝視していた。

『ギャーッハッハッハーッ！　気にすッことねーぞ、浅井長政ちゃーん！』

軽薄な高笑いは、安土城の後方――岩壁の向こうの一乗谷城から発された。

『オイ、信長ちゃんよ、朝倉と浅井はズッ友なんだよ。あとさァ、オマエ、甲斐の武田や中国の毛利を敵に回してんのわかってるゥ？　んな馬鹿に味方し続けるわけねーじゃん！』

つまり浅井は反信長勢力の急激な増加に怖じ気づき、謀反の決断をしたのである。

『んじゃッ、アザナガちゃん！　トットトその信長ぶッ殺して一乗谷で宴ッちまおッぜェ！』

ガチョンッ！　の音とともに、小谷城の狭間という狭間から一斉に大筒が突き出された。直後、ドウッ！　と無数の砲弾が発射される。ヒュルヒュルヒュルッと複雑な軌道を描き宙を舞ったかと見るや、ドドドドドォ！　一気に織田軍へと降り注いだ！

一気に十数の砦城が爆散する。無事な砦城が、ワーワー悲鳴を上げて後退したところへ――

『オラッ！　撃てエッ！』

――射込まれる金ケ崎城・亥山城の矢、矢、矢！　一城、二城、また一城と、次から次へと矢の餌食となり串刺しにされる。前に進めば飛んでくる砲弾、後に退けば襲いくる矢！

次第次第に間隔を狭める一乗谷で織田軍はスッカリ挟み撃ちの袋の鼠。巧みにマントを翻し、矢や弾丸を受け流す安土城、ぶッとい腕部でそれを叩き落としつつ身を守る有岡城、俊敏な六脚で避け続ける信貴山城。しかし、身を躱すスペースは見る間に少なくなっていく！

「市松！　安土城をお守りせい！　上様を守りつつ、なんとか血路を開くのだ！」

秀吉の命を受け、安土城の傍まで馳せ寄る墨俣城。今まさに飛来する矢を叩き落とした。と、すぐさま上空より砲弾が降ってくる。ガィィンッ、と城杖でぶッ叩き左手の山へと弾き飛ばす。

やり返す隙などない。血路など開きようがなかった。

『オイッ、佐吉！　何か策はないのかよッ!?』

護摩壇の焔に映じた清正が叫んだ。

「今、考えている！　とにかくはオヤジ殿の指示通り上様をお守りする！」

『クソッ！　半兵衛さえいてくれりゃァよ！』

つい清正が漏らしたこの言葉が、佐吉の胸へ突き刺さった。

(今ここに半兵衛殿はいないのだ！　俺だ！　俺がなんとかせねばならんのだ！)

卑屈になりそうな心へ必死に言い聞かせる佐吉であったが、焦るほどに頭は上手く働かない。

安土城の天守では軍師明智光秀も知恵を絞っているはずだ。だが、いっこうに下知がない。

織田軍切っての秀才光秀ですらこの窮地を脱する策が浮かばぬのである。

すでに一乗谷は数町ほどまで狭まり、砦城は全滅していた。安土城、有岡城、信貴山城、墨俣城のみが、瓦礫(がれき)の散乱し、黒煙の充満する谷内でなんとか倒れず抵抗を続けている。

ここで――ドッ！　墨俣城の真横で音がした。ハッとして見れば、有岡城の厚い胸板装甲のド真ん中に矢が突き立っている。胸部に小爆発が起こり、有岡城が仰け反(のけぞ)り倒れた。

『荒木(あらき)さんッ！』

と、気を取られたのが隙になる。ドウッッ！　と激しい衝撃が墨俣城全体へ駆け巡ったかと思うと、たちまち上がる爆炎！　墨俣城内は緊急法螺貝(ほらがい)がけたたましく鳴り渡り、天守壁面の曼荼羅(まんだら)の光が重大な損傷を告げる赤色にパッと入れかわり点滅する。

「しまったッ！　食らッちまったッ！」

正則(まさのり)が厳(いか)めしい顔を歪(ゆが)ませる。ガグンッと墨俣城が膝を地につけた。城杖にすがり立ち上がらんとするも、脚に力が入らない。脚部陣間の龍氣(りゅうき)を示す曼荼羅仏が消灯していた。

「清正ッ！　状況は？」

『脚部に火災が発生し、いかれちまってる！　消火が手一杯で修理までいけそうにねえぞ！』

佐吉の顔が一気に青ざめる。外界では信貴山城が小谷(おだに)城の砲撃に脚部を破壊され、行動不能に陥ったところであった。残るは安土城ただ一体！

『ギャハハハハハハハハハハッ！』

勝利を確信した朝倉義景(あさくらよしかげ)が高笑いを上げる。

『イヨォーシッ、アザナガちゃんッ！　ここらでトドメといこうぜェエエエエッ！』

小谷城の大筒が必殺の砲撃を食らわさんとキュルキュル動く。キリキリキリキリ聞こえるのは、金ヶ崎城と亥山城の強弓の引き絞られる非情な音色。安土城は、体を開いて前後へ颯武魔神砲の銃口を向けているも、悪あがきにしか見えてはくれない。

『撃てエエエエッ！』

谷間に木魂する朝倉義景の雄叫び！　無念！　稀代の覇王織田信長は、この一乗谷にてその野望ともども木ッ端微塵の憂き目となるか!?　誰もがそう思ったその刹那——

——蒼い閃光が迸った！

『ぬああああああああァァァァァァッ！』

悲鳴とともに跳ね飛んだのは、なんと、今まさにトドメの砲撃を放たんとしていた小谷城だった!?　突如の事態に、金ヶ崎城と亥山城は矢を放たんとしていた手を止めてしまう。イイヤ、その二城のみならず、朝倉義景も織田信長も、そして秀吉佐吉ら墨俣城の面々も、瞬時に何が起こったのか理解が追いつかない！　一切の行動を忘れてしまった。

そこへ——ビョウッ！　と、一颯！　一乗谷に風が吹いた。ひと吹きの強風が谷間に充満していた黒煙を清々しく吹き飛ばす。視界が晴れたその場所——先程まで小谷城が立っていたその場所に、陽光を背にして突ッ立つひとりの——イイヤ、一城の鐵城があったッ！

全ての人間の視線がその一城へ集中する！　信長が叫んだ！

『誰だ!?』

誰だ!?　誰だ!?　誰だあれは!?　あの鐵城は、何者だ!?
目にも眩しい外装は　誠を示す純白で
腰に佩いたる大太刀は　諸悪を挫く正義の証し
野面積みの甲冑は　決して曲がらぬ堅い意志
兜に頂く　羊歯の葉前立燦然と
その面　弱きを守る優しさと　強きに臆さぬ凜々しさの
勇壮無比な若武者のそれ
その御姿　日輪を思わせて　葵の龍氣は勇気の焔
内に秘めたる魂は　金剛よりもなお堅い
オーオーオオオー　これぞまさしく――鋼鉄の城！
誰だ！　誰だ！　あいつは誰だ、何者だ!?
我らはあいつを知っている！　満を持してやってきた、あいつは我らが――

――勇気凜凜！　〈鎧偉亞吽　浜松〉！　今ここに、推参なア～りイ～！

ビシリッ、と純白の城が堂々たる大見得を切った！

『あ、あれは……三河松平の当主、竹千代公の鐵城――浜松城!?』

誰とも知れず、驚愕の声を発した。愕然となる朝倉義景。

『ま、松平竹千代って、あ、あの今川義元を倒し、三河駿河遠江三国を支配下に置いたッつう、あ、あの松平竹千代ォッ!?　ナナナナ……な、なんでこの越前に、松平がいるんだよ!?』

『信長公の助太刀に参ったぜッ！』

浜松城より発された若々しい声は、四辺を払うかのように響き渡る。

『何!?　俺を助けるだと？』

と、声を上げたのは安土城の織田信長その人だった。

『アア、勝手だけど助けさせてもらうぜッ！』

快活一声、上げるが早いか、ダンッ！　と、ひとつ地を踏むと、ダンッ！　ダンッ！　ダンッ！　ダンッ！　ダダダダダッ！　颯のように駆け出す浜松城。狭まりゆく一乗谷へと迷いなく飛び込んでいく。サーッ、と安土城の横をすり抜けた駆風のなんと爽やかなことか！　腰にさしたる佩刀を、駆けつつスウッと抜き放つ。煌々たる龍氣を帯びた一刀を、横一文字に付け疾駆するその有様、さながら片翼の鷹の天翔けるを見るがごとし。

ハッ、とここでようやく我に返った朝倉義景。

『バ、バァ～カッ！　てめえから死地に飛び込んできやがってェ！　撃て撃て撃てェッ！』

即座に岩壁上の二城、強弓に矢を番え、駆けくる浜松城へ撃ち放つ。ビュッ、と飛びくる高速の矢！　キィンッ！　と、銀円が描かれて、浜松城の刀が矢を弾く。疾駆に怯みは見られない。こいつッ、小癪なッ！　と、ばかりに金ケ崎と亥山、一射、二射と立て続けに矢を射った。三射、キィンッ！　四射、キィンッ！　五射、キィンッ！　六射、キィンッ！　七射、八射、九射、十射！　キィンッキィンッキィンッキィンッ！　浜松城の疾駆は緩まない！

しかし、不可解！　一乗谷はすでに半町ほどまで狭まって、谷と呼ぶより地割れの底の一本道と呼ぶのが相応しい状態。そんな谷間を奥へ奥へと駆ける浜松城。いったいどこへ向かうつもりだ!?　奥には大岩壁が高々と聳え立っている。例えそこまで辿りついても、引き返す前に谷は閉じるぞ!?　浜松城の走るこの道は、戻ること無き圧縮死への一本道じゃァないか!?

ただの無謀とは思えぬ淀みなき浜松城の疾走に、さすがの朝倉義景も不審を覚えた。

『アザナガちゃァんッ！　いつまでぶッ倒れてやがんだ！　浜松城に大砲ぶッ放せェ！』

言われるまでもなく小谷城は、すでに身を起こし体勢を立て直したところ。装着された八つの支城の大筒を浜松城の背中へ一斉に向ける。発射せんとしたところで——

——ドドドドドドッ！　と、弾ける轟音！

咄嗟に飛び退く小谷城。半瞬前に立っていた場所が、土煙とともに爆ぜ飛んだ。

ハッ、と小谷城が顔を向けた先には、安土城の長身痩軀の立ち姿があった。右腕に握った颯武魔神砲の銃口よりアワアワと煙が糸を引いている。

『裏切り者め。貴様の引導は、この俺が手ずから渡してくれるわ……』

瞋恚のこもった信長の声に、小谷城内の浅井長政から血の気が引いた。

先程までの優勢は、朝倉との挟み撃ちによって成り立っていたもの。今、朝倉の金ケ崎亥山二城は浜松城の突撃を阻むのに専念していた。

安土城との一騎打ちッ！　戦国随一の名城と、まともにやって勝てるだろうか⁉

イイヤ、勝てぬ勝てぬと言っていて、勝てるわけなどないのが道理！　勝つのだ勝つのだ、勝たねばならぬ！　北近江の雄と知られた浅井長政！　ここが一世一代の大勝負！

魂鋼刀を握る手に力を込めて、漲る龍氣に身を任せ、浅井長政一気に――

『引導を渡されるのは貴様だ！　見よッ、北近江浅井軍法〈大筒両端小豆袋の……』

と、ここまで叫んだところで、小谷城の装甲複数箇所が爆ぜ飛んだ！

『ぬあああああッ！』

浅井家秘奥の必殺軍法の名は終わりまで叫ばれることはなかった。それより先に、安土城の発射した颯武魔神砲の弾丸が小谷城を蜂の巣に変えていたのである。

『なッ……が……や……やはり……魔王にィ……逆らうのでは……なかっ……』

直後、浅井長政、悔恨の声は爆炎に呑まれた。

爆風にマントをはためかせる安土城は、一切の憐憫も見せず、すでに小谷城へ背を向けている。敗れた者、滅びた者へなど心残さぬのが信長流。では、今、信長は何を見る？　無論、今この時を生きる戦国の漢——一乗谷をひたすらに駆ける浜松城の松平竹千代である。

駆ける駆ける浜松城！　駆けるにつれて、一剣の帯びた蒼い光が高まりを見せる。それは刀に込めた龍氣の漲り！　次第次第に光度を増す輝きは、やがて肉眼で刀身を確認できぬほどの眩さへと達し、さながら浜松城は光輝そのものを握っているかのごとし！

これぞ浜松城自慢の神代の神剣〝天叢雲剣〟ッ！

浜松城の猛突進に、岩壁上の金ヶ崎亥山二城は気圧されて、弓引く手に迷いが生じる。

『オイッ！　コラッ！　何やってんだッ！　チャント狙え！　きちまうぞ！　きちまうぞ！　きちまうじゃねえかァァァァァッ！』

浜松城が、間もなく岩壁に到着する。が、駆ける速度は緩まない。構えた刀を、スウッ、と上段につけたかと思うやいなや——パッ！　跳んだッ!?

『うりゃあああああああァァァァッ！』

雄々しい気合も高らかと、振り上げたるは、赫々たる光の剣！　聳え立ったる岩壁に——

——ドウッ！　叩きこんだッ！

まさか竹千代、城剣ひと振りで、この大岩壁を断ち割るつもりか!?　ソリャ無理だッ！　如何に浜松城が三河の誇る名城だとて、一山に匹敵するこの岩壁を砕くなんて到底無理だ！

同じことを思った朝倉義景、口の端をヒクつかせつつも得意の罵声を張り上げる。

『ナ、ハハハ……何すんのかと思ったらよォ、このバァーカッ！　この〈一乗谷大地層障壁〉はなァ、応仁の乱の頃から一度だって破られたことは……』

──ビギッ！　鈍い音。

『……破られたことは……へッ⁉』

岩壁に突き立った刀が規則的に明滅していた。さながら心臓が血液を巡り送らせるように、刀が何かを岩壁の内に流し込んでいる。それは龍氣！　超増幅された膨大な龍氣だ！

ブワワッと岩壁が内側から膨張する！　たちまちに走る蜘蛛の巣状の亀裂！　内側から、ビカッ！　蒼い光が溢れ出る！　岩壁内に眠る龍骨群が流し込まれた龍氣を無制御に増幅させ閾値へ達したのだ。それは爆発的エネルギーへと変換され、外部へ暴れ出んとしているッ！

ここぞッ！　と、ばかりに浜松城、刀を引ッこ抜き、岩肌を蹴って飛び退いた。

岩壁が揺れたのはその直後！　次の瞬間──グワラグワラグワラグワラァアアアアアアアアアッ！　大崩壊したのであったッ！

舞い上がる土煙。無数の岩塊が跳ね、転がり、ぶつかり合い、割れ砕けながら怒濤と化して散乱する。岩壁上に立っていた金ケ崎城と亥山二城が悲鳴とともに岩雪崩に呑み込まれた。

露わになったのは、無防備極まりない大顔面──一乗谷城である。

『ナ、ナ、ナ、ナ、ナ……』

と、ばかりで何も言葉にできぬ朝倉義景、城眼を通して次に見たのは、納刀して目前に立つ浜松城の姿。その右拳が蒼々と攻撃的な輝きを帯びている！

『松平(まつだいら)軍法〈厭離穢土式鋞偉亞吽大鉄拳(おんりえどしきあいあんだいてつけん)〉ッ！』

大音声(だいおんじょう)で発される必殺軍法名！　破邪顕正(はじゃけんしょう)の一拳が光の尾をひいて振り上げられた！

『うあああああああああああああああああッ！』

大顔面の鼻ッ面(つら)に渾身(こんしん)の鉄拳が炸裂する！　装甲をぶち破り、メリリッ！　手首までめり込んだ！　バチバチッと破損部より漏れ出た龍電氣が一乗谷城全体を一、二度点滅させたその直後——カッ！　眩(まばゆ)い光を放出したかと思うと、巨大な一乗谷城が大爆発を起こした！

激しい爆風！　飛散する赤熱した建材！　世界を白く染め上げるほどの眩い閃光！

それらが鎮まった時、あれほどの威容を見せていた大顔面は跡形もなく失(う)せていた。ただそこに、拳を突き出したままの浜松城が立つばかり。

しばし微動だにしなかった浜松城が、ユックリと動きだした。唖然(あぜん)として見守る織田(おだ)軍城主たちを振り返ると、蒼穹(そうきゅう)へ向け一気に拳を突き上げたッ！

——〈峨谷雄(キャニオン)一乗(イチジョウ)〉落城(げきは)ッ！　越前(えちぜん)国一乗谷、攻略なア〜りイ〜！

ワッ、と歓声が上がった。陥落した砦城(フォオト)から脱出していた足軽衆である。

彼らの瞳は、賛嘆と憧憬(しょうけい)の色に輝いていた。絶体絶命と思われた窮地に颯爽(さっそう)と現れ、見事な逆転劇を演出した浜松城は、足軽衆の目に神代(かみよ)の英雄と映ったであろう。

「フゥ〜、なんとか生き延びられたわい」

安堵の吐息とともにこう言ったのは墨俣城内の秀吉だった。

「しかし、松平の竹千代公――一年前とは比べ物にならぬ成長ぶりだな。ノウ、佐吉」

秀吉に呼びかけられた佐吉は、聞こえぬ様子で大護摩壇に映る浜松城を凝視していた。白い眉間に皺が寄っている。唇を強く噛んでいた。握った拳がブルブルと震えていた。

「……竹千代。何をしに現れた……」

そうだ。遠く三河より何ゆえ松平竹千代は越前くんだりまで信長の救援に赴いたのか？我らが主人公松平竹千代が駿河今川義元を倒したあの激戦からおよそ一年。

時は戦国鐵城時代。諸国の武将が鐵城を繰り、覇を競い合う戦乱の世。

川の流れに例えるならば、渦巻き乱れる激流の時代。澱みに浮かぶ泡沫のごとき人の命は、かつ消えかつ結びて、久しくとどまることはない。

とうとうと、ただ、とうとうと流れる時代の奔流の中、舵を手に船出したばかりの松平竹千代は、果たして流れに翻弄される木の葉に過ぎぬのか？　はたまた濁流に逆らい泳ぎ切り、やがて昇竜となって天へと達する大魚であろうか？　サテサテ、それは読んでのお楽しみ。

サア、再び動きだしたる物語。荒唐無稽奇想天外波乱万丈痛快無比スリル満点血肉湧き躍る戦国鐵城合戦絵巻『鋼鉄城アイアン・キャッスル』第二の巻！　ここにッ――

――はじまりイ～はじまア～りイ～ッ！

【安土城信長竹千代会談】

一

ところは美濃国岐阜である。

今、この岐阜の地に、越前一乗谷から帰還した安土城が鎮まっていた。

居城形態の安土城は峻嶮な稲葉山を利用した高層楼閣を思わせる山城である。

黒漆塗りの外壁と金箔瓦に彩られ、煌びやかでありながらも厳かな落ち着きもあり、さすがは覇王織田信長に相応しき、日下無双の名城であった。

その城内、藁の匂いの香る真新しい畳の敷かれた広大な広間に、ふたりの男が座していた。

茶筅に結った赤茶色の髪。太く凛々しい眉。未だ少年時代の面影を残すどんぐり眼。小柄ながらもよく日焼けした逞しい身体つき。口元から時おり覗く歯が白く眩しい。

ご存知、三河松平家当主——我らが主人公、松平竹千代である。

今川義元とのあの激戦を制してから約一年。どことなくその座する姿に威厳がある。かつてのいじけた雰囲気が綺麗に消え、代わって揺るがぬ自信が外見に表れていた。

竹千代の後にヒョロッと痩せた男がひとり控えている。眉、目、鼻、口。顔の部品の全てが線一本で書いたように細いこの男は、松平家の家老、榊原康政。

こう見えて三河一の外交家の異名を持つ切れ者なのだから人は見かけで判断できない。

「立派なものですねェ〜。さすがは織田信長の居城ですよ」

榊原康政が開け放たれた障子から眺められる麗美な庭園を眺め、こんなことを言う。

「ソワソワしちゃいますねェ〜。殿は緊張なさらないんですか？　織田の安土城内に僕らふたりっきり。信長公が僕らを亡き者にするつもりならいつだってできる状況ですよォ〜」

冗談めかしているが、康政は暗に「油断するな」と主君に告げている。

「心配いらないさ。べつに信長と喧嘩しにきたんじゃないんだ。堂々としていようぜ」

こう竹千代が答えた時、広縁を歩みくる足音が聞こえた。

「お待たせして申し訳ありません」

と、入ってきたのは、華奢な体に襟元の閉まった黒の西洋軍服を纏った青年であった。

白く丸い面輪、瞳が大きく、少女と見紛うような美丈夫である。前髪を七分三分にわけ、黒縁の眼鏡をかけていて、見るからに聡明で生真面目といった感じだ。

——明智十兵衛光秀。織田家中一の秀才として知られる信長の軍師である。

「遠いところ御足労いただきかたじけなく存じます。間もなく上様や御家老衆が参りますので、どうぞ今しばらくお待ちいただきますよう」

礼儀正しいが、いささか早口だ。せっかちな信長に急かされながら激務をこなしているうちに身についた癖であろう。やや面窶れしているところに普段の気苦労がうかがえる。

光秀が着座すると早々に、広縁の板をドヤドヤと踏み鳴らす足音が聞こえた。

「御家老衆が参られたようです」

この光秀の言葉とともに、ヌウッと広間に入ってきた巨体があった。

屈まねば天井に頭が当たってしまうほどの巨軀である。腕も腹も首も丸太のような太さであった。何よりもその顔貌が凄まじい。鬼のような貌——ではない。鬼そのものだ。赤銅色の肌。ギョロリと大きな金壺眼。角が生えていないのが不自然なほどの鬼相である。

——織田軍団最強の猛将〝鬼柴田〟こと北ノ庄城主、柴田勝家だった。

続いて黒装束の人物が音もなく入室してくる。乱れた総髪が血色の悪い面相を隠していた。おどろ髪の隙間から覗く眼差しが妖しく鋭い。

——織田忍軍総統、蟹江城主、滝川一益だ。

次に会釈しながら入ってきた好人物は、短く切りそろえた口髭がダンディな中年武士である。綺麗に纏めた髷は清潔感があり、竹千代に微笑みかけた顔は温和で品があった。

——鐵城改築の名手〝米五郎左〟こと後瀬山城主、丹羽長秀。

次に現れたのは、頭髪が筆のようにさかしまに立った男。顎も耳も目も鼻も三角形に尖っている。数日前の朝倉攻めにも参加していたひとり。

——撤退戦の名人〝退き佐久間〟こと永原城主、佐久間信盛。

ここまでの四名、織田四天王と謳(うた)われる名鐵城(キャッスル)城主にして織田家筆頭格の家老たちである。

いずれも軽く竹千代に頭を下げると、無言のまま座した。丹羽長秀を除く、柴田勝家、滝川一益、佐久間信盛ら三武将の竹千代を見る眼差しに、油断ない敵意が感じられる。

安土(あづち)城に乗り込んできた隣国三河(みかわ)の当主竹千代に対し、明らかに警戒心を抱いていた。

暫時(ざんじ)、息詰まるような静寂が続いた時、それをぶち破る能天気な声がする。

「ヤア、ヤア、遅れてしもうた。すみませぬ、すみませぬ」

トコトコと入ってきたのは、童(わっぱ)のように小柄な男であった。

「上様はまだこられておりませぬか？　ヒャー、危のうございましたナァ～。遅刻なんぞすれば首が飛ぶところでしたわい。オット、これは口が過ぎた。ニャッハッハッ！」

戯れを口にする顔つきは小猿のようだった。尻(しり)からは尻尾(しっぽ)まで生えている。

「これはこれは松平(まつだいら)様に榊原(さかきばら)殿、お初にお目にかかる。拙者(せっしゃ)、羽柴藤吉郎秀吉(はしばとうきちろうひでよし)、見ての通りの猿侍にござる。イヤァ～、先日の一乗谷(いちじょうだに)での働きは見事にございましたナァ～」

などと竹千代にも愛嬌(あいきょう)よく話しかけてくる。その秀吉へ嫌味ッたらしい声が飛んできた。

「猿。貴様、何ゆえここにおるのだ？」

佐久間信盛である。重臣のみが列するこの席に格下が現れたことが不快なようだった。

「サテ、それがしもわからぬのでござる。あらかた松平公の歓待に猿踊りでも披露せよとの思し召しでありましょう。ニャッハッハッ！」

秀吉の高笑いに、佐久間信盛のみならず柴田勝家もまた眉根を寄せる。二名の態度に、武家の出でない秀吉に対する隠しきれぬ侮蔑が垣間見えた。

（この男が、佐吉の新しい主君か……）

三河岡崎を出奔した竹千代のかつての友、石田佐吉が、織田家の武将、羽柴秀吉の家来となって働いていることは風の噂で聞いていた。

佐吉の近況など尋ねつつ、この男の人となりを確かめてみたい欲求にかられたが、無闇な雑談を許さぬ場の雰囲気がある。やむなく竹千代は、チラチラと秀吉を目で窺うにとどめた。

そうこうするうちにガッチャヤガッチャャと鉄を打ち鳴らすような音が聞こえてくる。鋼の甲冑を纏った人物が慌ただしく広縁を歩みくる音であった。

織田家老衆の間に一瞬で緊張が生まれたのを、竹千代は感じ取る。

――織田信長がやってきたのだ。

ガッチャガッチャャの音はイヨイヨ大きく迫ってくる。

（トウトウ俺は織田信長と会うんだ）

かつて竹千代は、京へ上洛する信長と、それを阻まんとする六角承禎の戦を見物にしたことがある。強大な力で見事に六角自慢の観音寺城を倒してのけ、信長は言った。

『この戦国の世に織田信長という漢がおるぞと大音声で叫んでやるのだ』

その言葉が竹千代の胸に火を灯した。

俺もそうありたい。松平竹千代という漢がこの時代この場所に確かにあるぞと叫んでみたい。天下に旗を立てて毅然と立つ信長に並び立ち、己もまた旗を立ててみたい！

胸に抱いた野望の焔。その熱情に従うままに今日まで生きてきた。

織田信長は竹千代の生きる指針であり目標でもあったのである。

一際大きくガチャンッ！　広間の前で止まった。ガッチャ、ガッチャと足音は広間に進入し、畳を踏む。竹千代の真ん前までやってきた。ここでようやく竹千代の視界にその姿が入る。

（若い……）

竹千代とそう変わらぬ年だとは聞いていたが、それでも意外に感じられた。

茶筅に結った黒い髪。秀でた鼻梁、鋭利な頤、細くキリリとした眉は、高貴といって差し支えない。しかし、さかしまに裂けた眼の輝きが尋常でない。そのギラギラと燃える瞳の光は、気の弱い者ならば、凝視を受けただけで失禁しかねぬ凄みがある。

ドカッ！と、信長が竹千代の目の前で乱暴に胡坐をかいた。膝と膝とがぶつかりそうな距離で、竹千代の顔をマジマジと見つめてくる。とんでもない威圧感だった。

竹千代は、気圧されてなるかと、瞬きを堪えて、ジッと見返す。

音に聞こえた尾張と三河の両雄、言葉を発せぬまま、視線を合わせること暫時。傍らの榊原康政、居並ぶ織田の家老衆も息を呑む。と――フイに信長が破顔した。

「ヨオ、竹千代殿」

ニッと笑ったその顔は、覇王のそれから年相応――イイヤ、いっそう若い、少年のそれへと一変していた。惚れ惚れするほど無邪気な笑顔である。

かつては〝尾張のうつけ〟と呼ばれる悪ガキだったという信長。悪ガキの野性味と王者の威厳、双方を矛盾なく併せ持った信長という漢が、ひどく竹千代には魅力的に見えた。

竹千代も表情を緩ませ、同じように返す。

「ヨオ、信長殿」

信長は、クスッと笑うと足を投げ出し、姿勢を崩した。ガチャッと鳴る。信長の左腕の袖口より鋼鉄の籠手が、両足の袴より鉄靴が突き出ていた。ガチャガチャ鳴らしていたのはこれである。平時にもかかわらずそんなものを身につけているのは奇妙だった。

「竹千代殿、楽にしてくれ。おまえとは前々から一度会ってみたいと思っていたのだ」

「俺に会いたかった？　あんたが？」

「おまえ、駿河の今川を倒してしまったろうが」

口をとがらせて信長が言う。

「今川は親父の代から当家の宿敵だったのだぞ。いずれ倒さねばならんと思っていたのだが、上洛し畿内を平定するのを優先してしまった。その隙に……」

「悪いな。俺がやっつけちまったよ」

アッハッハ、と信長が笑った。

「俺の獲物を横取りしやがったのはどんな野郎だ、と思っておったのだ。なるほどなるほど、こんな面をしたやつであったか。ワハハハハッ」

ひとしきり笑い終えると、信長が問うてくる。

「竹千代殿、いくつか尋ねたいことがある。まず、何ゆえ俺を助けた？」

一乗谷での合戦のことだ。

「助けないほうがよかったか？　マア、あんたなら俺が助けなくとも浅井を倒して一乗谷を自力で脱出できたんじゃないかと思ってるんだけどな」

「当たり前だ」

と、アッサリ答えたところに、信長の強烈な自負心がある。

「が、秀吉や佐久間、荒木、松永らを見殺しにすることになっていたろう。あいつらが生還できたのは竹千代殿の御助力あってのことだ。感謝するぞ」

素直に礼を述べた信長に倣うようにして、羽柴秀吉、佐久間信盛も頭を下げる。

「で、何ゆえ、俺を助けた？」

「今回あんたの朝倉攻めを聞いて、どう攻めるもんかと興味を覚えてな。地図に周辺勢力を描きこんでみたんだが、そいつを横から見ていたうちの軍師が〝変〟だッて言ったのさ」

「変だと？」

「アア。どこが〝変〟かって尋ねたら、北近江の浅井を指差した」

「その軍師は、浅井の裏切りを予見したと言うのか？」

「うちの軍師は妙に勘が働くんだ。〝変〟と言ったら必ず何かある。それで考えた。万一、浅井が朝倉に寝返るようなことがあったら、あんたは挟み撃ちになるんじゃないかッてな」

「フーム……。よくわからぬが、松平の軍師はずいぶんと優秀らしいな。だが、ワザワザ遠い三河から越前まで俺を助けにきた理由はわからんぞ」

「ソリャア、あんたに会いたかったからさ」

サラリと竹千代は言った。

「俺も織田信長ッて漢がどんな面をしてるか、一度この目で見てみたかった。あんたに助太刀すれば、あんたと会って話ができる。いい口実だと思ったんだ」

「それで助けたのか？」

「アア、それで助けた」

竹千代と信長、ふたり同時に笑いだす。笑い終えると、竹千代はこう切りだした。

「マア、それだけじゃない」

ここからが本題である。竹千代の表情が引き締まった。

「あんたも知っているだろう？　武田信玄が上洛に向けて動きをみせている」

「知らぬわけがなかろう」

信長の顔も神妙に変わった。

綺羅星のごとき英雄豪傑が鎬を削り合う戦国鐵城時代。名将と呼ばれる人物は数多あれど、最強のひとりを選べとなると誰であろうか？　意見は色々あるだろうが、必ず上がる名がある。

——武田信玄。

山深い甲斐の国に根をはった甲斐源氏の頭領である。

信玄の編成した〝武田機馬隊〟なる騎馬形の鐵城からなる軍団は、その機動性や突進力において戦国随一。さらに一城一城が一騎当千の強城ぞろいだと言う。

昨今、その武田信玄が、イヨイヨ上洛に向けて動き始めたとの一報が諸国を騒がせている。この頃、戦国大名が上洛すると言えば、織田信長を討伐し、覇権を奪うことを意味していた。

「いずれ雌雄を決せねばならぬ相手だ。かかってくるならば迎え撃つまでよ」

「そうは言うが、武田とあんたの戦、俺らにとっても他人事じゃない。三河は甲斐から京までの通り道だ。武田には今川の旧臣が多く亡命している。武田は上洛の途上で間違いなく三河を落としていこうとするだろう。あんたと当たる前に、まず俺ら松平と武田との合戦になる」

「援軍を出せと言いたいのか？」

「イイヤ。手を出さないでもらいたい」

意外な申し出に、信長は怪訝そうに眉を寄せた。

「手を出すな、と？」

「天下布武を表明するあんただ。いずれ三河も攻めるつもりでいたんじゃないのかい？」

不敵な言葉を受け、信長はニッと笑いを浮かべた。

「マアな」

「ホラ、やっぱりだ」

ふたり笑い合う。傍で見守る榊原康政や織田家老衆は冷や冷やしてならない。

「攻め込んできた武田を、あんたは三河で迎え撃つ。大混乱の三河を武田と織田がそれぞれで切り取り始める。戦が終わった頃には、三河は勝ったほうのものになる」

「かもな」

「そうなりゃ、もちろん俺は戦う。あんたと武田両方とだ。だが、さすがに織田と武田のふたつに挟まれちゃ、分が悪い。だからあんたは三河に手を出すな」

竹千代は信長の顔を厳しく見つめ返した。

「そのかわり武田は俺たち松平が相手してやる。悪い話じゃないはずだ。あんたには敵が多い。武田だけでも俺たちが引き受けてやるって言ってんだからさ」

信長は無言で竹千代の目線を受け止めていた。笑顔が消え、難しい顔つきになっている。

「……松平は織田に服属するというのか？」

信長の言葉に、竹千代は眉をひそめた。

「服属だと……？」

「俺は天下に名乗りを上げた時にこう言った。畏れ入ったならばひれ伏せ、気に食わねば、かかってこいとな。竹千代殿、おまえは俺へひれ伏したいと、そう申し出てきたのか?」

信長から先程までの無邪気さが消えている。竹千代に抱いた好意や、窮地を救ってくれた恩義は別問題。ひれ伏すか、かかってくるか。このいずれなのかは、覇道を突き進む信長にとって他者と向き合う際、ハッキリさせておかねばならぬ重大事なのである。

「どうなのだ?」

強い凝視を受け、竹千代は黙る。やがてケロッと言った言葉がこれであった。

「ひれ伏す気もなけりゃ、かかっていく気もないな」

「なんだと?」

信長の顔に恐いものが生まれる。その恐さを笑い飛ばすように竹千代は言った。

「あのさ、俺は、武田のことはこっちに任せとけッて言いにきたんだぜ。あんたの手下でもなく、敵でもなく――」

竹千代は爽やかな笑顔を真っ直ぐ信長へ向けた。

「――友としてな」

信長の目が丸くなった。

「色々言ったが、嚙み砕いて言えば、友達になろうぜッて、そういうことさ」

マジマジと信長は、竹千代の顔を見つめた。未だ竹千代の言葉が理解できぬ風である。

やがて信長の表情が徐々に徐々に和らいでいった。そしてついに――

「ワハハハハハハハッ！」

高笑いを上げた。ガバッと明智光秀（あけちみつひで）へ顔を向ける。

「オイッ、光秀！　竹千代殿は俺と友になりたいと言うておるぞ？　こんなこと抜かすやつはいままでにいたか？　イイヤ、初めてだ！　オイッ、どう思う光秀？」

急に問われても明智光秀は困り顔を作るばかりであった。竹千代は微笑を返しつつ再度問う。

「で、俺を友と認めてくれるかい？　勝手だが俺のほうではトックにあんたのことを友だと思ってるんだけどな。だからワザワザ越前（えちぜん）まであんたを助けに出向いたんだぜ」

「友の押しつけとは確かに勝手なやつだ！　ワハハハハハッ！」

ひとしきり笑い尽くすと、信長は竹千代へと身を乗り出した。

「いいだろう。竹千代殿。おまえは俺の友だ」

織田（おだ）家老衆たちの顔に驚きが生まれていた。

天下布武（てんかふぶ）。それが信長の信念、イヤ、本能である。この地上に存在するあらゆる〝漢（おとこ）〟の頂点に立ちたい。その暴力的なまでの征服欲こそが信長という漢の本性だ。その信長が、友などという己（おのれ）と肩を並べる存在を認めるなど、想像だにしなかったのである。

「ヨシ！」

ダッ、と唐突に信長が立ち上がり、織田家老衆へ告げた。

「そういうことになった！　おまえら、三河（みかわ）への侵攻は取りやめるぞ！」

「なんだって?」

竹千代が顔をしかめる。フフフッといたずらッぽく信長が笑った。

「悪いな、竹千代殿。武田を迎え討つ前に三河を切り取っておくつもりであった。朝倉攻めで助けられてしまったので、どうしたものかと迷っておったのだ」

「チェッ、油断も隙もないぜ」

竹千代は軽口を言ったが、傍らの康政は胸を撫で下ろしている。この会談が上手くいかねば三河は武田の前に、織田に攻め込まれていたのだ。

「聞いての通り武田は松平殿が相手してくれるそうだ。我らは我らの戦をする！　勝家ッ！」

信長が、鬼のような大男、柴田勝家へ声を投げる。

「貴様は、北陸へ向かえ。越後の上杉もまた上洛を画策している。迎え撃つのだ！」

「オウッ！」

柴田勝家の鬼面が深々と下がる。

「一益ッ！」

と、次は黒衣の織田忍軍頭領、滝川一益へ呼びかけた。

「伊勢へいけッ！　志摩の九鬼殿と連携し伊勢長島の一向門徒衆を殲滅せい！」

「ハッ！」

次に丹羽長秀へ顔を向ける。

「長秀ッ！　貴様は京にて例のものの開発を急ぐのだ！」

「承知致しました」

最後に信長は末座の秀吉（ひでよし）へ目をやった。

「猿ッ！」

「ハハッ！」

「一乗谷（いちじょうだに）での働きは見事であったぞ。褒美に浅井（あざい）の残した小谷（おだに）城をくれてやる。損壊が激しいが修築すれば十分に使えるだろう」

「ありがたき幸せにございまするッ！」

ペコリと秀吉の小猿みたいな体が平伏（へいふく）する。

「それでだ、猿。小谷城の修築を終えたなら、すぐに中国へ向かうのだ」

「ホ？　中国へ？」

「中国の毛利元就（もうりもとなり）めも、本願寺（ほんがんじ）門徒どもと手を結び上洛を画策しているらしい。畿内が片付いたら俺が直々（じきじき）に討伐（とうばつ）するつもりだ。それまでに、山陽道を平らげ、道を開いておけ」

いつも剽軽（ひょうきん）な秀吉の顔がこの時ばかりは険しくなった。

――毛利元就。安芸（あき）の戦国大名であり、広大な中国地方の支配者である。もとは安芸国の国人領主に過ぎなかったが、権謀術数に優れ、一代にして中国地方全域の支配者に伸（の）し上がった。

武田信玄（しんげん）が織田軍の東の強敵ならば、毛利元就は西の強敵である。

「できぬか？」

「とんでもございらん！　奮って務めさせていただきますゆえ、この猿めにお任せあれッ！」

ドンと胸を叩いてみせる秀吉。無理難題ほど奮い立つのがこの男の性分だ。

「ヨシッ！　俺は畿内に留まり、未だ俺へ従わぬ連中を成敗する。特に石山本願寺や比叡山の坊主どもには、織田の力を見せつけてやらねばならん。光秀！　策を練っておけッ！」

「ハッ！」

信長は、一旦、例の無邪気な笑顔に戻り竹千代に言う。

「竹千代殿、慌ただしくてすまぬな」

「いいさ。遊びにきたんじゃないんだ」

「竹千代殿が武田を引き受けてくれて助かったぞ。おまえの言う通り、俺には敵が多い」

こう言った後、また信長は覇王の面持ちを取り戻し――

「では、これにて評定は終わりだッ！　ものども、向かえッ！」

高らかと言い放ったのだった。だが、ここで水を差すように声を上げた者がいる。

「あ、あの、上様……」

佐久間信盛であった。困惑の表情を浮かべている。

「そ、それがしは？　それがしはまだ御下知をいただけておりませぬが……？」

確かに、信盛だけがなんの指示も与えられていない。竹千代もその点を疑問に思っていた。

信長が恐ろしく冷めた顔を信盛へ向ける。

「オヤ？　貴様、なぜここにいるのだ？」

そのあまりに冷たい声色に、信盛のみならず広間の全ての人間が、ゾクッと身を震わせた。

「信盛。貴様、一乗谷の戦において真ッ先に敵に背を向けおったな。貴様が逃げ出したのを皮切りに全軍が撤退を開始した。踏みとどまったのは、俺とここにいる猿だけだ」

「ア。イヤ……それは……しかし、あの場面では後退もやむを得……」

「退き佐久間か」

シドロモドロした佐久間信盛の言い訳に信長の強い言葉が被さった。

「その異名、殿の名手としてつけられたはずではなかったのか？　実際に殿を申し出たのは猿であったぞ。これでは退き佐久間ならぬ〝逃げ佐久間〟よな……。フフフ……」

微笑した信長だったが、その笑みには身震いするような瞋恚が隠されていた。

「我が軍に臆病者はいらん。織田を去れ。二度と俺の前に顔を見せるな」

サラリと発せられた言葉に、信盛は愕然となった。

――〝追放〟を言い渡されたのである。

「お、お待ちください！」

明智光秀が立ち上がった。

「佐久間様は尾張時代より織田家を支えてこられた宿老にございますぞ！」

「何か問題があるか？」

「あまりに理不尽ではございませぬか？　斯様な仕置きをなされましては、上様は古参の臣すら切り捨てるかと、家中の者たちの信頼を損ねることになります！」

「逆だぞ、光秀。たとえ譜代の臣といえども無能であれば容赦せぬ。それを知らしめてこそ我が軍の規律は守られるのだ」

光秀は、一時、グッと唇を噛むと、なおも反論を開始した。

「はたして左様でありましょうか？　ソモソモ浅井の裏切りこそ、その上様の御方針によって生じたことではありませぬか!?」

ピクリ、と信長の顳顬の血管が動いた。

「浅井めの裏切りは俺のせいだと……？」

「そうでございましょう！　上様に従っていてはいつなんの理由で切り捨てられるか知れたものではない！　そう思案し、浅井が裏切りに走ったのは想像に難くありませぬ！　ゆえに招いた一乗谷の窮地！　全て上様のお振る舞いが人心を損ねた結果にございます！」

信長の額の癇筋がピクリピクリと小刻みに動く。内に冷たい怒りが湧き起こっている。

ジリリと、信長が光秀へ歩み寄った。凄まじい怒気を五体より漲らせた信長に迫られて、なお光秀は、眼鏡の奥より曇りなく信長を直視している。

「ソモ、進言を聞き入れず無謀に一乗谷へ踏み入ったは上様の御判断！　佐久間様おひとりを責めるのはお門違いも甚だしくございますぞ！　責めるならば、まず御自身を……」

ここで、信長の左拳が唸りを上げた。ゴッ！　と鈍い音とともに光秀の右頬に炸裂した鋼鉄の手甲は、華奢な体を畳へと叩き倒した。眼鏡が割れ飛び、数滴の血が畳を汚す。

この場の誰もが言葉を失い、倒れ呻く明智光秀を慄然と眺めることしかできなかった。

「俺に従わぬ者は滅ぼす。浅井のようにな。従わねば滅びるということを示し続ける。いずれ俺に従わぬ者は神州全土よりいなくなる。それが天下布武だ」

冷たく言ってのけると、信長はスッカリ色を失くした佐久間信盛へ目を向けた。

「まだいたのか？　去れ」

ワナワナワナッと佐久間信盛の体が激しく震えた。表情に浮いたのはまず恐怖。次に絶望。満面に様々な感情が代わる代わる浮かび、最後に生まれたのは憎悪のそれである。

ガバッと立ち上がった佐久間信盛の形相はまなこ血走り凄まじいものになっていた。

「い、今に後悔致しますぞ！　エエ、エエ、きっと後悔することになりましょう！　その時になって悔やんでも後の祭りにございますぞ！　では、これにて御免仕りまする！」

言い捨てると、佐久間信盛は足音も荒々しく広間を飛び出していった。

これが佐久間信盛を見る最後となる。この後、信盛は出家して高野山に入るが、その高野山からすら追い出され、熊野に流れて生涯を惨めに終えたと伝わる……。

二

信長との会見後、竹千代と榊原康政は、早々に安土城を後にし、城下を歩いていた。

大通りは、歩くのが困難なほどの人で溢れ、軒を並べた幾つもの商店からは、野菜、海産物、刀剣、酒、織物、装身具、焼き物などなど……日本各地の様々な物産を扱う商人たちの活気のある売り声が喧しく発せられている。

康政が喧騒に紛らわすようにこう言った。

「恐ろしい御仁でしたね、信長公は」

「アア……」

と、だけ答えた竹千代は、どこか心ここにあらぬ体である。

「一応、お伝えしておきますけど、信長公が佐久間殿を追放したのは、決して一乗谷の撤退のみが理由ではないと思いますよ」

「そうなのか？」

「モトモト佐久間殿の織田家中での評判は芳しくありませんでした。家老職に胡坐をかき、戦功をあげることが少なかったということですね」

さすがは三河一の外交家榊原康政、他家の事情によく通じている。

「苛烈な御仁ではありますが、決して暴君ではない。見てください」

康政は周囲の人波、立ち並ぶ商店を見回した。

「信長公は、この岐阜において商いにかかる税を免除し、誰でも城下に店を出せるようにしたそうです。結果、諸国の商人が岐阜に集まりご覧の通りの繁栄を築き上げています」

つまり織田信長はただ侵略と征服のみを旨とする戦争屋ではないということだ。滅ぼし、奪うだけでなく築き育てることにも怠りがない。

(織田信長、とんでもない男だ……)

少年のように無邪気で屈託ないかと思えば、ゾッとするほどの非情さを見せる。羽柴秀吉のような農民出を高く用いる寛容さを持ちながら、光秀の諫言をはねのけ、宿老である佐久間信盛を追放する狭量さもある。直情であり慎重。激情家であり冷徹。破壊者であり創造者……。

(そんな男と俺は友誼を結んだのか……)

誇り高い気持ちとともに、本来ならば敬して遠ざけるべき存在と繫がりを持ってしまったような気もし、微かな不安もあった。

「マア、でも、上手く織田と不戦の約定が結べてよかったですよ。これで背後を気にせず武田を迎え撃つことができますね。しかし、援軍をお願いしなくて本当によかったのですか？」

「信長の手は借りたくない。援軍を出させれば実質的に織田へ臣従したのも同然になる。俺は誰の下にもつきたくないんだ。あくまでも信長とは対等でありたい」

頑固と言われようと、それだけは譲れない一点であった。

「承知しました。しかし、そうなってくると難しいですよ。相手は戦国最強武田軍。果たして我らだけで撃退できるものか……。せめて天叢雲剣がもう少し使い勝手がよければ……」

浜松城の装備する城剣〝天叢雲剣〟。神代に鍛えられた神剣で、これを手にする者は天下に比類なき力を与えられると神話書『古事記』では語られている。

実際、天叢雲は、尋常な城太刀にはない強力な力を秘めていた。鐵城に込められた龍氣を超増幅させる特殊な力のあることが、使ううちに明らかになったのである。一乗谷で土中の龍骨を暴走させ岩壁を崩壊せしめたのもその力の応用であった。

竹千代は今川義元との一戦で天叢雲を用い、その凄まじい力で見事今川を倒してのけた。が、天叢雲の力を最大限に利用した必殺軍法〈厭離穢土式神君欣求浄土斬〉を放った直後、龍氣を完全に消耗しきり、鐵城をほとんど動かせなくなったのである。

簡単に言うと、天叢雲は物凄く燃費が悪いのだ。確かに使い勝手が悪い。

「天叢雲といえば、康政」

フト、竹千代は言った。

「昔、俺が信長と六角の戦を見物に近江へいったことがあるだろう？　あの時、織田の安土城は、不思議な城剣を用い、その力で六角軍を壊滅させた」

「エエ。そう仰っておりましたね」

「俺が見た安土城の刀——あれは〝草薙剣〟だったんじゃないかと思っているんだ」

草薙剣は天叢雲剣と対になる神代の剣。持ち主に比類なき力を与えるのは天叢雲と同様である。数奇な運命から天叢雲剣は壇ノ浦の海底に沈み、草薙剣は尾張の熱田神宮の神体となって鎮まっていた。

「信長は美濃の斎藤を攻める前に熱田神宮へ籠り、戦勝祈願をおこなったそうだ。信長は熱田神宮で草薙剣を手にしたんじゃないか？　草薙剣の比類ない力を……」

「なるほど。信長公の連戦連勝の裏には草薙剣があったと……」

康政は首を捻った。

「ならばどうして信長公は一乗谷の合戦にそれを用いなかったのでしょう？　草薙剣の力があればあのような窮地にも陥らなかったでしょうに……」

「それが気になってるんだ。あれが草薙剣でなかったとしても、上洛の時に装備していた城剣をなぜ朝倉攻めでは用いなかったのか……」

「フゥ〜ム」と、康政は腕組みをし「やはり殿の見た城剣は、強力な名刀ではあっても草薙剣ではなかったんじゃないですかね？　この一年間の連戦で破損してしまったとか？」

康政の意見は現実的であったが、竹千代を納得させるものではなかった。

考え込む竹千代を眺め、康政は溜息とも微笑ともつかぬものを漏らし、こう言う。

「そういえば、天叢雲が三河湾まで流れてきたのは、熱田神宮の草薙剣に引き寄せられたからだ、と言ったのは佐吉君でしたね」

佐吉の名を聞き、竹千代の顔つきが寂しげに変わる。

幼少の頃から竹千代と兄弟のように育った石田佐吉は、主君とその近習という身分の差を超えた無二の親友だった。将来は竹千代の軍師となって共に天下へ名乗りをあげるはずだった。

だが、竹千代の無謀による悲劇が、竹千代と佐吉の道を分かってしまったのである……。

「佐吉もこの岐阜にきているのかな……」

「会いたいんですか？」

「どうだろう……」

会ったところで何を話せばいいのか、どんな顔をすればいいのかわからなかった。

思えば、佐吉とは別れの言葉を交わしていない。

今川との合戦中に佐吉が天守に姿を現したが、その時、竹千代はほぼ意識を失っていて、話はしていなかった。ただ、己へ必死で叫びかける佐吉の声を聞いた気がした。

——立て！　立たぬか竹千代！　立って戦え！

その叫びに鼓舞されるように、竹千代は立った。そして戦って、今川義元を倒した。

（あの〝立って戦え〟は、今川と戦えと、本当にそう言っていたんだろうか……？）

耳に残る佐吉の声は「俺と戦え」と、そう言っていたように聞こえた。とても熱烈に。憎むよりも、怒るよりも、愛するよりも熱烈に「俺と戦え！　立って戦え！」と……。

道の分かれてしまった己と佐吉。別れたふたりの道が交わる日がいつかくるのだろうか？

交わった時、己と佐吉は過去を払拭し、久闊を喜び合えるのだろうか？

そうではない気がする。これは根拠のない予感だった。

次に己と佐吉の道が交わる時、交わすのは手と手ではなく——刃と刃……。

「マア、いずれ会う日がくるんだろうなァ……」

こう呟いた竹千代は、その日が待ち遠しいような、そうでないような気分だった。

三

岐阜郊外の草原に、瓦礫の山が聳えていた。

砕けた石垣の破片、折れ、あるいは焼けた木材……一見してゴミ山と見えるが、ヨクヨク見ればひとつの建物の形をしている。それも相当大きな建物——城であった。

「ひッでえな……。信長公もどうせくれるなら、もうチョイ、マシな城をよこして欲しいぜ」

廃城を見上げ、呆れ声を上げたのは、虎色の毛髪の青年——加藤虎之助清正である。

傍らに立つ石田佐吉も清正と同意見だが、そのような気ぶりは見せず、事務的にこう告げた。

「内部の龍氣機関に損傷はない。これでも神州三大山城のひとつに数えられる名城だ」

そう。このボロ城こそかつての浅井長政の鐵城小谷城であった。

「名城ッつッても、龍氣機関以外はほとんど使いもんにならねえぐらいぶッ壊れてんぞ。直すッつうか、初めから城建てるのに近いんじゃないか？　原型はほとんど残らねえぞ」

「いい。これは我らの城だ。名も変えることになっている」

「ハン？　名を変える？」

「〝長浜城〟だ。一乗谷の戦働きにより今浜の龍域を拝領された。オヤジ殿は感謝の意を示すため、信長公より一字もらって〝今浜〟を〝長浜〟に改めたのだ。そこからの命名だな」

フーン、と清正は興味なさげであった。

「マア、名前なんてなんだっていい。ンデ、いつまでに直しゃァいいんだ？」

「中国攻めまでには間に合わせて欲しい」

「ハア？　そんなに急ぎでかよ？　やってもいいが建材が相当必要だ。金もかかんぞ？」

「金はなんとか用立てる。建材も速やかに調達しよう」

「……言ったな？」と清正は唇の端を吊り上げ「そこまで言われちゃやるしかねえなァ～……。蜂須賀党のおっちゃんたちィ！　まず直せるところから直しにかかるぞォッ！」

小谷城改め長浜城へ大声を投げた。城の窓から侠客じみた顔が出て、ボソリと答える。

「……やっている」

蜂須賀小六だ。すでに蜂須賀党の男たちが城内で修築に取りかかっているのだろう。

「ハハ。さすが小六の旦那、仕事が早いな。サァ～ッテ、俺は図面をひかなきゃなァ～」

清正も城へと歩んでいく。文句を言っていた清正だったが、城へ向かう後ろ姿はどこか弾んでいた。なんだかんだで清正は城いじりが好きなのである。

佐吉がそんな清正の背を見送っていると、フト、背後より人の近づく気配がした。

振り返ると、瘦せた男が立っている。寝床からそのまま出てきたような小袖姿で、ポケーっと、虚ろな眼差しで長浜城を見上げていた。

「半兵衛殿、出てこられて大丈夫なのですか？」

佐吉の言葉に、瘦せた男——竹中半兵衛が我に返った。

「エエ。だいぶ調子がいいですよ。やはり美濃は私の故郷ですね。水も風もよく合う……」

これだけ言うと、半兵衛はまた視線を長浜城へ向け直し、ポカンとした放心状態に戻る。

知らぬ人が見れば、馬鹿が見慣れぬ城を物珍しく眺めているように見えるだろう。

だが違う。今、半兵衛の頭の中では、新しく手に入れたこの鐵城を用いて、如何なる戦ができるものか、その構想が複雑に駆け巡っているに違いなかった。

「半兵衛殿」

「ハイ？」

と、答えた半兵衛の声はまだボンヤリしている。

「半兵衛殿ならば一乗谷の合戦、如何に差配されましたか？」

途端、半兵衛の目に、光が宿った。一気に語り始める。

「私ならば蜂須賀党を一乗谷の都に潜伏させ、風の強い夜を選んで火を放たせます。あらかじめ山中から一乗谷の都を砦城で囲んでおいて、放火と同時に一気に攻め込ませるのがいいでしょう。混乱の中、朝倉義景の首級をあげます。ただ、上様は朝倉を圧倒的な力で叩き潰すことで織田の武力を誇示し、敵対勢力の意気を挫きたかったと見ました。小細工で勝っては意味がない戦だったんです。私の策を進言する機会があったとしても入れられなかったでしょう」

と、怒濤のごとく語り切ると、またポケッと放心する。佐吉は内心で舌を巻いた。

（さすがだ……。俺には及びもつかない……）

秀吉が「俺の〝智〟」とまで称したこの竹中半兵衛、一日の思考の大半を軍略を練ることのみに費やしている。ゆえに戦場での軍師としての采配は天才的で、神がかってすらいた。

しかし軍略以外のこととなると、阿呆そのものである。風呂に入るのも、服を着替えることも怠ってしまう。他者の手を借りねばまともに生きることすら困難なほど何もできぬのだ。

軍略を練るためだけに生まれてきた兵法の申し子――それが竹中半兵衛なのである。

本来ならば一乗谷の合戦でも軍師として天守に控えるはずだったのだが――

「ゴホッ！　ゴホホッ！」

フイに半兵衛が咳き込んだ。

「半兵衛殿!?」

「ゴホッ！　ガホッ！　ゴホホホッ！　ゴホッ！」

肺が破けかねぬほどの激しい咳である。ナカナカ治まらず、半兵衛は胸を押さえて蹲った。

佐吉は半兵衛の背に手を当て摩ってやる。小袖ごしに触れる半兵衛の背中は、骨しかないのではないかと疑うほど痩せていた。

「アア……すみません。もう大丈夫です」

半兵衛がヨロヨロと身を起こす。声にはヒューヒューと木枯らしのような音が混じっていた。

モトモト病弱だった半兵衛だが、半年ほど前から喘息症状をあらわすようになり、見る間に痩せ細った。己の健康に無頓着な半兵衛はそれでも気にせず戦場に赴いていたが、ついに一乗谷合戦の直前に激しく咳き込んで吐血し、倒れた。

医者に見せたところ肺を病んでいた。医者は治らぬと言った……。

「すみませんが、私は先に帰ります……。屋敷で黒田官兵衛を破る策を練らねば……」

「黒田官兵衛？　毛利方の城主小寺政職の軍師ですな？　播磨一の知恵者だとか……」

「凄い軍師ですよ……。彼の今まで差配した戦を調べれば調べるほどそれがわかる……。中国攻めでは彼と策を戦わせることになるでしょうね……」

半兵衛の瞳の奥に、彼には似つかわしからず燃えるものが見えた。

「そのお体で中国攻めに加わるというのですか？　休まれたほうが……」

「あのね、佐吉さん……」と、半兵衛は、佐吉の言葉を遮り「私は、これしかできません。これができねば生きている甲斐がない。私は最期の瞬間まで生きていたい……」

こう言うと、半兵衛は、長浜城へ背を向けて歩み始めた。その蹌踉として危なッかしい足取りを見ていられず、佐吉は駆けていって肩を貸そうとする。だが、こう断られた。

「佐吉さんにはやらねばならぬことがあるでしょう？」

やむなく佐吉は遠ざかる華奢な痩軀を見送った。

(そうだ。俺にはやらねばならぬことがある)

佐吉は、ひとつ頷くと、半兵衛とは逆の方向へ歩みだす。

向かうのは岐阜の町だ。先程清正に告げた修築費用と資材の調達にいかねばならない。異能者の多い秀吉一味の中で佐吉にできることなど金銭管理ぐらいなのだ。

好きで就いた役目ではないが、やりがいはある。織田軍に入ってから秀吉はメキメキと出世した。佐吉には、己の地道な働きが秀吉の出世を助けているという実感があった。

(それでも……竹千代には、まだ届かない……)

かつての主君のことを思い出し、ギリリ……と、佐吉は奥歯を鳴らした。

昔の竹千代は到底仕えるに足る主君と思えなかった。だが、佐吉が岡崎を去った後、瞬く間に三河一国を統一し、強敵今川義元まで倒してのけた。今や三国を支配する大大名だ。

さらに今日の会談で、信長と竹千代が友誼を結んだと聞いた。臣従ではなく友誼をだ。雲の上の人物としか思えない織田信長と、形だけとはいえ、竹千代は同格になったのだ。

(どれだけおまえは先にいくのだ！　俺の歩みは無駄か？　俺の努力は悪あがきか？　身に魂鋼を宿し得なかった出来損ないは、どこまでいっても出来損ないか！)

佐吉の足取りは無意識に荒々しくなっていた。気がつけばすでに城下町に入っている。

(イヤ！　無駄ではない！　無駄であってなるものか！　余計なことを考えるな。俺は俺のやり方で志を成せばいい。最後にはきっと目指す頂へ辿りつける！　その時こそ――）

ひとりの少女の姿が眼裏に浮いた。今は竹千代の傍らにある少女。今は竹千代しか瞳に映しておらぬ少女。いつの日か、その瞳に己こそを映してみせると誓う少女。

（その時こそ俺は、あの娘の元に……）

ここで――

「佐吉！」

何者かにフイに呼び止められた。

（今の声……）

聞き覚えがあった。イヤ、聞き覚えがあるどころではない。この一年、片時も忘れたことのない声――今ちょうど佐吉が心に思い描いた少女の声そのものだったのである。

恐る恐る振り返ると、数間ほど後に桃色の装束を纏った少女が立っていた。

丸い面輪に丸い目の幼く可憐な顔。いたいけな顔立ちにはやや不釣り合いなポッチャリと豊満な肉体。肩口で短く切りそろえた髪には髪飾りのように銀の尾錠が付けられている。

「……さやか？」

「佐吉！　やっぱり佐吉だよね？」

少女――松平の軍師、服部さやかが佐吉へと駆け寄ってきた。

「そうか。竹千代が岐阜にきているのだから、軍師のおまえもきているはずだったな……」

　自らを落ち着かせるように佐吉は努めて冷静にこう言った。

　城下町の茶店である。佐吉とさやかは店先の縁台に腰掛けていた。店の娘が盆に甘酒を載せて持ってくる。佐吉はすぐにそれを手に取り一口飲んだ。無性に喉が渇いている。

　触れてしまいそうな真隣にさやかが座して、縁台から投げ出した足をプラプラさせていた。

　佐吉は、さやかとの再会に動揺している自分に気がついている。会いたくなかったという思いと、会えて嬉しいという倒錯した思いが胸中で揺れていた。

　そんな佐吉の心中など知らず、さやかが無邪気に尋ねてくる。

「佐吉は秀吉さんの家来になって働いてるんだよね？」

「アア」

「秀吉さん、織田の出世頭だってよく聞くよ。そんな人に仕えてるなんて、佐吉、すごいね」

　さやかのほうがすごい。さやかは東海三国の支配者、松平の軍師である。だが、さやかは今の言葉をなんの嫌味もなく心から言っていた。佐吉は気持ちの和むのを覚える。

「オヤジ殿──アア、オヤジ殿というのは羽柴様のことだ。あの御方は人に夢を見せるのが上手い。オヤジ殿の下でなら俺は一心に励むことができる。日々充実している」

　ことさらに佐吉は前向きなことを言ってみせた。さやかの前では見栄を張ってしまう。立派にやっているな、ひと回りもふた回りも大きな漢になっているな、と思わせたかった。

「そうなんだね。佐吉が元気そうで、あたし嬉しいよ」

花の咲いたようなさやかの笑顔がジンワリと佐吉に沁みた。だが――

「竹千代も佐吉のこと、ずっと気にかけているよ」

佐吉の眉がしかめられた。久方ぶりのさやかとのひと時に、竹千代の名が割り込んでくることが不快だったのである。ひねくれた言葉がつい出てしまう。

「嘘を吐け。大大名である竹千代様が俺ごときを気にかけるものか」

「そんなことないよ。岐阜にくる時だって、佐吉はどうしてるだろうッて言ってたんだから」

「竹千代も俺がオヤジ殿の家来になったことを知っていたのだろう？　一乗谷で墨俣城を見て、たまたま思い出したに過ぎぬ。実際には俺のことなど歯牙にもかけておらんさ」

「佐吉は、相変わらずのひねくれ者だね！」

さやかはプーッと頬を膨らませた。

佐吉は己の卑屈さを恥じる。今の自分の発言によって佐吉こそ竹千代のことを強く意識していることを露見させたようなものだ。

さやかが膨らんだ頬を元に戻し、こう言う。

「でも、よかった。信長さんと竹千代がお友達になってくれて……。佐吉が織田軍に入ったッて聞いてね、あたし、竹千代と佐吉が敵同士になっちゃうんじゃないかッて心配してたんだ。だけどこれでもう竹千代と佐吉が争うことはなくなったよね」

屈託なく微笑むさやか。だが、それは佐吉と竹千代との差が開いたことを意味している。

「………どうだかな」

ひどく冷たい声が佐吉の口から出た。

「織田と松平が同盟関係を結んだのは、互いの利害が一致したからだ。そのような同盟は情勢如何ですぐ解消される。……竹千代もそうなのではないか？」浅井長政もそうだろう？　同盟を結びながら腹の底では上様の寝首を掻く機会を狙っていた。……竹千代もそうなのではないか？」

「ナ……ッ！」

さやかが立ち上がった。縁台が揺れ、甘酒が倒れ、零れる。

「そんなことないよ！」

「……少なくとも俺は竹千代を信じることはできない」

鋭く佐吉を睨みつけていたさやかの顔が徐々に徐々に悲しみのそれへと変わっていく。

「佐吉はまだお兄ちゃんのことで竹千代を許せずにいるんだね……」

さやかの兄、服部半蔵。かつての松平の軍師であり、佐吉の師。その半蔵が、竹千代のせいで命を落としている。佐吉が竹千代を見限り岡崎を出奔したのは半蔵の死がきっかけであった。

「違う」

これだけはハッキリ言った。

半蔵が死んだ時、佐吉は確かに竹千代を憎んだ。だが、今の佐吉からは恨みなどという湿ッぽい感情は消えている。佐吉が竹千代に向けているのは、もっと本能的なものだ。

漢がふたりいる。ふたりいるのならば、どちらがより高い漢であるか決せずにはいられない。それを決するためならば生涯を費やしても惜しくはない。そういう灼熱のような漢の本能……。それを女のさやかに説明するのが難しい。佐吉は「違う」と言ったッきり黙るしかなかった。

「ネエ、佐吉、竹千代に会わない？　蟠りがあるなら、それを解消しようよ」

さやかの声は必死だった。だが、蟠りではない。そういうことではないのだ。

「会わん」

「どうしてなの？　会って話すなら今だよ」

今はまだ会えないのだ。会えば、佐吉は竹千代を羨望の目で眺めてしまう。低きにいる者が高きにいる者を見上げる目をしてしまう。そういう己を佐吉は許すことはできない。

佐吉は無言のまま縁台から立ち上がった。「勘定だ」と、銭を置く。

「さやか、俺は中国攻めの準備に忙しい。会えてよかった。さらばだ」

努めて素ッ気なく言って歩きだした。本当は笑顔で再会を約束するような別れにしたかった。己の中にある暗いものを解消し切らぬ限り、こういった別れ方しかできぬのかもしれない……。

「佐吉！」と、さやかが声を張り上げた。「あたしはまだ望んでいるよ。佐吉が軍師となって竹千代の隣にいる。そういう風景を……」

佐吉は一度振り返る。

「そんな日はこない」

言い切って、また歩み始めた。町は賑わっているのに、佐吉の胸は寂しかった。

四

明智光秀が、安土城内の渡り縁に腰かけていた。

陽が沈みかけ、西日が屋内を黄昏色に染めている。城内でも人気のない一角で、周囲はシンと静まり返り、ヒグラシの鳴く声だけがやけに寂しげに聞こえていた。

光秀は濡れた手ぬぐいを頰へ当て、冷やしていた。

信長に殴られた頰が、青く腫れている。色白の光秀なので、それがなおいっそう痛々しく見えた。口の中が切れてズキズキしている。傍らには割れた眼鏡が置かれていた。

（アア……また、眼鏡を買い替えねばならない……）

癇癖の激しい信長の傍近くに仕えるということはその逆鱗に触れる機会も多いということだ。怒鳴られる殴られるは日常茶飯事で、眼鏡を割られたのも一度や二度ではない。

だが、それでも光秀には軍師の職を厭う気持ちはなかった。

光秀を散々に罵倒し打擲する信長だが、高禄を与え、傍に置き続けている。信長は光秀を重宝し、優遇しているのだ。そして光秀も信長を信頼し、崇拝している。

殴る罵る。それでも信長は光秀を用い続け、光秀は意見し続ける。二名は、そういう特殊な信頼で結ばれた主従なのだ。そう割り切っている。割り切っているのだが……。

キシキシ……と、広縁を歩みくる音がした。光秀は余人に無様な姿を見られてはならぬと、慌てて立ち上がる。間もなく広縁の向こうよりひとりの男が現れた。

「オヤ？　明智様ではございませぬか」

純白の衣を纏った男だ。頭には宗匠頭巾を載せている。ニコニコと笑う顔には品があり優しげであった。目筋鼻筋が通った貴公子然とした美丈夫なのだが、美丈夫だと思う前に〝優しそうな人だ〟という印象のほうが先にくる。

「アア……これは、利休殿……」

――千利休と、いうのがこの男の名だ。織田家に近頃召し抱えられた茶人であり、織田家の茶頭を務めている。当代一流の茶人として名高く〝茶聖〟とすら謳われていた。

利休は光秀の頬の青痣を目にし、柔和な顔を曇らせた。

「その頬は、また信長公に？」

「ア。イヤ……」

曖昧に返す光秀だったが、利休はそれだけで察したようだった。

「ご苦労が絶えませせぬな」

柔らかくこう言った。光秀の心が和む。

この利休という茶人には対面する人を不思議と安心させる何かがあった。

「ひとつ明智様に茶を点てて差し上げたいのですが、よろしいですか？」

「イエ、左様な……」

「ご遠慮いただく必要はありません。明智様のお顔を拝見し、わたくしのほうで勝手に茶を点てでみたくなったのです。ご無理に、とは申しませんが……」

光秀は惹きこまれるように「それならば」と頷いていた。

利休に連れられるまま、光秀は茶室へと案内される。

四畳の狭い部屋であった。床の間に掛軸が一幅掛かっただけの質素な作りである。明かりは連子窓から差し込む夕日のみで、茶室全体が薄暗い。

（……オヤ？）

先客がいた。薄暗い茶室の隅に、ヒッソリと座する男の姿がある。

体格のいい男だ。上等な素襖を纏っているが、ボサボサの総髪と伸びッぱなしの髭に清潔感がない。野人を無理やり里に引ッ張り出して服を着せたような外見である。が、野人にしては野性味がまるでない。野性味どころか剝製のごとく生気すらない。

「荒木村重殿ではありませんか？」

あの一乗谷の戦に加わっていた城主のひとりである。一乗谷では活躍できなかったが、本来勇猛で知られる武将だ。戦働きを認められて信長より摂津一国の支配を任されてる。

荒木村重の首が動き、光秀を見る。光のない濁ったまなこだった。

「明智殿がきたのか？　アア、そうか……考えてみれば明智殿も至らぬを知る者……か……」

　意味のわからぬことを口にする。モトモト荒木村重はこういう男であった。戦場での豪快な働きぶりとは異なり、普段は抜け殻のようなのである。

「荒木殿、何ゆえここに……？」

　答えたのは村重ではなく利休であった。

「荒木様は、我が茶の湯の弟子にございますゆえ」

「そうだったのですか？」

　ボソボソと荒木村重が何事か口にする。耳を澄ませばこんなことを呟いていた。

「……道端の糞のごとき俺が……鐵城城主となり……一国の支配を任されたは……全て……利休様のおかげ……俺ごとき……道端の糞のごとき……俺が……」

〝道端の糞〟は、村重のたびたび漏らす自虐の言葉である。話によれば自身を〝荒木道糞〟と号しているとか。村重の自己肯定観の低さは、いささか周囲を辟易させるほどであった。

「荒木様に限りませぬ。多くのお武家様がわたくしのもとで茶の湯を学ばれております」

　昨今、武将の間で茶の湯が流行しているのは知っている。だが、荒木村重が茶の湯を嗜んでいたのは意外だった。村重が行儀よく座って茶を点てているところなど想像できない。

「サ。どうぞお座りください」

　利休が光秀を促す。光秀を座布団に座らせると、利休は茶を点て始めた。

薄闇の中、細く長い指が流麗な所作で茶筅を繰る。静謐の中、サカサカと音が響く。

光秀は、狭い茶室が外界から切り離されたひとつの異空間と化したかのような錯覚を覚えた。隅に座する荒木村重の存在感が希薄になり、やがて消滅したかのごとく光秀の意識から外れる。この空間に光秀は利休とたったふたりきりでいるような気になり始めた。

間もなく利休は光秀の前に茶を差し出した。ひとくち啜ると心地よい苦みが口の中に広がる。

「明智様をお招きするのは初めてでございましたね」

「エエ。上様は茶を好んでおりますが、私は無作法なもので……」

「無作法でございますか……。果たして作法とはなんでありましょうな。わたくしは、作法を知る者知らぬ者、貴賤や身分を問わず分け隔てなくそこにあるのが茶だと考えております」

フフッ、と光秀は微笑んだ。

「なるほど、上様が好まれるはずです。上様もまた貴賤や身分を問わず召し抱え、能力のある者ならば高く取り立てておられる。茶の道と通ずるところがあるのでしょうな」

「サテ……」と、利休は曖昧に呟いた。

「果たして信長公のなさりようと茶の道が同じか否か……」

「違うのですか？」

「信長公は貴賤を問わず、能力のある者ならば高く取り立てると仰りましたな？　逆を返せば能力のない者は蔑ろにするということになりませぬか？」

　この利休の言葉は、光秀に佐久間信盛追放の一件を思い出させた。

「また信長公は天下布武を表明しておられます。それは弱き者を強き力で従わせることに他なりませぬ。ここに強き者と弱き者との隔てが生まれます」

「しかし、それは乱世の倣いでありましょう？」

「左様にございます。乱世である限り、強き者——鐵城を動かせる者が天下を制するより仕方がない。鐵城を動かせぬ者は天下が平らげられる日まで耐え忍ぶしかない……」

「イヤ、そうではござりますまい」

　思いの外に強い声が光秀から出た。利休の言葉が光秀の深い部分を突いていたからである。

「恥ずかしながら、この明智光秀、武家に生まれながら身に魂鋼を宿すこと叶わなかった。ですが信長公は左様な私を認め、軍師にまで取り立ててくださっております。羽柴殿など農民の出でありながら、鐵城ふたつを与えられておりましょう？」

　利休は一語一語頷きを返しながら聞いていた。光秀が語りきると、静かに口を開く。

「ですが、明智様はあくまでも軍師にございましょう？　羽柴様も信長公の御家来」

「そう……ですが……」

　光秀は言葉に詰まった。

「もし鐵城を動かすことができたならば……左様に思われたことはございませぬか？」

「それは……」

ある。幾度もある。だが、望んでも叶わぬことだ。叶わぬゆえに軍師の道を選んだのだ。

「私が鐵城を動かせたところで、どうにもなりはしますまい……」

「イイエ、明智様ならば鐵城の力を正しく用いることができましょう。明智様は至らぬを知っております。至らぬを知る者だからこそ成し得ることもあるのではないでしょうか？」

「……至らぬを知る？」

「ここに」と、利休は、己の胸に手を当て「胸の内に鋼鉄の城を持つ者は世を焼け野原にすることしかできませぬ。国土を焼いて天下を統べたところで、新たな火種が生まれるもの。真に戦乱の世を終わらせられるのは、至らぬを知る者――胸の内に鋼鉄の城を持たぬ者なのです」

クスリ、と利休が控えめに微笑む。

「――と、わたくしは思います。わたくしの茶が目指す平等とはそういうものにございます」

「能力を持つ者も持たぬ者も、強き者も弱き者も、魂鋼を宿す者も宿さぬ者も……平等……」

「ハイ。それがわたくしの茶――〝わびさび〟の茶……」

不思議な言葉が利休の口から出てきて、光秀はキョトンとなる。

「〝わび〟とは『万葉集』に載る古き大和言葉――相吾成比を略したもの。吾れ成りたきに相成る――〝望む己に成る〟とでもいった意味でしょうか」

「望む己に……成る……。あいわなびい……」

その言葉は光秀の胸に響いた。光秀はやや前のめりになって尋ねる。

「では、さび、とは？」

「〝さび〟……で、ございますか」

利休は一時黙して意味深な間を作る。やがて口にしたのは次の一言だった。

「――〝錆〟……」

この一語を口にした時、利休の瞳にほんの一瞬間、妖しい何かが生まれた。

「如何に堅固な鋼鉄の城も一片の錆をもとに落城致します……」

ゾクッ、と光秀の背筋に得体の知れぬ悪寒が走る。

次の瞬間には利休の眼差しは元の柔和なそれへと戻っていた。

「明智様もわびさびの茶の湯を嗜まれてはいかがでしょう？」

「私が……？」

利休が茶室の隅へと目をやる。この時、ようやく光秀はそこに荒木村重が座していたことを思い出した。消失していたものが、今忽然とそこに戻ってきたかのようだった。

「荒木様もかつては魂鋼を宿すことなく、摂津池田家の足軽として冷遇されておられました。それが、茶を学ばれてから御出世なされ、池田様に成り代わり摂津を授けられましたな……」

光秀は耳を疑った。

（荒木殿が魂鋼を宿さぬ身だった？　ではなぜ今になって有岡城を操城しておられるのだ？）

ハッと光秀の脳裡に先ほど聞いた言葉が蘇る。

——あいわなびぃッ……！　望む己（おのれ）に成るッ……!?

フフフ……、と利休（りきゅう）が意味深に微笑（ほほえ）んだ。

「近きうちに京で門弟を集め茶会を催す予定にございます。入門を迷われておられるならば、そちらに御出席いただいた後にお決めになられてもよろしいかと」

「茶会を……？」

「ハイ。京の〝愛宕山（あたごやま）〟にて」

陽が山向こうに沈んだ。ソロリと茶室が闇に沈む……。

五

翌日は風の強い日だった。千切（ちぎ）れ雲が強風に煽（あお）られるように早く流れていく。陽射しはあるが、吹く風が歩む人を肌寒くさせる。竹千代（たけちよ）が岐阜を出立（しゅったつ）するのはそのような朝だった。

岐阜の町を出て、突風に抗（あらが）いながら草原を歩む竹千代と康政（やすまさ）の視界の遥（はる）か先に、端座体勢で停止する浜松（はままつ）城が見える。草原のあちこちに、同じように停留する鐵城（キャッスル）が見受けられた。

内、一体がドッドッドッ……と起動音を立てて身を起こし、重々しき足取りで北へと歩むのが見える。柴田勝家（しばたかついえ）の北ノ庄（きたのしょう）城だ。上杉（うえすぎ）を迎え撃つために北陸へ向かうのだろう。

他の鐵城（キャッスル）も一体、また一体と起動し、それぞれの方向へと歩み出す。伊勢（いせ）長島へ向かう滝川一益（たきがわかずます）の蟹江（かにえ）城、京へ向かう丹羽長秀（にわながひで）の後瀬山（ごせやま）城……。それぞれの戦場へ……。

「俺たちもいかねばな」

「そうですね。さやかちゃんは先に戻っているようですし」

　昨日の夕方、旅籠に戻ったさやかはどこか落ち込んでいた。今朝、「チョットひとりで歩きながら考え事をしたい」と、早々に浜松城へ戻ったのも、いつものさやからしくなかった。

（昼間、岐阜で何かあったのかな?）

　そんなことを考えていると、康政がフト言った。

「あのひとつ残った城は羽柴殿の墨俣城でしょうか?」

　康政の指差した先――他の鐵城が尽く出立したにもかかわらず、一城だけ残っている城がある。猿を模した小型のそれは墨俣城に違いなかった。

「損壊が激しかったですからね。まだ修築が済んでいないのでしょう。――オヤ?」

　康政が歩みを止める。墨俣城の方から歩んでくる男がいたのだ。長身痩軀で総髪の男である。

「あれは……」

　――石田佐吉であった。

　佐吉もこちらに気がついたらしく、その場で立ち尽くす。

　竹千代の中で言葉にならぬ様々な感情が表れては消えた。

　遠く距離を置いたまま、竹千代と佐吉は互いに身動きが取れぬまま佇立する。

　暫時、十分な戸惑いの時間が過ぎた頃、突如――佐吉の目つきが変わった。激しい焔を宿した燃える瞳へ。ギラギラと輝く眼差しは、竹千代をシッカと睨みつけている。

(戦え！　立って俺と戦え！)

佐吉の灼熱の視線を受け、竹千代もまた胸の内にメラメラと湧くように何かが燃え立つのを覚える。己の中にある根源的な何かが燃えていた。

異様な竹千代の気配に気がついたのか、康政は一言も発さなくなっている。

やがて、竹千代と佐吉、申し合わせたかのごとくふたり同時に歩みだす。互いに互いの目を見ていた。まなこを通してその奥にある燃える何かを見ていた。

ふたりの距離が徐々に近づいて、ついに数間ほどまで肉薄する。そこでふたり、足を止めた。瞳の炎と炎とが凝視し合う。それでも双方、無言であった。やがて——

「……俺は西へいく」

佐吉が言った。

「俺は東だ」

竹千代がこう返す。

会話はこれだけだった。ふたりは再び歩みだし——すれ違った。

石田佐吉は〝西〟の毛利元就との戦いへ、松平竹千代は〝東〟の武田信玄との戦いへ、かつて同じ道を歩んでいた二名は逆方向の違う戦場へと向かうのである。

歩めば歩むほど遠くなる二名。だが、なぜだろう。竹千代は佐吉がこの世の誰よりも己の近くにいるような気がするのだった。常に佐吉の〝熱〟を感じ続けているような気がするのだ。

猛風の中、戦場へ向かう竹千代は、なぜだかその〝熱〟をひどく頼もしく感じていた……。


サテ、竹千代と佐吉とが互いの道を歩んでいった時、その様を眺めている人物がいた。

安土城の外廻り縁。蝶の刺繍のされた群青色の打掛の少女が遠眼鏡を覗き込んでいる。

少女は、遠眼鏡を降ろすと、感情のない細い声でこう呟いた。

「あれが松平竹千代様……。わらわの次の夫になる御方……」

【傀儡姫岡崎輿入　羽柴秀吉中国征伐開戦】

一

山国、甲斐は夜闇に沈んでいた。

幾重にも連なる山、また山……。遠く甲斐駒ケ岳や大菩薩嶺などの峨々たる山容が望める。千尋の断崖がある。鬱蒼たる樹海がある。磊々と奇岩が転がる渓谷がある。

この山岳世界は、人よりも獣たちの領域であった。この国の獣はでかい。兎や貂すら犬ほどもある。狐や狸など子牛ほどもある。熊や猪に至っては八尺を優に超える。そして人を襲う。山道に迷った旅人が大狼の群れの餌食になる。猟人が大鹿に突き殺される。渓流に潜む大岩魚が釣り人を呑む。山猿の群れが人里を襲って女をかどわかす。

このような人外の地に神代の昔より根を下ろし続ける戦闘民族がいた。

――〝甲斐源氏〟。神代の英傑新羅三郎義光を祖とする諸氏族である。

彼らは甲府盆地に蟠踞し、獰猛な野獣どもの世界で連綿と血脈を保ってきた。

日常そのものが猛獣との終わりなき闘争。隔絶された山国の中で、人間同士もまた血で血を洗う戦を繰り返し、独自の武術と軍学を発達させた。ゆえに精強無比、勇猛果敢。

今、その甲斐源氏の荒武者どもが、甲府の武田館の庭前に集結していた。

夜天を焦がさんばかりに燃える篝火に照らされ、地べたに座する者どもは、皆、顔つき猛々しく、筋骨隆々。纏うのは熊、猪、狼、野狐など、野生獣の皮の羽織。さながら獣人の群れを見るがごとし。その数、二十四人。

武田典厩、武田逍遥軒、一条信龍、飯富虎昌、高坂昌信、山県昌景、甘利虎泰、板垣信方、内藤昌豊、馬場信春、真田幸隆、真田信綱、真田昌幸、原虎胤、原昌胤、横田高松、小幡虎盛、小幡昌盛、秋山虎繁、穴山梅雪、小山田信茂、三枝守友、多田満頼、土屋昌次。

以上、甲斐武田軍の精鋭二十四人――通称〝武田二十四将〟。

ひとり残らず鐵城城主。ひとりひとりが一騎当千。武田の誇る鬼武者どもだ。

「ホオ、織田が三河松平と結んだと……？」

太い声がした。虎が唸るような声色である。

広縁に腰掛け二十四将を眺める大柄な漢がいた。年の頃、三十代の後半といったところ。巌のごとき体軀。太い腕。太い足。太い首。太い肩。太い胸板。焔の形をした特徴的に太い眉。獅子の鬣を思わせる焦げ茶色の毛髪。武骨な貌立ちも獅子のそれによく似ていた。

男の貫録は二十四人の猛将を前にして全く引けを取ることがない。獅子の化身のごとき威厳を湛え、二十四頭の諸獣を統率する百獣の王といった風格があった。

――武田徳栄軒信玄。

この漢こそ甲斐源氏の頭領、武田信玄なのである。

「つい先程、美濃に放っていた三ツ者（忍び）より左様な報告がござりましたなァ」

と、信玄に答えるしゃがれ声。信玄のすぐ傍にうずくまるように控える小柄な男からである。

左目がギョロリと大きいのに対して、右目は糸のように閉じられ、瞼の上に縦一線の刀創が見えた。隻眼である。坊主頭に無精ひげ、団子鼻、厚い唇……。醜男の部類に入る容貌だが、隠しきれぬ深い知性が面に滲み出ていた。身に纏っているのは大狸の毛皮の羽織。

——山本勘助入道道鬼。

世に聞こえた武田の天才軍師、山本勘助とはこの人のことだ。

「とは、申しましても、松平は織田へ援軍を求めておらぬようですなァ～。織田に脅かされる憂慮を断って我らを迎え撃ちたいがためでありましょうノォ～」

信玄は、フッフフッフッと太く含み笑う。

「松平竹千代。余人の助けを借りず、この信玄と真ッ向勝負を所望とは、天ッ晴れな漢よ。戦士とはそうでなくてはならぬ。だが——」

信玄が笑いやんだ。

「——青い」

と、断ずる。

「主君が左様な蛮勇の持ち主ではならぬ。いたずらに兵を損じ、領民に無用な被害を出すこととなろう。兵は恐れを知らず勇猛であるべし。君は恐れを知って慎重であるべし……」

こう語る信玄は、巨獣のごとき風貌に似合わず哲学者のようであった。

「竹千代なる漢、天叢雲（アマノムラクモ）を所持するに恥じぬ武士（もののふ）には違いあるまい。しかし、一軍の将としては未熟と見た。あと五年もすれば名将となるやもしれぬが……惜しい。実に惜しい……」

惜しい――すなわち信玄は、己（おのれ）の手で将来性ある竹千代を討つと確定してものを言っている。自惚（うぬぼ）れや侮（あなど）りではないところに静かな凄味があった。

「ホオ、ずいぶんと竹千代公を買っておいでですな？　天叢雲（アマノムラクモ）を所持し、織田の助けを借りぬ――それだけのことで竹千代公を惜しい武士（もののふ）と見立てた理由を伺（うかが）いたく存じますな」

山本勘助の問いに、信玄は微笑を返した。

「理由などない。わかるのだ。竹千代の血気、無謀、勇猛。それらが何に起因するか……」

信玄が大きな手のひらを己の胸へ当てた。

「竹千代は、俺と同じ場所に魂鋼が生じたのであろう？」

信玄のこの一言が場を硬直させた。勘助のみならず二十四将全てが如何な顔をすればよいのか戸惑いを見せる。気まずい空気を笑い飛ばすように信玄が高笑った。

「ハッハッハッハッ！　竹千代は若き日の俺と同じなのだ。刹那（せつな）の命を如何に美しく輝かせ、燃やし尽くすか、念頭にあるのはその一点のみ。そうであった日の俺とな」

こう言った後、ポツリと信玄は呟（つぶや）く。

「イイヤ……今の俺も同じかもしれぬな……」

この呟きは傍らの勘助にも二十四将にも聞こえなかった。

「シテ、お屋形様、上洛はいつになりましょう?」

勘助が気を取り直すように尋ねた。呼応して二十四将たちが次々声を上げる。

「上杉軍はすでに越後を立っておると聞きまするぞ! このままでは後れを取りまするッ!」

「お屋形様が一声あげてくだされば、今この時でも出陣できる支度が整ってござるッ!」

スッ……と、信玄が腕を上げた。

「マア、待て」

これだけで滾りたった荒武者どもが鎮まった。

「まだ期ではない。期が訪れるまでは、静かなること林のごとく、動かざること山のごとくよ。我ら武田機馬軍の俊足を持ってすれば、後れを取ることもないわ。期が訪れるとともに……」

信玄が拳を突き上げた!

「風のごとく、火のごとく! 我らは京へ向かい出陣する! 三河松平を平らげ、京の織田信長を討ち滅ぼすのだッ! 我ら甲斐源氏が天下をこの手にする時ぞッ!」

「おおおおおッ! お屋形様に天下を取らせるのだァァァッ!」

二十四将が血気盛んな雄叫びを上げた。これを合図に女たちが盆に酒を載せて現れる。二十四将おのおのに土器が回り、女たちが注いでまわった。たちまち宴が始まる。

酒宴に湧きかえる二十四将を満足げに眺めると、信玄はユルリと立ち上がった。

「悪いが俺は先に休ませてもらうぞ。うぬらは存分に飲み楽しめ」

こう言うと、信玄は館の奥へと下がった。庭先の宴の喧騒を背に聞きながら、巨体を薄暗い屋内へと運んでいく。ピシャリと障子を締め切ると——

「ぬッ……ぬぐうううううう……」

胸を押さえて屈みこんだ。脂汗のビッシリ浮いた厳めしい顔が苦痛を堪えて歪んでいる。

ごつい手が懐より薬紙に包まれた丸薬を取り出す。震える手で口へ持っていき、一息に呑みこんだ。しばらくすると顔面より苦悶の色が引いていき、肩で息をしながら胸を撫で下ろす。

「忌々しき……我が心の臓め……。これを今少し整えねば……上洛など叶わぬ……」

そんな信玄に薄闇の奥より声がかかった。

「親父……」

ハッと信玄は振り返る。ひとりの若者が立っていた。信玄とよく似た鬣のような焦げ茶色の髪をした青年である。顔立ちも信玄に似ているが、やや優しげであった。

「か……勝頼か……」

武田勝頼。十七になる信玄の息子であった。信玄は立ち上がり威儀を正すと、素ッ気なく言う。

「勝頼。貴様も宴に混ざってこい。いずれ貴様を支える家臣たちだ……」

「親父！」

追いすがるように勝頼が声を張った。

「本当にそんな体で上洛するつもりかよ！　無茶だ！」

「無茶だと……？」

「アア、無茶だろ！　どうして勘助たちは止めないんだ！　親父の心臓は……」

「青二才めが」

冷たく信玄は一蹴した。

「勘助や二十四将は、皆心得ておるわ。俺がこの生涯において何を望み何を成したいかを。無茶などと抜かし止め立てする軟弱者など我が軍にはひとりもおらぬ」

軟弱者と言われては、勝頼もものが言えなくなる。

「越後上杉が上洛に向けて動き始めておる。俺は三河松平を倒し、織田を討ち、そして京にて上杉と相見える。そう約束を交わしたのだ……」

語る信玄のまなこに憧憬にも似た焔が燃えていた。

「──上杉謙信公とな……」

驚くべき名を耳にし、勝頼が目を見開いた。

上杉不識庵謙信──甲斐とは信濃を挟んで北にある越後国の支配者。信玄と謙信は幾度となく信州川中島にて合戦を繰り返したが未だに決着がついていない。信玄生涯の宿敵である。

「俺は謙信公と約束した。京にて川中島の決着をつけようぞと。武田か上杉か――勝利したほうが天下を取るのだと。違えるわけにはいかぬ」

「待ってくれよ……。いつの間にそんな文のやり取りを……?」

「文など交わしておらぬわ。言葉もな。ここよ」

と、己の胸に握り拳を当てた。

「この胸の内にて約束を交わした。俺にはわかる。謙信公も同じことを思うておろう」

余人が言えば一方的な妄想と受け取られそうな発言だ。だが、信玄が語ると一笑に付すことのできぬ重みがある。幾度となく生か死かの激戦を繰り返し、敵意や憎悪を超越した友情すら抱いている信玄と謙信ならば、言葉を交わさずとも通じ合う何かがあってもおかしくはない。

勝頼は、胸が熱くなるのを覚え、気がつくとこう口走っていた。

「お、親父……俺も京に連れていってくれ」

京にて戦国の二巨星である武田信玄と上杉謙信が、互いに胸の内で決着を誓い合い、天下を争う。武士であるならば胸を熱くせぬはずがない。だが、信玄はギロリと勝頼を睨んだ。

「貴様を連れていってどうなる? 何ができるというのだ?」

信玄の目線が勝頼の右肩へと向けられた。

「――未だ魂鋼をその身より摘出できぬ、貴様に何ができる」

反射的に勝頼は自身の右肩に手をやった。その顔が恥辱と悔しさによって赤く染まる。

普通城主の家系の武士ならば十数歳で体内に適量の魂鋼が生成される。だが、勝頼の魂鋼は生成の速度が遅く、まだ十分な大きさに達していない。ゆえに未だ摘出できていないのである。

体質ゆえ仕方ないことだが、戦闘民族甲斐源氏の男としては恥ずべきことだった。

「鐵城を動かせずともやれることはある！　陀威那燃でもなんでも回す！　必ず役に立つ！　だから俺を連れていってくれ！　俺だって甲斐源氏の戦士だ！　俺にも戦わせてくれッ！」

「たわけがッ！」

激しい一喝が信玄の口より迸った。

「武田の次期当主が足軽に混じり陀威那燃働きだとッ！　貴様には誇りがないのかッ！　誇り無き者が戦士を名乗るなど片腹痛い！　戦働きなど百年早いわッ！」

「お……俺に……」と、口ごもった勝頼だったが、意を決したように「俺に才がないからか？　だから俺を認めてくれぬのか？　俺が松平竹千代のようならよかったのか⁉」

「何？　松平竹千代だと？」

信玄の声には苛立ちがあった。

「き、聞こえていたぜ。松平竹千代を語っていた時の親父の声は、生き生きして聞こえた。まるで竹千代のほうが自分の息子みたいにさ……。俺が竹千代のようだったら……」

「貴様、グチグチグチグチと！　目障りだッ！　失せいッ！」

巨大熊すら失禁せしめる武田信玄の激しい怒声をぶつけられ、勝頼は唇を硬直させる。しばし忿怒の相を前に落ち着きなく目線を泳がせていたが、やがて、スゴスゴと室を出ていった。

トッ、と障子の閉まる音が聞こえると、ようやく信玄の怒り顔が和らぐ。

「勝頼。あれが今少しでも頼りになれば……」

諦念の声で呟いた。

二

三河国岡崎に浜松城が帰還していた。

居城形態を取った浜松城の広間には、松平竹千代を始め、その重臣たちが集っている。

竹千代とともに信長と謁見した榊原康政、巌のごとき体軀の古将本多忠勝、岡崎の生き字引〝爺〟こと酒井忠次ら松平三家老。下座には軍師服部さやかの姿もあった。

「サテ、甲斐の武田が上洛に向け動きを見せている。俺たち松平は、織田に代わってこの三河で武田を迎え撃つことになった。全力を尽くし武田を甲斐へ追い返すぞ」

竹千代が、周知のことを改まって口にするのは、一同に覚悟を促すためだ。

酒井忠次がオズオズと口を開く。

「織田からの援軍はないとお聞きしましたぞ？　そ、それはまことにございまするか？」

「本当だ、爺」

「わ、我らだけであの武田を迎え撃つと？　そ、それはあまりに無謀では？　ノウ、忠勝」

本多忠勝は無言で太い腕を組み、難しい顔をしている。

「忠勝。武田信玄ッてのは、そんなに強いのか？」

こう尋ねた竹千代だが、甲斐の武田が強いことぐらいは知っている。ただ、強い強いと伝え聞くばかりで実感としては今ひとつわかっていないというのが正直なところだった。

「強うござるぞ。最強という言葉があそこまで相応しき御仁も珍しかろうと存じますな」

こう本多忠勝は言った。

「外界から隔絶された山国甲斐は源氏の血が色濃うござる。城主ひとりひとりが我こそ最強と嘯き、争い合う混沌たる地でござった。そのような甲斐を、信玄公は家督を継ぐやいなや剛腕一本で統一してしまわれたのでござる」

「俺だって三河を統一したぞ」

「畏れながら、今川に服属しながら命脈を保ってきた三河国衆を切り従えるのと、神代より争乱に明け暮れていた甲斐源氏を纏め上げるのとはわけが違いまする」

三河を統一するだけでも、竹千代にとっては祖父の代からの悲願であり、大偉業であった。それが甲斐統一と比べれば圧倒的に軽い出来事だと忠勝は断じたのである。

「忠勝。まだ俺はよくわからんぞ。それだけ強い武田がどうして未だに甲斐一国しか統一できていないんだよ。上野や信濃はまだ半分までしか支配下に置けていないんだろ？」

もっともな疑問である。竹千代など三河のみならず遠江や駿河を制圧している。

「それは、信玄公のお生まれになった甲斐という土地のせいでしょうね」

と、口を挟んだのは榊原康政だった。

「甲斐の周辺に目を向ければ、駿河に〝東海一の弓取り〟今川義元が、相模に〝相模の獅子〟北条氏康が、そして越後に〝軍神〟上杉謙信がいました。本多殿は信玄公を最強と言いましたが、今並べたどの御方を取っても最強の称号に相応しくない方はおりません」

竹千代はその内のひとり今川義元と戦っている。勝てたのが不思議なぐらいの強敵だった。あの今川に匹敵する武将が他に三人も東国に固まって存在している……。

「それで武田は未だに上野と信濃を半分しか制圧できていないッてことか……」

「武田が今の今まで上洛できなかったのも、領地を離れれば、他の勢力に攻め込まれてしまう懸念があったからでしょう。ですがご存知の通り今川は我が殿が倒してしまわれた」

「アア、そうだな」

「奇しくも四竦みの一角を崩してしまったのです。さらに武田は最近相模の北条と同盟関係を結びました。これで二竦みです。そして何よりも越後の上杉謙信公の存在が大きい」

「康政さん、謙信さんッてそんなに強い人なの？」

キョトンとしたさやかの問いに、酒井忠次が喚き声を上げた。

「当たり前じゃ！　上杉謙信公と言えば〝軍神〟じゃぞ！　〝毘沙門天の化身〟じゃぞ！」

「エ？　あたし、テッキリ謙信さんッて人間だと思ってました」

「人間ですよ、さやかちゃん」と、榊原康政が苦笑し「人間ですが、その戦の強さが人間離れしているんです。神がかっている、と言ってもいいでしょう」

「そうじゃ。武田信玄公との四度目の川中島での合戦などまさに神がかっておるノォ……」

酒井忠次が目を細めて語り始めた。

「謙信公は川中島合戦において絶対不利と言われた妻女山に、何ゆえか自身の鐵城春日山城を布陣したのじゃ。妻女山は死地じゃった。無論、家臣一同、止めたが謙信公は聞き入れない。『アア……此度の戦は負け戦か』と、誰もが思ったと言う。しかーしッ！」

バシンッと忠次が扇子で膝を叩いた。熱心に聞いていたさやかがビクッとなる。

「開戦の刻限が近づくにつれ、霧が立ち込めてきたのじゃよ！　武田軍は濃霧のために妻女山上の春日山城に気がつかない！　これによって謙信公は見事に武田の背後を突くことに成功し、信玄公をあわやというところまで追いつめたのじゃ！」

忠次は扇子をフリフリ講釈師のように雄弁に語る。

「謙信公自身果たして霧が出るのを予測していたか定かではない。後に臣下の者が何ゆえ妻女山に布陣したかを尋ねたところ『妻女山が光放って見えたゆえ』とだけ答えたそうな」

「い、意味がわからないよ」

スッカリ困惑顔になってしまったさやかへ、康政がこう言う。

「そうなんです。謙信公の戦には常人の理解の及ばぬところがあるんです。理屈ではない……

神の信託でも受けたかのような勝ち方をするんですね。ゆえに謙信公は〝軍神〟や〝毘沙門天の化身〟と神格化され、越後国人のみならず全国の侍の畏敬の対象となっているんです」

「な、なんか……すごい人なんですねェ〜」

「先程、四竦みの話をしましたけど、武田が未だに信州と上州を完全に支配下におけていない一番の理由は、北条や今川よりも謙信公の存在が大きかったでしょうね」

「で、その謙信公が、越後を離れた……と」

竹千代が神妙に言った。

「ハイ。謙信公が武田に先んじて上洛に動き出してしまった。織田の柴田勝家殿がそれを迎え討つために北陸へ兵を進めています。これで武田は自由になってしまったわけですよ」

「康政、ひとつ解せないんだが、どうして上杉は領国を離れて上洛を決意したんだ？　越後を離れているうちに武田が攻め込んでこないか不安じゃないのか？」

「そこが謙信公という御方のわからないところなんです。常人の理解が及ばないんです」

実際、謙信が離れた越後を武田は侵そうとはせず、競うように上洛に向けて動き始めた。

「上杉謙信公か……」

物思うように竹千代は呟いた。と、ここでバタバタと慌ただしく駆ける足音が聞こえる。

「なんじゃい、騒がしい？」

忠次が不平を漏らした時、バンッと障子が勢いよく開け放たれた。

姿を見せたのは十代も前半といった小僧である。竹千代の顔を見るや、こう喚いた。

「オイッ、竹千代！　変な連中がやってきてるぜッ！」

赤毛に褐色の肌のこの少年の名は、井伊虎松。遠江豪族だったが没落して盗賊の頭になり、現在は松平の家臣に納まっている。こう見えても魂鋼刀を所持する鐵城城主だ。

「殿を呼び捨てにするとは何事じゃッ！」

さっそく酒井忠次に叱りつけられたが、虎松は悪びれもせずズカズカと広間に入ってくる。

「じっちゃん、悪いが、お小言は後にしてくれよ。おいらァ、竹千代に……ヤベ、また言っちまったい。悪いのはおいらじゃなくて、この口だァな。文句があるなら口に言っとくれ」

忠次がまた怒鳴りつけようとするのの先を取り、竹千代が尋ねた。

「虎松。変な連中がきているとか聞こえたが？」

「それだそれだ。変な砦城がゾロゾロゾロゾロ、岡崎城下をこの城目指してやってきてらァ」

「砦城？　敵襲か？」

「敵襲？　あれが敵襲ッてんなら、ずいぶんとマア、お上品な敵襲があったもんだ。敵が列を成してやってきてんのに、喧嘩十段虎松様が報告になんてくるもんかい」

「いいから何があったんだよ。早く話せ」

「説明すんのが面倒くせえや。おいらのこの口があんまりペラペラ動くと、そこのじっちゃんの入れ歯が飛んじまう。直接その目で見りゃいいんだ」

こんなことを言う。一同、怪訝な面持ちで天守に登り、外廻り縁より城下を見下ろした。

「……なんだあれは？」

虎松の報告通り、岡崎の大通りを数体の砦城が列を作り歩んでいた。

奇妙なのは、その砦城らの出で立ちである。武骨な木製の装甲の上から着物を纏っているのだ。ある砦城は裃姿。ある砦城は女物の美々しい打掛け。武器は携帯しているものの、装飾性の高い飾り城刀や飾り城槍、あるいは赤い唐傘なんかを握っている。

それら着飾った砦城らに守られるように、豪華絢爛な意匠の施された四脚の輿形砦城が見受けられた。戦闘用の砦城ではなく、貴人の乗り物として用いられるものだ。

そんな行列が実に優雅にシャナリシャナリと浜松城へと近づいてくるのである。

「あれッて……花嫁行列？」

さやかが呆然とこう呟いた。そう。この時代の武家の花嫁行列である。遠方からの輿入れの際、花嫁護衛も兼ね、引き出物や嫁入り道具を積んだ砦城を飾りたてて花嫁行列とするのだ。

「罠ではなかろうな？　花嫁行列に扮して我らへ奇襲を仕掛けるつもりやも……」

忠勝が冷静にこう言った。康政も首を捻っている。

「だとすれば大胆不敵ですね……。しかし何者が……？」

暫時、一同、どう対処したものかと思案するも、これといった結論は出ない。花嫁行列はドンドン岡崎城に近づいてくる。と、けたたましい絡繰り音が聞こえてきた。

ギィィガッチャンッ！　ギィィガッチャンッ！

手摺りより身を乗り出し、眼下を見れば、浜松城の城門が開き、一体の砦城が出てきた。

「なんだ？　誰が操城してるんだ？」

「そういえば、虎松君の姿が見えませんが……」

康政の語尾に被さるように、今しがた出てきた砦城より元気イッパイな声が飛び出してきた。

『ヤイヤイヤイッ！　そこのキラキラナヨナヨした砦城ども！　止まりやがれぃッ！』

井伊虎松の声であった。

『そんななりしてたって、てめえらの魂胆はお見通しなんでぃッ！　うちの本多忠勝ってェデカブツ親父が、花嫁に化けて喧嘩吹ッかけようとしてるってェ、スッカリ見抜いてたぜッ！』

どうも、喧嘩ッ早い虎松、そこまで話を聞いてすッ飛んでいったらしい。

花嫁行列は歩みこそ止めたものの、虎松の啖呵に一切の返答をしなかった。

『オラオラどうしたいッ！　図星を突かれてものも言えねえかッ！　かかってくるなら、トットトかかってきゃァがれッてんだ、べらぼうめェッ！』

相手が黙ってるのをいいことに、虎松は散々に挑発の言葉を吐きまくる。

「あいつ勝手なことを……。俺、いってくるぜ！」

竹千代が急いで天守の内へ引き返し、階段を駆け下りた。

「アッ！　殿、おひとりでは危のうございますぞ！」

叫んだ酒井忠次含め、康政、忠勝、さやかも後に続く。

竹千代らが城門を飛び出した時、まだ虎松砦城と花嫁行列は睨み合ったままだった。

「コラッ！　虎松、やめろ！」

まず虎松を叱った後、竹千代は花嫁行列へ顔を向ける。

「あんたらも、何者なんだ？　岡崎になんの用があってきた？」

花嫁行列が、動きを見せた。ポッコポッコと中央の輿形砦城が行列の中から歩み出てくる。

虎松が警戒の色を見せるがお構いなく近づいてきた。

竹千代の前までくると、四脚が屈折し輿が地面へ降りる。スルスルと正面の御簾が上がった。

輿の内より、シズシズと歩み出てくる者がいる。白無垢姿の女であった。綿帽子で顔を隠した純白のその姿は紛うことなき花嫁衣裳である。

『エ？　アレ？　本当に花嫁さんが出てきやがったぞ？』

呆気に取られて声を漏らす虎松。

白無垢の女は、虎松の鐵城など無い物のごとく真っ直ぐに進んできた。啞然とする竹千代の目前までくると白無垢の女は地べたに膝をつく。三つ指ついて頭を下げて——

「不束者ですがよろしくお願いいたします……」

竹千代は何を言われたのか理解するのに時がかかった。チラッと周りの康政や忠勝、忠次、さやかへ目線を向けてみるも、皆、目をまん丸くするばかりである。

「あ、あのさ、君、俺と誰かを間違えてないか?」

尋ねると、冷たいほど抑揚のない声で女がこう言った。

「ここは三河岡崎の松平様のお城ではないのですか?」

「ウン、マア、松平の城だけど……」

「あなた様が松平竹千代様にございますね」

「アア。俺は竹千代だ」

「では間違いございません。わらわは竹千代様の嫁になるために参りました」

竹千代、困ってしまう。急に嫁にきたと言われても寝耳に水もいいところ。これ以上なんと尋ねてよいものか迷っていると、女のほうでこう問うてくる。

「兄上から何も聞いておられぬのですか?」

「兄上?」

女が、下げていた顔をユルユルと上げる。

この時、初めて竹千代は綿帽子に隠れていたその顔を目にし、ハッと息を呑んだ。

肌は雪細工のように白く、触れれば溶けてしまいそうなほどである。睫毛が長く、唇は桜貝を思わせて可憐だった。地上の者とは思われぬほどの絶世の美少女だったのである。

が、竹千代が息を呑んだ理由は、その美貌とは別のところにあった。切れ長の瞳が冷たすぎる。冷たいというより虚ろだ。光を宿さぬそのまなこは、氷玉をはめ込んだかのようだった。

（生きているのか……？）

一時、そう疑った。少女はおそろしく精巧に作られた絡繰り人形のように、生気とか感情とかいうものが欠落して感じられたのである。

「織田信長の妹、市と申します。どうぞ末永くよろしくお願いいたしまする」

白無垢の少女——お市は無感情に言って、また頭を下げたのであった。

三

毛利大帝国、中国ッ！

因幡、伯耆、出雲、石見、美作、備前、備中、備後、安芸、周防、長門の十一国が中国と呼ばれ、それに但馬と播磨を加えた広大な本州西部一帯が毛利の支配領域であるッ！

中国諸国には、毛利に服属する鐵城城主たちが夜天の星のごとく点在し、おのおの龍域を守護していたッ！　織田信長より中国征伐を命じられた羽柴秀吉一党は、これらの中国武将たちをひとつひとつ攻略し、毛利の本拠たる安芸国まで駒を進めねばならないッ！

強敵また強敵ッ！　難関また難関ッ！　苦難に満ちた侵攻になることは必定ッ！　果たして秀吉は、そして石田佐吉は立ちはだかる難敵を打ち倒し、安芸まで辿りつけるのであろうかッ!?

「安芸まで辿りつく必要はありません」

と、アッサリ筆者の熱の籠った前置きを否定したのは竹中半兵衛であった。

これは数日前のこと、墨俣城での軍議の席における会話である。

「我らの任務は上様による毛利討伐の露払い。敵領の奥深くまで入り込む必要はありません。安芸のことはとりあえず考えなくてもよいでしょう。目下我々が制圧すべきは播磨国です」

播磨は、摂津国のすぐ西隣り――畿内から山陽への玄関口のような位置にある国であった。

「播磨ならば救援を求めやすい。万一の場合には撤退も容易です。まずは播磨を完全に制圧し、前線基地として徐々に中国の諸将を切り崩していき……そうですね、備中まで兵を進めましょう。そこまで侵攻すれば、毛利の方から出てこざるを得なくなる」

こう語った後――

「差し当たって強敵となる毛利方の武将は――」


但馬の要所、霧深き山岳の雄――但馬　竹田城主　太田垣輝延ッ！

毛利の重臣吉川一門随一の勇将――因幡　鳥取城主　吉川経家ッ！

東播磨の覇者、防御力なら中国無双――播磨　三木城主　別所長治ッ！

播磨国守護一族の実力者〝西播磨殿〟こと――播磨　上月城主　赤松政範ッ！

播磨一の知恵者を軍師に持つ――播磨　御着城主　小寺政職ッ！

天下最悪冷酷非道、山陽の梟雄――備前　岡山城主　宇喜多直家ッ！

山陽道の守護神、俺がいる限り毛利には手を出させない——備中　高松城主　清水宗治ッ！


並べられた錚々たる名を耳にし、石田佐吉は唸る。

「備中まで進むにしても……容易ではありませんな……」

ニャッハッハッと気楽そうに秀吉が笑った。

「案ずることはない。我らには強力な味方がついておる。ノウ、鹿之介殿」

と、秀吉が首を向けた先にはひとりの見慣れぬ武人が座していた。

精悍な面構えの壮年の男である。日に焼けた肉体は見るからに強靭で、頬にも腕にも余すことなく古傷が刻まれていた。奇妙なのは、男の膝に埋もれ、十にも満たぬ童がスースーと寝息を立てていることである。厳めしい武人といたいけな童とが実に不釣り合いであった。

男は、両拳を床につけ、朗々と声を張る。

「月山冨田城主、山中鹿之介幸盛にござる。此度は羽柴殿の陣営に加えていただき心より感謝申し上げる。毛利打倒のため命を賭して戦わせていただきますぞッ！」

名乗った後、奮い立つものを覚えたのか、ブルブルッと筋肉を震わせたかと思うと——

「うおおおおッ！　尼子家再興のため、月よッ、我に七難八苦を与えたまえェェエッ！」

天を仰いで雄叫びを上げた。目を丸くする秀吉一党。

男——山中鹿之介の膝の童が、ウウウン……と声を上げる。

「アアッ。わ、若君！　うるそうございましたか？　も、申し訳ございませぬゥ！」

と、膝の童を気にして慌てる鹿之介は、先程の勇壮な武者振りに比して滑稽であった。

膝の幼子の名は、尼子孫四郎。もと出雲国の大名家、尼子氏の子である。

かつては出雲国を中心に山陰地方に強大な勢力を誇っていた尼子氏だが、毛利元就との戦に敗れ滅亡した。孫四郎は尼子一族唯一の生き残りである。

そして山中鹿之介は尼子随一の勇将として名を知られた男。

主家滅亡後も幼い孫四郎を守りながら、尼子再興のために毛利相手に各地で転戦を続けてきた。この度、織田が毛利征伐に乗り出したことを聞き、参戦を願い出てきたのである。

「ニャッハッハッ！　実に頼もしい助ッ人ではないか。鹿之介殿だけではない。摂津国の荒木村重殿も播磨制圧のおりには御助力くださるとのこと。ヨォシッ！　ではまず……」

張り切って言った後、秀吉は半兵衛に顔を向け、首を傾げた。

「ハテ？　どうするんだったかノ？」

座に笑いが起こった。秀吉の惚けた雰囲気が緊張していた軍議の席を和ませる。

「播磨での戦を有利に進めるため、但馬と因幡を先に崩しておきましょう。手始めに――」

半兵衛が一同の顔を見回した。

「但馬国、竹田城主、太田垣輝延」

――と、いう軍議の行われたのは数日前のこと。

すでに秀吉一行は岐阜を立ち、丹波を抜け、但馬へと入っていた。

ここは但馬国の南端に位置する朝来郡の山岳地帯である。山間を縫って流れる円山川が川霧を発生させ、周囲一帯を覆い尽くしていた。東に聳える朝来山より眺めれば、雲海よりいくつもの山頂が孤島のように突き出る絶景を見ることができるだろう。

視界の定かならぬ濃霧の内を、今、三体の鐵城が重々しく進んでいる。

先頭をいくのは凜々しい鹿角の兜を頂いた鐵城――〈慧劉功　月山〉こと山中鹿之介の月山冨田城。兜のみならずその面部も鹿のそれであった。両脚部もまた鹿の脚を模した敏捷そうな造りである。背中には、三日月形の刃を備えた十文字槍を斜めに負っていた。

そのすぐ後には、小柄な猿形の鐵城〈衛威武　墨俣〉こと墨俣城。朝倉攻めのおりは、ツギハギだらけの不恰好な外観だったが、一乗谷合戦後の修築で、きちんと統一性のある意匠へと生まれ変わっていた。城主を務めるのは加藤虎之助清正。軍師は竹中半兵衛である。

そして最後尾の鐵城は、落城した小谷城を改築した〈棍雲猴　長浜〉こと長浜城。

巨大な小谷城を改築しただけあって大柄な鐵城である。形状は墨俣城と同様に猿を模しているが、墨俣城がニホンザルとするならば、長浜城は直立したゴリラとでも言ったところ。

硬質な石垣甲冑で城体を覆い、腰に大振りの城野太刀を佩く威容は、さながら天竺の英雄的猿神ハヌマーンのごとくである。城主を務めるのは福島市松正則。龍氣の要たる腹部陣間では蜂須賀小六が指揮を取っていた。そして軍師は、石田佐吉である。

「フーム。この霧では敵城の姿が見えんなァ～……」

長浜城の天守にて、秀吉が外界を映す大護摩壇の炎に目を凝らしつつ、こう言った。

護摩壇には、木々の影が亡霊のように浮かぶばかりで、白また白の霧の世界である。

「これでよいのです。あえて霧が出るのを待ったのですから」

佐吉が自信ありげに答えた。

「この地を治める太田垣輝延の竹田城は、この先の山上に築かれた典型的な山城です。山城は堅固さにおいては優れておりますが、そのぶん機動性の低いもの」

「フム……」

「正面から当たれば落とすのは困難ですが、奇襲に弱い。この霧で敵はこちらの接近に気がついておりません。戦備えを取られる前に奇襲をかけて一気に落城させましょう」

佐吉の声には昂りがあった。秀吉の持ち城がふたつになったことで、半兵衛の代理ではなく、正式に軍師となれたのである。此度の竹田城攻めでは、率先して軍略を練った。

『だけどさァ、佐吉』

右手の護摩壇に墨俣城を操城する加藤清正の顔が映った。長浜城と墨俣城は龍氣無線によって天守間の交信が可能となっている。もっとも交信可能な距離は半里ほどに限られているが。

『敵さんに気づかれないのはいいけどよ。こっちだって敵が見えねえぞ』

「問題ない。龍域の位置は確認できている。もう少し接近すれば山影が見えてくるはずだ」

『本当か？　マア、半兵衛も霧の日に攻めるべきだッつッてたし、いいんだろうけどさ』

清正は佐吉の軍師としての能力を信用し切れていないらしい。たびたびその思いが言葉や態度に表れる。そこに佐吉はやや苛立ちを覚えていた。

(気にするな。これからだ。これから認めさせていけばいいのだ)

佐吉は努めてこう思い、苛立ちを抑える。ここで清正に代わって竹中半兵衛が通信に出た。

『佐吉さん、我ら先行して敵城の様子を窺ってきてもかまいませんか？』

「敵城を窺う？　何ゆえですか？　斥候が戻ってからまださほど間が……」

『少々気になる点が…………ゴホッ、ゴホホッ！』

護摩壇に映る半兵衛が咳き込んだ。顔色は相変わらず血色が悪い。

「大丈夫ですか？」

『アア、すみません。大丈夫です。それよりもいいですか？』

半兵衛の声には、ヒューヒューと木枯らしのような音が混ざっていた。

「半兵衛殿がそう仰られるなら……」

『ありがとうございます。清正さん、いきましょう』

小柄な墨俣城が軽捷に駆け、前をいく月山冨田城を追い越し、霧の内に消えていった。

「オヤジさん、半兵衛は何が気になってるんすかね？」

福島正則が太い首を傾げて見せる。

「サテな。あやつのことだから何か思うところがあるんだろうさ」

「マア、俺は思う存分暴れられればそれでいいッすけどね。アア、早く戦がしてえッすねェ」

正則の相撲取りみたいな体が、紅潮し、ホンノリと湯気すら立ち昇らせている。戦を前にして昂っているのだ。正則の闘争心は普段の戦なら頼もしいが、今回のような奇襲戦となると、先走ってしまう懸念がある。その点を佐吉は心配していた。

間もなく、月山冨田城と長浜城は、山の麓へと到着する。この山の頂きに竹田城があるはずだ。とはいえ、見上げてみても濃い霧に覆われているため山頂までは見通せない。

佐吉が名乗り法螺貝の音量を抑えつつ月山冨田城の山中鹿之介へ呼びかけた。

『山中殿、しばし、ここで墨俣城が戻るのを待ちますぞ』

『承知致した』

答え、月山冨田城が背に負っていた十文字城槍を抜く。いつ戦が始まっても即座に対応できる構えであった。歴戦の勇士山中鹿之介の存在はやはり頼りになる。

さして長くはないが、それでもジリジリと焦れるような時が過ぎた頃――

『……オイッ！　おかしいぞッ！　竹田城がいないッ！』

龍氣無線より清正の戸惑う声が聞こえてきた。

「エッ⁉」

『山の中腹から山頂を見上げてるんだが、影も形もねえんだ！　どういうことだよ⁉』

「なんだってッ⁉　クッソッ！　逃げられたッすかッ！」

声を上げたのは福島正則である。開戦を待ち侘びていた正則は、敵が失せたと知った途端、ダッと地を蹴り、長浜城を発進させた。

「待て、正則ッ！」

佐吉が制するが、猪武者の正則は長浜城の突進を止めようとしない。

『ムッ！　開戦かッ！』

長浜城の先駆けを目にし、月山富田城も続いてしまう。

二城、猛烈な速度で急勾配の山肌を駆け上る。鹿の脚を模した月山富田城は山岳部での移動に長けていると見え、すぐに長浜城を追い越した。途中、岩肌に蹲る墨俣城とすれ違う。

『山頂に出てはいけませんッ！』

墨俣城の法螺貝より半兵衛の叫びが聞こえたが、長浜城と月山富田城は止まらない。濃霧を抜け、一気に山頂まで躍り出た。パッと視界が晴れて、頭上には雲ひとつない青空が広がっている。周囲は谷間に霧が溜まり、見渡す限りの雲海だ。しかし――

「いない⁉」

清正の報告通りである。均された平地がここに城があったことを教えているが、今現在、鐵城などどこにもなかった。戸惑いつつ周囲の雲海を見回すと――

――キィィィン！　真上から耳に痛いような響きが降ってきた。

長浜と月山富田の二城、同時に天へ首を向ける。太陽の輝きの内に何かの影が見えた。

『そこは的(まと)ですッ！　すぐに霧の中に戻ってくださいッ！』

龍氣(りゅうき)無線より半兵衛の切迫した声がする。

『竹田(たけだ)城は――〝空城(そらじろ)〟ですッ！』

パラパラッと何か豆粒のごときものが頭上の影より散布される。豆粒と見えたそれは地上へ近づくにつれ、みるみる大きく明らかになる。黒光りする球形のそれは――

「投下式対城焙烙玉(とうかしきたいじょうほうろくだま)ッ!?」

途端――ドドドドッ！　ドドドオオオオオンッ！　山頂へ激突した弾丸が轟然(ごうぜん)たる響きを上げて爆発したのだ!?　幾重にも奔騰(ほんとう)する爆炎！　飛散する岩塊(がんかい)！

視界が土煙で霞む中、なんとか直撃だけは免(まぬか)れた長浜城。佐吉が声を張り上げる。

『山中(やまなか)殿！　ご無事かッ!?』

『大事ないッ！　しかし、これは如何(いか)な……』

鹿之介(しかのすけ)の声を、頭上から降ってきた、キィィィインッ！　という攻撃的な音が掻(か)き消した。

『山中殿！　霧の中に戻りましょう！』

両城、雲海に飛び込み、山肌を中腹まで――墨俣城が身を伏せている地点まで駆け下りる。

見上げれば、霧に霞んで蒼穹(そうきゅう)を飛行する巨大な影が見えた。

——城が空を飛んでいる!?　海中を遊泳するエイを真下から眺めたようなそれは、長大な両翼を備えた城だった。空中を泳ぐように旋回している。搦(から)め手門より龍氣(りゅうき)を高圧縮噴出させることによって、飛行を可能足らしめているらしい。

秀吉(ひでよし)が唸(うな)った。

「空城(そらじろ)など初めて目にしたぞ……。本当にそんなものあったのだな……」

飛翔機能を備えた鐵城(キャッスル)——空城。

稀有(けう)ではあるが竹田(たけだ)城の他にも数城ほどその存在が確認されていた。応仁(おうにん)の乱のおりには数百という空城が天を埋め尽くし、容赦ない爆撃によって地上を焼き尽くしたと伝わる。

「しかし、竹田城が空城だなどという記録は一切……」

佐吉(さきち)が事前に収集した情報の中に、そのようなものはなかった。

『鐵城(キャッスル)の性能は他家に知られてはならぬ極秘事項。特に空城などという珍しい鐵城(キャッスル)ならばなおさらです。徹底的に秘していたのでしょうね』

護摩壇(ごまだん)に映る半兵衛(はんべえ)が冷静に言った。

『ともかく霧の日にきたのは正解でした。そうでなければ狙い撃ちにされるところでしたよ』

もしかすると半兵衛は竹田城が空城である可能性をあらかじめ視野に入れていたのかもしれない。それゆえに墨俣(すのまた)城を偵察として先行させたのだ。

キイィインと激しい飛行音を立てつつ、一同の頭上を竹田城が回る。

『フッフッフッフッ…………』

　不敵な含み笑いが竹田城より降ってきた。

『我こそは天空の城〈雷彪飛(ラピユウタ)　竹田(タケダ)〉こと竹田城主太田垣輝延(おおたがきてるのぶ)なり。愚かな織田(おだ)の飼い犬どもよ、うぬらの接近は丹波(たんば)より但馬(たじま)へ侵入してきた時点ですでに予測できておったわ』

「なんだって……？」

『うぬらの動きは微に入り細に入り毛利(もうり)公より伝えられておる。毛利公はこの世に起こる事象をすべからく〝読む〟ことがおできになるのだ。いわんや小賢(こざか)しきうぬらの奇襲おや……』

　にわかには信じられぬ話。偵察を放って秀吉らの動きを事前に知ったのではなく、遠く安芸(あき)にあってこちらの動きを予測したのだと太田垣輝延は嘯(うそぶ)いている。

　佐吉が忍びやかに正則へ囁(ささや)いた。ニッと正則の熊みたいな顔に好戦的な笑みが浮かぶ。

「正則(まさのり)、撃ち落とせるか？」

「アア。ぶッ放してやるッすよ」

　応えを聞くやいなや、佐吉は護摩壇の焔(ほむら)へ向け、声を張る。

「左腕部陣間ッ！　砲撃に向け陀威那燃(ダイナモ)全回でお頼み申すッ！　他陣間、衝撃に備えよッ！」

　長浜(ながはま)城内各陣間に散った蜂須賀乱波党(はちすからっぱとう)員たちが雄叫(おたけ)びを上げて、陀威那燃(ダイナモ)を猛然と回転させる。たちまち漲(みなぎ)る龍氣の力。特に長浜城の左腕の龍氣が膨れ上がり、蒼々と輝きを帯び始める。

「十分だッ！　いけッ、正則ッ！」

ダダダッと長浜城が斜面を駆け上がる。霧を突き抜け、山頂へと躍り出た。

煌々と輝く左腕を上空の竹田城へ向ける。ガチンッの金属音とともに突き出した左拳がふたつに割れ、手首の内より、ニュッと大筒が現れた。

『食らえエエッ！』

咆哮する正則。途端――ガオオオオオオオンッ！　耳を劈く爆音とともに大筒より蒼く赤熱した砲弾が射出された。衝撃風が山上の瓦礫を一瞬で後方へ吹ッ飛ばす。

長浜城の前身であった小谷城は数多くの大砲を搭載していた。加藤清正が、改築の際、それらを左腕一本に集約し、龍氣の増幅によって強化射出できるようにしていたのである。

発射された砲弾は蒼い光の尾を引きながら、高速で竹田城へ直進し――ボゴォンッ！　真下から直撃ッ！　爆炎を上げて弾け飛んだ。竹田城の腹より濛々と上がる黒煙！

見事撃墜！　と、思いきや――サーッと竹田城が滑るように空中を進んだ。風に黒煙が散って消える。そこに見えたのは亀裂ひとつない竹田城の腹部石垣装甲であった!?

「ナッ!?　効かなかったッすよ!?」

パラパラッと竹田城より焙烙玉の散布されるのが見えた。

「まずい！　正則、霧の中に戻れッ！」

長浜城が雲海へ転げ込んだのと、山頂に無数の爆裂の花がド派手に咲いたのは同時である。

長浜城の退避はほとんど爆風に吹ッ飛ばされたようなものだった。

『ワハハハッ！　霧中に逃れれば安全と思うなよッ！』

ガチャッ！　と、竹田城底部の狭間という狭間から筒先が突き出される。その数、優に数十門以上！　尽くにポッポッと蒼い龍氣光が灯り、徐々に大きく膨れ上がる。

『受けてみよッ！　但馬式殲滅空襲法〈太田垣燦弾暴龍投下〉!!』

カッ！　と、落雷のごとき閃光が竹田城より迸った！　パッと花火を思わせて光輝が弾け飛んだかと見えたのは、一瞬ッ！　鬼雨のごとく秀吉らの潜む雲海へ落下してくる。それは、ひとつひとつが龍氣強化された投下式対城焙烙玉であった！

大地を洗うように降り注ぐ爆裂弾の豪雨、立て続けに起こる爆発と爆風！　雲海を突き破って無数の火柱が奔騰する！　爆炎の嵐の中、三体の鐵城は駆けて転んで逃げ惑う。

爆撃の収まった時、世界は土砂と岩塊の散乱する風景と変わり果てていた。

『クッソォ、デタラメやりやがッて……。手当たり次第に焙烙弾落とすなんてありかよ……』

土砂の内から顔を出した墨俣城──その清正が悪態を吐いた。

長浜城、月山冨田城もなんとか無事である。

『ウワッハハハッ！　どうだ？　まだ生きておるか？　どおれ、ダメ押しのもう一発！』

竹田城底部の青い龍氣光が再び高まりを見せ始める。

キッ！　と、上空を睨み、正則が長浜城左腕の砲筒を飛び回る竹田城へ向けた。

『正則、それは無駄です』

半兵衛（はんべえ）の声が止める。

『空城（そらじろ）は地上からの砲撃に備えて底部装甲を頑丈にしてあります。狙うならば上からです』

『オイオイ、半兵衛。上ッつッても、空を飛んでるやつをどうやって上から狙うんだよ』

清正（きよまさ）が呆（あき）れ声を上げる。秀吉（ひでよし）が尋ねた。

「何か策があるのか、半兵衛？」

『ハイ。手短に話します。山中（やまなか）殿も聞いてください。まずは……』

半兵衛が口早に己（おのれ）の策を語り始めた。皆、一心に耳を傾けること暫時（ざんじ）。

全てを聞き終えると山中鹿之介（しかのすけ）がウウム……と唸（うな）る。

『奇策にござるな』

生真面目（きまじめ）に返した鹿之介の言葉に、正則（まさのり）が笑う。

『ハハハッ。確かに奇策ッすね。そんなことできるんすか？』

『ッたく、半兵衛、おまえ相変わらずメチャクチャ言いやがるなァ～』

こう言いつつも、清正は楽しげである。秀吉が、バシンと膝を叩いた。

『ニャッハッハッ！　面白いぞ！　ヨォーシッ！　やれやれ！』

半兵衛が策を語り終えた途端、緊迫していた空気が一変したのを佐吉（さきち）は感じる。

皆、いたずらを企（たくら）む悪ガキのように胸躍らせていた。半兵衛の策には、生死をかけた戦場にもかかわらず味方をワクワクさせてしまう不思議な力がある。

『では、やりましょう。時はない。機は一度ですよ』

上空ではすでに竹田城は必殺軍法を放ち得るに十分な龍氣を膨らませつつある。竹田城天守の太田垣輝延は、眼下に広がる雲海、立ち昇る黒煙を見下ろしつつ北叟笑んでいた。

『クックックッ……。サア、二発目じゃ。これで消し飛……』

と、今まさに太田垣輝延が必殺軍法を放たんとした時である。

『うおおおおおおッ！　いくッすよォォォッ！』

雲海を破って、再度長浜城が山頂へ躍り出た。

フンッ、と山間に木魂する福島正則の雄叫びを太田垣輝延は鼻で笑う。

『また豆鉄砲か？　笑止ッ！　そんなもの効かぬとまだわからんかァッ！』

が、長浜城の左腕は龍氣光に輝いていなかった。輝いていたのは、両脚である。頂上へ走った勢いのまま、龍氣増強された両脚で、パッと上空へ跳んだ。重量のある城体が意外なほど高く空中へ上がる。しかし、竹田城に届く高さではない。と、そこへ——

『月よ、我に七難八苦を与えたまえェェェッ！』

咆哮とともに長浜城を追って飛び出してきたのが、月山冨田城！　やはりその脚が龍氣の輝きを迸らせている！　タッと山頂の土を蹴ると、断崖を駆ける牡鹿の身軽さで大跳躍！　空中の長浜城の背に飛び乗った!?　のは、一瞬だ！　長浜城の背を蹴って、さらに高く跳びあがった！　見事な二段跳躍！　竹田城の飛行する高度にまで達した月山冨田城！

だが、竹田(たけだ)城はサーッと空を切り、遠ざかる！　十文字槍(じゅうもんじやり)は届かない！　イヤ、待て！

月山冨田(がっさんとだ)城は槍(やり)を持っていない。腕へ抱えているのは、小猿のごとく小柄な墨俣(すのまた)城だ！

『加藤(かとう)殿！　お頼み申すッ！』

叫ぶが早いか、月山冨田城が墨俣城を高らかと振り上げ――ぶん投げたッ！

『うおッしゃあああああッ！』

グルグルグルッ！　と、猛回転しつつ竹田城目がけて飛んでいく墨俣城！　その手には真ッ黒い球体が握られていた！　長浜(ながはま)城の左腕に仕込まれていた砲弾であるッ！

『食らいやがれエエエッ！』

墨俣城が自身の回転に任せて、砲弾を投擲(とうてき)！　ギュンッと飛び出した砲弾、ブーメランのごとく弧を描き、竹田城の背面へ――ボッゴオオオオンッ！　と、直撃だッ！

『うぐわッ！　ぐわあああああああああああああッ！』

太田垣輝延(おおたがきてるのぶ)の絶叫を呑(の)み込んで、蒼穹(そうきゅう)の内の竹田城が花火のごとく大爆発した。

タッ、タッ、タッ、と順次着地した長浜城、月山冨田城、墨俣城の目線の先で、竹田城が爆煙をひきながら朝来(あさご)山へと墜落していく。朝来山の岩壁に激突し、天空の城竹田城は、陥落とあいなったのである！

――〈雷彪飛(ラビユウタ)　竹田(タケダ)〉落城(げきは)ッ！　但馬(たじま)国制圧なア〜りイ〜ッ！

四

ヨオ、竹千代殿。信長だ。

一乗谷での御助力、改めて礼を言わせてもらう。貴殿と友誼を結べて嬉しく思うぞ。

それでだ。聞けば、貴殿、未だに妻帯しておらぬそうではないか？　ぶしつけだが、貴殿の嫁の世話をさせてもらいたい。

もうそちらに着いておるな？　俺の妹のお市だ。モトモトは浅井長政めのもとに嫁に出していたが、浅井はあの通りのこととなり当家に戻っておった。落ち着き先に頭を悩ませておったところでな。貴殿にもらってもらえればこれに越したことはない。

いささか愛想に欠けるのが玉に瑕だが、ナカナカの器量良しだろう？　貴殿がお市を娶ってくれれば、俺と貴殿は晴れて義兄弟となる。織田と松平の同盟はより強固なものとなるだろう。

そういうわけだ。お市を頼んだぞ。武田との戦、健闘を期待しておる。

貴殿の義兄　大六天魔王　織田信長

「参ったぞ……」

竹千代は、お市到着の直後に届いた文を読み終え、頭を抱えた。

夜が更けていた。浜松城の庭先からは空にかかった三日月が眺められる。

竹千代は縁側から足を投げ出し腰掛けていた。榊原康政が、すぐ隣に正座している。竹千代の後、行燈の灯ったひと間には酒井忠次がニコニコ笑いながら座っていた。

スッカリ困惑の体の竹千代を眺めつつ、榊原康政が苦笑する。

「イヤハヤ、信長公は思った以上に破天荒な御仁ですねェ〜」

「破天荒どころじゃないぞ。妹を送りつけてきて、嫁にしろだなんて、そんなのありかよ」

クシャクシャと竹千代は赤茶色の髪を掻きむしった。

昼間、急にやってきた信長の妹お市は、城内の一室で休ませている。無下に追い返すわけにもいかぬので、とりあえず浜松城で預かることにしたのだ。

「カッカッカッ！　よいではございませぬか」と、酒井忠次は高笑い「殿が奥方を持たれぬことを、爺はずっと案じておりましぞ。これはいい機会じゃ、お市様をもらってしまいなされ」

カッカッカッとまた笑う声に、竹千代、ゲンナリとなる。

「爺。俺はまだ奥を迎えるつもりはないぞ」

「また、左様な堅いことを」

「堅いと言われようと、俺は嫁を迎えるつもりはない！」

ようやく天下の英傑たちと同等に向き合えるところまできたのだ。モットモット攻めていきたい。だが、妻帯すれば、命を己ひとりのためだけに使うわけにはいかなくなる。

ソモソモ竹千代の命はそう長くないのだ。竹千代の心臓には、摘出しきれなかった魂鋼が付着し、日ごとに大きくなっている。いずれ増大した魂鋼によって命を落とす運命にあるのだ。

(生涯かけて女を幸せにできないやつが、妻なんて持つものじゃない)

こう思う。確かに堅い。だが、竹千代は堅くありたいと思うのである。

「殿のお気持ちはわかりました。しかし、そうなるといささか厄介なことになりますね」

康政が思案げに口元へ手を持っていった。

「だな。あの信長の気を損ねずにお市を返すのはナカナカ……」

「そういう問題ではありませんよ」

と、康政が意外に厳しい声で遮る。

「エ？」

「信長公は義兄弟の契りを結びたいという名目でお市様を送ってきたのです。これを断るのは、織田と結んだ同盟そのものを破談にするのと同じことになってしまいます」

そこまでは竹千代も考えていなかった。

「逆にお市様を娶れば、織田の妹君をいただいたわけですから簡単に裏切れなくなります。お市様は織田から我らに打ち込まれた楔ですね」

つまり信長はお市を受け入れるかどうかで、松平の真意を探ろうとしているのである。

「とどのつまり殿がお市様をお迎えになれば何も問題ないということじゃろ？」

忠次ときたら呑気にこんなことを言う。ヤレヤレと康政が首を振った。

「僕は、そう簡単な問題ではないと申しているんですがねェ〜……。ともかく殿にお市様を娶る意思がないとすれば、穏便にお断りする手を考えなければなりませんが……」

「もうそのことはいい。明日また考えよう」

竹千代は煩わしさを振り払うように立ち上がった。寝所へ帰るつもりである。

歩きかけたところで康政が何とない風に声を投げてきた。

「あ。殿。一応申し上げておきますけど、お市様は織田からの間者でもありますからね」

「へ!?」

「大名が嫁をもらうとはそういうことですよ。嫁とは公然たる人質であり間者です。こちらの内情をお市様は逐一織田へ知らせるでしょう。不用意な発言は控えるようお願いしますね」

「ア……アア……わかった……」

何やら圧倒されるものを覚えつつ、竹千代は本丸御殿の寝間へ向かって広縁を進んだ。

（アー、くそッ。嫁のことなんて考えている場合じゃないッてのに）

本当に考えねばならぬのは、差し迫った武田との戦なのだ。

今や松平の勢力は、三河、遠江、駿河の三国にまで拡大している。動員できる城数は武田よりも多いだろう。また、慣れぬ異国へ攻め込んでくる武田より、迎え撃つ松平のほうに地の利がある。

（俺は今川の大軍勢だって倒したことがあるじゃないか。なら武田だって……）

条件だけならば、松平のほうが有利だ。

と、楽観しそうなところを、イヤイヤと思い直す。

竹千代は「戦が始まってしまえばなんとかなるんじゃないか」という方向に考えが流れてしまう己に危機感を覚えていた。奇妙だが危機感の薄いことへの危機感である。

思えば、今川義元とのあの戦以来、苦戦というものをしていない。抵抗を続ける今川旧臣は容易に鎮圧できたし、ほとんどの遠江駿河国衆は労せずして松平へ服属を願い出てきた。

それが竹千代に「なんとかなる」という楽観を植えつけてしまっていた。

このような精神状態で戦に臨むのが危険であることを竹千代はわかっている。

(必要なのは実感だ。武田の恐ろしさを思い知らなければ戦えない……)

しかし、戦が始まらねば思い知ることはできない。その時には大敗を喫しているかもしれぬ。

(どうすればいい……。武田との戦の前に武田の強さを思い知る方法……)

ここで、フッと脳裡に過ったものがある。

──上杉謙信。

(武田信玄と唯一互角に戦える男……。もうひとりの最強……)

胸にひとつの考えが浮かぶ。それは大それた、とんでもない考えだった。だが、それゆえに竹千代の胸を高鳴らせた。

(そうだ。それがいいぞ。だが、皆はこの考えを許してくれるだろうか……?)

気がつけば、寝間の前まできたところだった。

（マア、今日は休もう。明日、皆に意見を求めてみよう……）

こう思い、竹千代は、寝間の障子を開ける。と——

「お帰りなさいませ……」

「エッ!?」

即座に竹千代は障子を閉める。

（部屋を間違えたのか……？）

室の内に敷かれた布団の上に女がいたのである。黒い小袖一枚を纏った寝間着姿。綺麗に正座し、三つ指立てて頭を下げたあの女は間違いなく——

（お市!? なんでお市が俺の寝間にいるんだ!?）

恐る恐る竹千代は再び障子を開いた。先程と全く同じ姿勢で、そこにお市がいる。

「お帰りなさいませ……」

言葉まで全く同じだった。

「お、お市、なんで、ここにいるんだよ」

お市は、人形のような冷たい無表情で竹千代を見る。

「何ゆえ……とは？」

逆に問うてきた。竹千代は何やら気圧されてしまう。

「ア。イヤ……なんで俺の寝間にいるんだろうなッて……」

「夫婦ですから、床を同じくするのは当然にございましょう」

感情のない声で、サラリとこんな言葉を返された。

「ハ？　ハア!?　め、夫婦!?　待て待て。俺はお市を嫁に迎えた覚えはないぞ」

「そう仰られるであろうと、兄上も申しておりました」

「の、信長が？」

「ゆえに早々に閨へ忍んで、男女の関係になってしまえと……そう命じられております」

そのようなことを妹に命じる信長も信長だが、それをそのまま告げるお市もお市である。

「め、命じられてッて……おまえはいいのかよ？　俺とおまえは今日初めて会ったんだぞ？
そんな相手の嫁になって、それに……か、体まで許す……なんてさ……」

初心な竹千代は最後の言葉を赤面しながら口にした。お市の氷のまなこが竹千代を見る。

「やはり出戻りの女を妻にするのはお嫌ですか？」

この問いによって竹千代は、忘れていたことを思い出した。

（そ、そうだ……。お市は浅井長政の妻だったんだ……）

だとすれば気づかわねばならぬことがあるように思う。屈みこんでお市へ目線を合わせた。

「あのさ、お市は、俺が憎くないのか？」

「ハテ？　何ゆえ、わらわがあなた様を憎まねばならぬのです？」

「浅井長政が亡くなったのは、俺が一乗谷で信長に助太刀したからだ。俺がお市の夫を殺したようなものだぞ。憎くないのか？　そんな男のもとにこさせられて悲しくはないのか？」

やはりお市の表情は動かなかった。何を思っているのか全くわからない。

「わらわは憎いということがよくわかりませぬゆえ」

「ハ？　憎い、が、わからない……？」

「悲しいもわかりませぬ。わらわは兄上に命じられて浅井家へ輿入れしただけ。その浅井が亡くなったので、次は松平へと命じられた。それだけにございます」

恬然と語るお市に、竹千代は、ゾッとするものを覚えた。

（心がないのか……？）

自動人形が細工された言葉をそのまま発したかのようだった。人形じみた娘だとは思っていたが、その心までも人形のごとく意志というものを持ち合わせていないように感じられる。

「め、命じられるまま、次から次へと嫁に出されてそれでいいのか？」

「武家の娘とは左様なものと心得ております」

「そうかもしれないけどさ……」

「それと、ひとつ申し上げておきます。織田家中にいる間は、わらわは兄上の命に従いますが、晴れて松平の女となった暁には、竹千代様に従いまする」

「どういう意味だ？」

「兄上は松平家中のことを逐一文で伝えよとお命じになられました。ですが、そうするつもりはございませぬ。浅井にいた時もそうしておりました」

やはりお市は織田からの間者として送り込まれてきていたのだ。

「ですので、ご安心くださいまし。わらわは竹千代様のためだけに尽くします」

また、深々と頭を下げる。その、サモ貞淑げなお市の姿を見ているうちに、竹千代の内に
なぜだかムカムカと憤りが湧き起こってきた。

「冗談じゃないぞッ！」

怒鳴った。お市が顔を上げる。無表情だったお市の目が僅かに見開かれていた。

「俺に尽くすだって!? 兄貴の命に従うだって!? おまえには己ッてものがないのかよ！」

「おのれ？」

お市は初めて耳にした言葉ででもあるかのように、それを反復した。

「アア！ 俺は、己が己であるために戦っている！ そのためだけに命を費やしている！」

「その戦い、わらわがお支え致しまする……」

「真ッ平御免だぜ！ 俺を支えられるのは、俺を支える理由――〝己〟を持った者だけだ！

康政も忠次も忠勝もさやかも、みんな己を持つがゆえに俺を支えてくれているんだ！」

「さやか……？」

フイに出てきた女の名に、お市は反応を示した。

だが、竹千代はその僅かな反応には気がつかず、ピシャリと言い切る。

「いいか、お市！　松平家中に、己を持たぬ者はいらないッ！」

「………………」

お市が俯く。表情がないのにどこかしら寂しげに見えた。

「やはり、わらわがお嫌いなのですね……」

どうにも話が通じず、竹千代は怒るよりも困ってしまう。

「長政様もそうでした。〝気味が悪い〟と申し、わらわを遠ざけ、ついには指一本触れることなく逝かれてしまわれました……」

「エ……？」

竹千代は知らず知らずにお市の傷に触れてしまったような気がした。

「おそらくわらわが、見えぬものを見、聞こえぬ声を聞くからでありましょう」

お市はよくわからぬことを言った。

「きっと竹千代様もわらわを気味悪く思われましょうな……」

「気味が悪いなんて……さすがにそんなことは思わないけどさ……」

「気休めを申されなくとも結構。ですが、このままムザムザと戻るわけにも参りませぬ……」

スックと、お市が立ち上がった。その拍子に纏っていた黒い小袖がハラリと落ちる。

「エ!?　ナ!?」

露わになったのは、腰巻ひとつ身につけぬお市の裸身である。痩せた体は豊満とは言えなかったが、陶磁器のごとく白くきめ細かな肌や、初々しい桜色の乳首は、十分に扇情的であった。

「オ、オイッ！　チョット待て！　何をするつもりだよ！」

女の裸など見たこともない竹千代は、大狼狽して後ずさった。

「早々に男女の関係になってしまえという兄上の助言に従いまする……」

こんなことをお市は表情なく口にするのだ。スルスルと竹千代へ歩み寄ってくる。

竹千代は恐怖すら覚えてさらにさらに後へ下がった。背が柱に当たる。

「兄上曰く、市を嫌ってもこの道を嫌う男はおらぬそうにございます。閨での作法に疎いわらわにございますが、ご満足いただけるよう精一杯ご奉仕致しまする」

「や、や、や、や……」と、竹千代、口をわななかせ――

「やめろおおおおおぉォォーッ！」

ついに悲鳴を上げた。クルリと背を向けると転げるように廊下を駆けだした。

「アッ！　竹千代様！」

追いかけようとしたお市、自身が裸であることに気がつき、足を止めた。声を張り上げる。

「今宵は寝間にて寝ずにお待ちいたしておりまする！　イイエ、明日の晩も明後日も、竹千代様がわらわを受け入れてくださるまで、何度でも忍んでまいりまするッ！」

この声を背に聞きつつ、駆ける竹千代、口ではこう呟き続けていた。

「参った、参った、参った、参った……参ったぞ……！」

そして、この一件が竹千代の背を押すことになる。

(明日だ！　明日もういくぞ！　そうだ！　そうしよう！)


サテ、その明日——翌日のことである。

早朝から竹千代は、榊原康政、酒井忠次、本多忠勝の三家老と服部さやかを広間へと集めた。

竹千代の顔を見、さやかが怪訝そうに問うてくる。

「竹千代、どうしたの？　目が腫れぼッたいよ」

「そ、そうか……。ウン、昨晩は眠れなかったから……」

あの後、竹千代は自身の寝間には戻らず適当な部屋に転がって寝た。イヤ、いつお市が捜しにくるかと思うと一睡もできなかった。

「大丈夫？　なんだか〝変〟だよ。昨晩、本丸御殿のほうが騒がしかった気がするし……」

さやかの勘が働き始めた。しかしこれは感づいて欲しくない。早々に本題に入ることにした。

「そんなことより、聞いてくれ。俺は北陸へ出向き、上杉謙信公に会ってこようと思う」

「エ!?　上杉に……!?」

全員が耳を疑った。この殿様はいったい何を言い出したのかと、マジマジ眺めてくる。

「今のままの俺では武田に勝てない。信玄に勝つための何かを摑みたい。謙信公は、最強の武田と互角に渡り合ってきた御仁だ。お会いして武田と如何に戦ってこられたのか伺ってみたいんだ。心配しなくても武田が攻めてくるまでにはチャント戻ってくる」

「お、お待ちくだされッ！」

　案の定、酒井忠次が叫んだ。

「すでに上杉軍は越中と能登を制圧し、間もなく加賀で柴田勝家殿の軍とぶつかるとのこと！　戦場となる加賀国内の治安は悪化しておりますぞ！　不用意に立ち入るのは危険ですじゃ！」

　次いで榊原康政も、苦言を述べる。

「イヤァ〜、謙信公と面会するだけでもナカナカの綱渡りですよォ〜……。上杉軍の上洛は信長公を討つため。僕ら松平は信長公と同盟を結んだばかりでしょう？　つまり上杉とは間接的に敵対関係にあるんですよ。ただでさえ戦を控えて殺気立っている敵軍の大将を訪ねるなんて無謀にもほどがあるんじゃないでしょうかねェ……」

　飄然とこう言った後、康政は竹千代へ説得的な眼差しを向けた。

「今やるべきことは、武田との戦に備えることですよ。策を練り、兵糧を確保し、兵を鍛えることです。危険を冒して北陸にいくことじゃありません」

「わかっている。だけど、策を練り、兵糧を確保し、兵を鍛えれば武田に勝てるのか？」

「それは……」

「フワフワしてるんだよ」

　竹千代が自身の胸に手を当てた。

「俺の心と体がフワフワしている。このまま武田との戦に臨んじゃいけない」

竹千代はガバッと頭を下げた。

「無茶を言っているのはわかっている！　だが、いかせてくれ！　俺には必要なんだ！」

上杉謙信にどうしても会わなければならぬ理由を、竹千代は口で説明することができない。理屈ではないのである。停滞に倦んだ若い心がそれを求めていたのだ。

初めて織田信長の合戦を目にした時、竹千代の胸に感動の火が灯った。その感動のままに竹千代は今日まで走り続けてきた。人を何よりも成長させるのは感動だと竹千代は知っている。新たな感動が必要だった。竹千代を成長させる感動の火が……！

「承知致した。おいきなされ」

意外にも本多忠勝がこう言った。慌てて忠次が声を上げる。

「な、何を言うのじゃ、忠勝！」

「武人を成長させるのは、まことの武人との出会いにござる。武田を相手取る前に、謙信公という稀代の武将に触れておくのは、確かに必要なことやもしれぬ……」

生粋の武人本多忠勝ゆえに、武人の心もわかるのであろう。

「ただし、虎松めもお供にお連れくだされ。あれで虎松は腕が立ちまする。護衛には最適にござろう。それに、あやつにも天下の英傑とは如何なものか見せてやりとうござる」

老将忠勝の内には虎松を次代を担う武将に育て上げようという思いがあるのかもしれない。

「そういうことになっちゃいましたかァ……」と、康政が大きく溜息を吐いた。「でしたら僕もお供をしなければなりませんね……」

竹千代は、初めから康政を連れていくつもりだった。諸国の内情に通じ、交渉事に長けた康政は上杉と接触するのに必要不可欠な存在である。

「殿！　この爺は承服できかねますぞい！」

やはり最後まで反対するのは酒井忠次だった。

「だいたいお市様の件はどうなされるおつもりじゃ！」

「ウッ……！　お、お市……」

それを言われると痛い。お市のことは意識して考えないようにしていたのだが……。

「ほ、保留だ！　今は武田との戦のことしか考えられない！」

「ナント!?　殿は、宙ブラリンのままお市様をお待たせするおつもりか!?　待たされるのが、女人にとって如何に惨いことか、殿はご存知ないようですな！」

女心などわかりようもない竹千代は、困り果てて目線を泳がせる。

泳いだ目線が、ここまで何も発言せず末座に控えていたさやかに留まった。

「さやか！　俺の留守の間、お市の面倒を見てやってくれ！」

「へ？　あ、あたしが……!?」

さやかが目をまん丸くした。

「女のさやかならお市の気持ちもわかるよな？　頼む、さやか、引き受けてくれ！」

「いいけど……あたしは竹千代のお供しなくていいの？」

「大丈夫だ！　俺と康政と虎松で十分だ！　だから頼む！」

「そっか……」

僅かにさやかは寂しげな顔をした。だが、すぐに愛らしい顔に笑顔を作り――

「仕方ないなァ。お市ちゃんのことはあたしに任せといて！」

頼もしく言って、胸を叩いてみせた。

忠次がまだ何か言わんとしていたが、康政が先を取って、こう尋ねてくる。

「それで、出立はいつになります？」

「今日！　仕度ができ次第すぐにだ！」

日を跨げば夜にはまたお市がやってきてしまう、という思いが竹千代にないと言えば嘘だった。だが、それよりも上杉謙信との出会いに心が逸っている。

（アア、上杉謙信！　どんなやつだ！　どんなやつでもいい。すごいやつとの出会いは俺を成長させてくれる！　俺を先に進ませてくれる！）

五

見渡す限りの砂の大地を灼熱の太陽が焦がしていた。

地平線に陽炎が揺らいでいる。時おり砂に半ば埋もれて見える人面獣身の巨像や崩れかけた四角錐型石像古墳は、太古の昔にこの地を治めていた名も知れぬ豪族たちの栄華の跡だ。

──因幡国、鳥取砂原。

この頃の因幡国は、国土のほとんどが乾燥した砂漠地帯であった。尋常な土地になったのは、江戸期の大規模な緑化事業以降だ。鳥取砂丘はかつて存在した大砂漠の名残なのである。

サテ、この大砂漠を、砂を踏みしめながら進む三体の鐵城があった。長浜城、墨俣城、月山富田城。言わずと知れた羽柴秀吉たちの鐵城である。

但馬を制圧した秀吉たちが次なる標的に選んだのはこの因幡国だったのだ。

「因幡の牙城はなんと言っても吉川経家が城主を務める鳥取城だ」

こう語る佐吉の顔は猛烈な温気によってビッショリと汗に濡れ、総髪も頬にはりついている。

「吉川経家は文武に優れた勇将だと聞く。播磨を制圧せんとすれば国境を越え、必ずや因幡国衆らを率いて妨害してくるだろう。倒しておくべき……聞いているのか、正則ッ！」

長浜城天守の床几に座る福島正則の巨体が、餅みたいにグデッと前のめりに崩れていた。

全身汗みどろだ。相撲取りじみた体形の正則は、相当な暑さを覚えているだろう。

「この暑さでは市松がバテるのも無理ないノォ〜」

秀吉が扇子でパタパタと正則を煽いでやっている。

『休息を取りましょう』

龍氣無線の護摩壇が、墨俣城にいる竹中半兵衛の顔を映した。

『暑さも鳥取城の守りの一環です。敵城とぶつかるまで足軽を疲労させてはいけません。時間がかかってもこまめに休息は取るべきでしょう』

「そうですか……」

『鹿之介殿にも月山冨田城の足軽衆を休ませるよう伝え……ゴホッ！　ゴホホッ！』

フイに半兵衛が咳き込んだ。

『ゴホホッ！　ゲホッ！　ゴホッ！　ガホッ！　ゲゲエッ！　ゴホホッ！』

半兵衛の咳は激しく、枯れ枝のような体が折れてしまいそうだった。しばらくしてようやく治まったが、ゼエゼエと喘ぎ続け、ナカナカ言葉を発することができないでいる。

「半兵衛、休息を取るべきはおまえだぞ」

秀吉が珍しく厳しい声で言った。

『………そうします』

護摩壇に映った半兵衛の顔が、消えた。通信を断ったのである。

「イカンな……」と、秀吉は神妙に呟き「容体が悪化しておる。因幡攻めが終わったら美濃へ戻すべきかもしれんな……」

「だけどオヤジさん。半兵衛の軍略抜きで毛利に勝てるんすかかね……」

正則の問いに、秀吉は腕組みして考え込んだ。しかしなんの返答も出てはこなかった……。

その後、半兵衛の進言通り秀吉一行は鐵城(キャッスル)を停止させ、休息を取ることになった。

佐吉(さきち)は、外の空気を吸いたくなり長浜(ながはま)城を出て砂上へ降りた。

太陽に焼かれた砂が熱い。直射日光を避け、佐吉は長浜城の影の内に座り込んだ。

(半兵衛殿、ご療養中はこの石田(いしだ)佐吉めにお任せあれ！)

そう言えぬ己(おのれ)が口惜(くちお)しい。半兵衛の代役が務まらぬことなど但馬(たじま)の戦でわかっていた。

(俺に、半兵衛殿の半分でも軍略の才があれば……！)

そのようなことを物憂げに思いつつ、佐吉は広漠たる砂漠を眺めるでもなく眺める。

ポツンと黒いものが見えた。

「……ヤ？」

二町ほど先であろうか？　広大な砂漠の内に何かがいた。

目を凝(こ)らせば、馬に跨(また)がった人物である。黒い道中合羽(どうちゅうがっぱ)を羽織り、黒塗りの笠を被っていた。馬もまた黒毛である。全身、影のように黒い。ただの旅人とは思えぬ雰囲気があった。

(怪しいやつ……！　敵方の斥候(せっこう)かもしれぬ……)

佐吉は差料(さしりょう)の存在を手で確かめつつ、その黒衣の人物へとソロリソロリと近づいた。

とはいえ、隠れるものとてない砂漠である。半町ほどまで近づいたところで、向こうもこちらへ気がついた風だった。だが、逃げはしない。まるで佐吉を待っているかのように馬をその場に停めたままである。腰に二刀を佩(は)いているのが確認できた。武士である。

やがて、ほんの数間というところまで迫り、佐吉は足を止め、男へと叫びかけた。

「そこで何をしておられる？　武士とお見受けしたが、いずこの家中の御方か？」

男の肩が揺れた。笑いを押し殺している。やがて低く不敵な声が笠の下から流れ出た。

「毛利の隠密だ、と言ったらどうする？」

「何ッ！」

咄嗟に佐吉は刀の柄に手をやる。だが男は動じない。

「落ち着けよ。俺は『言ったらどうする』と問うただけで、そうだとは言っていないぞ」

嘲るような男の口調に、佐吉は苛立ちを覚えた。

「では、何者だ？　名乗れ」

「なぜ俺が貴様ごときに名乗ってやらねばならんのだ？　貴様からまず名乗ったらどうだ？」

チッ、と佐吉は舌打ちし、やむなく名乗った。

「羽柴秀吉が配下の軍師石田佐吉なり」

男の肩がまた震えた。やはり笑いを押し殺している。

「軍師？　貴様が？　羽柴殿の軍師は名高き竹中半兵衛殿ではなかったのか？　アア、なるほどな。合点がいったわ。但馬での戦を差配していたのは貴様だろう？」

佐吉は驚き目を見開いた。

「な、何ゆえ、但馬の……」

「見ていたからな。羽柴秀吉殿の誇る名軍師竹中半兵衛とは如何(いか)ほどか興味があってな。空城(そらじろ)である竹田(たけだ)城を倒してのけたのは見事であった。が、その前までが無様だったな。戦の初めは貴様が差配し、その尻(しり)拭いを竹中殿がやった……とでもいったところか？」

図星であるがゆえに腹が立った。

「やはり毛利の隠密だな!?　但馬での戦を盗み見し、このたびは因幡(いなば)で！　顔を見せよ！」

「喚(わめ)き散らさずとも顔ぐらい見せてやる」

男が黒塗りの笠を上げた。

壮年の男である。癖のある黒髪、浅黒い肌、鋭い眼差(まなざ)し、口の端が皮肉げに吊(つ)り上がっていた。陰険な相と言っていいが、その陰険さに名称し難い凄(すご)みがある。

（こやつ、ただ者じゃない……！）

一目見て佐吉はそう察した。

「名を名乗れ……」

「たわけが。貴様ごときに名乗るほど俺の名は安くないわ」

「名乗らねば、毛利の隠密として斬るぞ！」

と、言った佐吉だったが、果たして己(おのれ)の腕が通じる相手なのか自信がなかった。

「ハッハッハッ！　ソモソモ俺が隠密に見えている時点で貴様は軍師失格だぞ」

「何ィ……」

「まさか俺の装束が黒だから隠密に違いない、と短絡的に思ったのではあるまいな？　この砂原で黒い装束はむしろ目立つ。だから貴様も俺を見つけたのではないのか？　こんな格好を隠密がワザワザ選ぶものか。この地で身を隠したければ、ああいう色味でなくてはならん」

男が顎で砂漠の先を示した。佐吉は、その方角に目を凝らす。

ヨクヨク観察すると微かに動くものが認められた。砂色に塗装されたそれは、砂に伏せるようにしてジワリジワリと僅かずつこちらへと近づいてきている。

「……砦城!?」

完全に砂漠の砂に同化していた。男に指摘されねば気がつけなかっただろう。

「あちらも見てみろ」

今度は反対の方角を示す。見れば、そこにも同じような砦城がいた。

佐吉は、周囲を見回す。いた。いた。いた。秀吉一行の周囲数町ほどの地点に砂色の砦城が十数体ほど潜み、取り巻いていた!?

「囲まれている!?」

「砂原周辺の湧泉を集落とする因幡国衆どもだな。そしてあれが――」

――ザザザザザァアアアアアアッ！　と、長浜城の目の前の大地が間欠泉のごとく砂柱を奔騰させた!?　砂の内より巨大な何かが飛び出してきたのである。

「〈賦鉦羅王　鳥取〉こと吉川経家の鐵城――鳥取城だ」

砂中より姿を現した鳥取城は、一見して直立した巨大サソリであった。本体は球状に石垣(いしがき)を積んだ天球丸巻石垣(てんきゆうまるまきいしがき)装甲である。その球形本体より節足動物のそれを思わせる三対の脚が生え、腕部は分厚いハサミ状だ。搦(から)め手門より先端に鋭利な針を有する尾が生えている。

「イカンッ！　敵襲だ！」

もはや黒衣の男になど構っている場合ではなかった。佐吉は長浜城へ向かって一散に駆ける。

男が馬の手綱(たづな)をひきつつ佐吉の背へ声を投げた。

「健闘を祈るぞ、軍師気取り。生きてまた会えたなら名乗ってやろう！」

男を乗せた馬が砂を蹴(け)って駆け出したが、無論佐吉は見ていない。

息を切らせて佐吉が長浜城の天守に飛び込んだ時には、すでに一同、戦の準備を完了させていた。外界を映す大護摩壇(ごまだん)には、巨大サソリのごとき鳥取城がユラユラと尾を揺らしていた。

「どこいってたんだよ、佐吉！」

「すまん、表に出ていた！　それより正則(まさのり)、敵は目の前の鳥取城だけではないぞッ！　周囲数町、敵砦城(フォオト)が十数ほど取り巻いている！」

「なんだッてッ!?」

と、正則が驚きを見せた時である。

『――かつて……』

フイに厳かな声が砂漠に響き渡った。

『……かつてこの因幡の鳥取砂原には人面獣身の荒ぶる神が住んでおったそうな……』

鳥取城の吉川経家が名乗り法螺貝を用いて発したものだった。

『荒ぶる神は砂原を通る者に謎を掛け、答えられぬと喰らったと『因幡国風土記』にある。その謎とはこうだ。初めは四本足、次は二本足、最後には三本足。果たしてこれはなんぞや？』

それは吉川経家から秀吉らに対する問いかけであるらしい。

長浜城、墨俣城、月山冨田城——三城にいる誰もが首を傾げる。

『武士であろうがッ！』

沈黙する秀吉軍を叱咤するかのごとく鳥取城の吉川経家が叫んだ。

『武士とは生まれ出で四本足で地べたを這う嬰児の時に忠義を知り、元服し己の二本の足で歩むときに忠義を実践し、杖をついて三本足で歩む晩年になれば忠義を伝えるッ！』

納得のいく答えではない！　だが、吉川経家が生粋の武人であることは十二分に伝わった。

『この因幡は真の武士道を知る者でなければ通ること叶わぬ難所なりッ！　サア、羽柴殿ッ、貴殿がまことの武士か否か、この吉川経家が試してくれようぞッ！』

言うが早いか、鳥取城が旋風のごとく回転し、凄まじい勢いで砂中へ潜った。水飛沫を思わせて砂が跳ねあがる！　砂塵が猛烈な速度で移動していた。鳥取城が砂中を泳いでいるのだ！

秀吉軍の三城、自然と背中合わせになる。鳥取城は砂礫を巻き上げながら獲物を狙うサメのように三城の周りを旋回していた。その輪が徐々に縮まっていく。十分に三城へ肉薄すると、ザバッ！　鳥取城が躍り出たッ！　強靭なハサミが墨俣城へ襲いくるッ！

キィィンッ！と、反射的に城杖で受ける墨俣城！　受ける流れで杖を一転、鳥取城へ叩きつける！　球形の胴体を粉砕ッ！　と、思いきや、ザリリッ！　杖が滑った!?

『なんだァ!?』

再度鳥取城は砂中へ潜る。ババババッ！　と舞い上がる砂を標的に、逃がしてならじッ！

と、月山冨田城が十文字槍を突きこんだ！　が、またしてザリリッ！　槍先が滑る！

『クッ！　これが名高き鳥取城の天球丸巻石垣装甲かッ!?』

球状に積んだ石垣装甲が物理的な攻撃を滑らせるのである。単純ながらこの巻石垣装甲を実現させている鐵城は日本広しといえど鳥取城のみ。

『ナラ、こいつはどうッすかッ！』

長浜城が左腕を突きだした。右へ左へ複雑な軌道を描き砂中を突き進む鳥取城を追いかけて動く左腕に蒼い光が膨らんでいく。長浜城自慢の龍氣砲弾を撃ち込んでやろうというのだ。

『ウッシッ！　今ッすよッ！』

必中を確信し、正則が砲撃を放たんとしたその刹那！

――ダーンッ！　と、響き渡る雷のごとき音ッ！　長浜城の砲撃音ではない。それは数町ほど後方から聞こえた。咄嗟に飛び退いた長浜城の肩先を弾丸が掠めて通った!?

振り返る長浜城、視線の先に見えたのは砂上へ伏せるような姿勢を取った砂色の砦城が数体！　イイヤ、周囲一帯を砦城（フオオト）が取り巻いていた。皆、黒い筒状のものを握っている。

『忘れてたッす！　こいつらもいたんだった！』

『気をつけろ！　対城郭式種子島銃（たいじょうかくしきたねがしまじゅう）を装備しているぞ！』

佐吉（さきち）の警告が終わるか終わらぬか——ダーンッ！　ダーンッ！　ダーンッ！　八方から飛びくる弾丸の雨霰（あめあられ）ッ！　パッと散開する長浜墨俣月山冨田城（ながはますのまたがっさんとだ）、跳んで伏せて武器で弾いて、なんとか被弾を避け続けるが、砂中を進む鳥取（とつとり）城は容赦しないッ！　三城の間を縫うように泳いで、長浜城の背後に回るやいなや、パッ！　と、躍り出て振るわれる兇悪（きょうあく）なハサミッ！

ギィインッ！　と城野太刀（のだち）で受け止めた長浜城、その肩口を飛来した弾丸が貫通した！

『うぐッ！』

前のめりになった長浜城の脳天に、隙（すき）アリッ！　と、振り下されるハサミの一撃ッ！

『正則（まさのり）ッ！』

墨俣城の城杖（じょうじょう）が、間一髪でハサミを弾く。その半瞬後にはすでに鳥取城は砂中へ消えていた。

「左腕陣間！　損壊のほどはどうだ!?」

佐吉が護摩壇（ごまだん）に呼びかける。すぐに当陣間を担当する蜂須賀（はちすか）党隊長が答えた。

『幸い陀威那燃（ダイナモ）は無事だッ！』

「龍氣（りゅうき）伝導量が弱いが、大丈夫か!?」

『全力でやっているッ！　だが、皆疲労して力を出しきれていないッ！』

半兵衛の指摘した通り、灼熱の行軍に足軽衆が疲れ果て、十分な陀威那燃働きができなくなっていたのである。外界は弾丸が飛び交い、秀吉方の三城は躱すだけで精一杯。到底反撃になど転じられない。弾丸に気を取られていると鳥取城による足下からの攻撃が襲いくる。

「どうする、佐吉ッ！」

秀吉が声を投げてきた。咄嗟に佐吉、返答すべき案が出ない。

『撤退しましょう』

迷いなく答えたのは龍氣無線に映った竹中半兵衛だった。

「半兵衛、おまえ、具合はいいのか？」

『エエ、回復しました』

嘘であろう。息が荒いのが映像ごしにもわかる。

『それより撤退です。抗戦を続けても勝ち目はありません。正則、巽の方角へ砲撃を放ってください。撃つと同時に走り抜けましょう』

『敵に背を向けるんすかッ！』

『敵は地の利に長けています。休息中に襲ってきたのも我らを休ませぬため。常に我らを窺い、休もうとすれば攻撃してくる。我らがやるべきは敵を振り切って砂原の外まで逃れること』

「そのあとは？」

『逆に我らが鳥取城をくたびれさせてやりましょう』

「ハア？　なんすかそれ？」

『詳しくは無事に逃れてからです！　ゲホッゲホホッ！』

また半兵衛が咳き込んだ。結果的にこれが正則を急かす役に立つ。

「オッケーッす！　半兵衛、ぶッ放せばいいんすねッ！」

長浜城が、巽へ左腕を向ける。蒼々と龍氣に満ちた手首がガコンッと開き、大筒が突き出た。

「うおらああああああああッ！」

発射された砲弾が、その先にいた砦城数体を爆散させる。

『今だッ！　走れエエエッ！』

秀吉軍三城が一散に駆け出した。背後より迫りくる鳥取城の砂飛沫。際限なく撃ち込まれる弾丸の雨。まさに命からがらの撤退であった。

六

夜――吉川経家の元に、秀吉らが鳥取砂原を抜けたとの報告が入った。

（潔い引き際であった。とはいえ取り逃がしたは惜しきことなり……）

夜天に掛かった月が広大な砂漠を青白く照らしていた。ここは鳥取砂原のおよそ中心にポツリと存在する久松山である。鳥取城はこの岩山に湧いた龍域に築かれた鐵城だった。

現在、居城形態に戻った鳥取城は、この地で昼間消耗した龍氣を補充している。砦城を繰り、戦を助けてくれた国衆らは砂漠周辺の集落へと散っていた。

（マア、よい。安芸の〝三矢家老〟様らからは足止めで十分と言われておるしの……）

本国安芸からは「倒さずともよい。時を稼げ」と命じられていた。

（未来すらも予測し得る元就公の御託宣。拙者には及びもつかぬ深謀があるに違いない……）

吉川経家は、自身が運命という盤面の上のひと駒に過ぎぬことを自覚していた。盤上の駒は盤面全体を知ることができない。ただ毛利元就だけが盤面全体を一望できるのだ。

（明日も羽柴殿は我を攻めんと砂原へわけ入るであろうか？　この鳥取砂原において我が城は無敵。それを羽柴殿も思い知ったであろう。イヤ、しかし――）

何があるかわからぬ。経家は手を叩き軍師を呼ぶと命じた。

「城に詰める足軽衆に十分な休息を取らせよ。水、食事も存分に与えるよう」

「ハッ！」と、軍師は応えたが、その後、オズオズとこう言った。「お耳に入れるほどのことではございませぬが……」

「なんだ？　申してみよ」

「物資運搬の砦城が未だ到着しておりませぬ」

経家が眉根を寄せた。久松山は、濃密な龍氣の湧く地であるが、砂漠の中央ゆえに水や食料を自給することができず、砂漠周辺にある湧泉集落からの物資に頼らねばならぬのだ。

それを運ぶ砦城がこないというのである。常ならば昼間の内にくるというのに……。

「ア、イエ、ただ遅れておるだけにございましょう。城内には十分に備蓄がございますし」

「待て、一城もこぬのか？　それはさすがに不審……」

と、ここまで経家が口にした時、物見の侍が血相を変えて駆けこんできた。

「と、殿ッ、一大事にござるッ！　国衆らの村が羽柴の鐵城に落とされてございますッ！」

経家は愕然と目を見開き、物資運搬の砦城のこない意味を知ったのだった。


砂漠を抜けた秀吉らは、陽が暮れるのを待って迅速に行動を開始していた。

湧泉のある砂漠周辺集落を次々と襲撃したのである。夜陰に乗じた鐵城の奇襲によって、砦城しか持たぬ国衆らはひとつまたひとつと落とされていった。

その中でも主要な三か所、鳥取砂原を三方から囲む位置にある集落に、鐵城三城がそれぞれ陣取った。目的は鳥取城へ物資補給に向かう砦城を監視し、尽く足止めして物資を奪うこと。

蜂須賀乱波党員たちが大いに活躍した。砂山の陰に潜み、罠や対城焙烙火矢などで物資運搬の砦城を強襲し、積み荷を略奪して回ったのである。

「ニャッハッハッ！　さすがは盗賊じゃの！」

笑う秀吉へ、蜂須賀党を指揮する蜂須賀小六は憮然とこう返したものだ。

「モト盗賊だ……。今は違う……」

笑いごとでないのは鳥取城だ。

砂漠地帯に特化した鳥取城は耐熱構造となっており、水や食料の備蓄も十分にある。だが、いくら十分と言っても大人数の足軽を抱える城内だ。そう長くかからず尽き果てる。

「イカン！　国衆らの集落を取り戻すぞ！」

と、吉川経家は、鳥取城を出陣させ、幾度となく占拠された湧水集落奪還を試みた。

だが、集落は砂漠の外。砂漠の外では鳥取城の持ち味を生かせず、尋常な鐵城と変わらぬ働きしかできない。即座に集結した秀吉軍三城を相手に、毎度撤退を余儀なくされた。

「この上は本国へ助けを求めるより手がない……！」

吉川経家は、安芸へ援軍を要請する文を送った。が、返事がない。文を預ける忍びが中途で蜂須賀党員に捕らえられたのだ。

補給を断たれ、砂漠に閉じ込められる形となった鳥取城の兵糧は、やがて尽き果てた。

城内の足軽衆は激しい渇きを訴えて、己を傷つけて血潮すら嘗める始末であったという。

「もはやこれまで……」

飢餓と渇きに苦しむ城内の足軽衆を眺め、自身も渇きに喘ぎながら、吉川経家は文を書いた。

『この経家、腹を切り首を差し出すゆえ、城内に詰める足軽衆の命ばかりはご容赦願いたい』

文を使者に託し、秀吉の元へ走らせた。砂漠を走りゆく使者の背を眺めながら、経家は思う。

（アア……毛利公、それがしは十分に時を稼ぎましたか？　有用な駒でありましたか……？）

経家は捨て駒である己を意識していた……。

――〈賦錏羅王(ファラオ)　鳥取(トツトリ)〉降伏ッ！　因幡(いなば)国制圧なァ～りィ～！


吉川経家(きつかわつねいえ)からの文を一読し、秀吉(ひでよし)は大きく息を吐く。

「因幡の荒ぶる神は、まことの武士(もののふ)すら食らってしまったか……」

こう呟(つぶや)き、広漠たる砂漠に沈む赤々とした夕日に手を合わせた。

感慨を抱く秀吉に対して、正則(まさのり)、清正(きよまさ)、鹿之介(しかのすけ)、蜂須賀(はちすか)党の面々は勝ち戦に湧(わ)いている。

「うおッしゃああッ！　勝った勝ったアッ！」

「尼子(あまご)再興にまた一歩近づいたぞ！　月よ、我に七難八苦を与えたまえエッ！」

「七難八苦は勘弁ッすよ……」

さっそく酒宴が始まった。篝火(かがりび)を焚(た)き、砂上に茣蓙(ござ)を広げ、瞬き始めた星々を眺めながらの酒盛りである。秀吉も気を取り直し、宴(うたげ)に加わった。

大盛り上がりの中、下戸(げこ)の佐吉(さきち)は酒も飲まず、物思いに耽(ふけ)っている。

（すごい……。やはり俺では半兵衛(はんべえ)殿の軍才に遠く及ばぬ……）

ただの兵糧(ひょうろう)攻めと言ってしまえばそれまでだ。だが、たった三つの鐵城(キャッスル)で広大な砂漠の補給路を完全に断ってしまう差配は真似(まね)しようとしてできるものではない。

当の竹中(たけなか)半兵衛は、末座で例のごとくボケーッと放心し虚空(こくう)を眺めていた。すでに播磨(はりま)攻めの計略を脳内で練っているのであろう。ポカンと開けた口から涎（よだれ）が垂れそうである。

その阿呆（あほう）みたいな姿が、今の佐吉にはひどく崇高なものに見えた。

（弟子入りを願い出よう……）

こう思った。

（半兵衛殿に弟子入りし、その軍学を一心に学ぼう。俺にはそれが必要だ）

コホッ、と半兵衛が軽く咳（せ）き込むのが見えた。フラッと半兵衛は立ち上がり、宴の場を離れる。弟子入りを切り出すいい機会と思い、佐吉は半兵衛を追った。

しばし歩むと、篝火の明かりが届かぬ薄闇で、突如（とつじょ）半兵衛が蹲（うずくま）る。

「半兵衛殿……？」

「ゲホッ！　ゴホホッ！　ガボッ！　ゲホホッ！」

半兵衛が咳き込み始めた。咳（せき）は治まらず横隔膜（おうかくまく）が破裂せんばかりに激しさを増す。

「ゴホッ！　ゲゲホッ！　ゴホッ、ゴホッ――――ガゴホォッ！」

砂上に血痕が散った。佐吉は慌てて馳（は）せ寄る。

「は、半兵衛殿!?　ち、血を……！」

力なく振り返った半兵衛の口のまわりはゾッとするほどの血に塗れていた。

「さ……佐吉さ……播磨……攻めで……は……黒田官兵衛（くろだかんべえ）……」

うわ言のごとくこう口にしたのを最後に、枯れ枝のような半兵衛の体が砂上に頽（くずお）れた。

「半兵衛殿ッ⁉　誰か！　半兵衛殿がッ！　半兵衛殿がァァァッ！」

因幡の荒ぶる神は、ひとりの軍師の命すら食らわんとしていた……。

【神変不可思議上杉軍神手取川合戦】

一

「お市ちゃーん！　お市ちゃーん！　どこー？」

岡崎城内にお市を捜すさやかの声が響いていた。

「どこいっちゃったんだろ……？」

お市の世話を任されたさやかは、竹千代が岡崎を立った翌日から足しげくお市の部屋を訪ね、何かと話しかけてきた。が、お市という少女は、何を語りかけても反応が薄い。「ソウ」とか「ハア」とか無感情に返すばかりで、表情ひとつ動かさないのである。

（慣れないおうちに急にきちゃって緊張してるんだ……）

こう思ったさやかは逆に燃え立った。

（竹千代が戻るまでにお市ちゃんと仲良くなってやるんだから！）

さやかはめげることなく、延々とお喋りをしたり、城内を案内してやったりしたものだ。

が、今日、お市の部屋へいってみると蛻の殻だったのである。厠にでも立ったのかと、しばらく待ったが半刻経っても戻ってこない。心配になって捜してみればどこにもいないのだ。

（どうしたんだろ？　あたし、なんかお市ちゃんの気に障ることしちゃったかな？）

などと思った時である。「さやか様」と、背後より声がした。

振り返ればさやか配下の服部忍びである。

「お市様が見つかりました。岡崎城下にて道に迷われておりました」

「エエエッ!?　外に出ちゃってたの!?」

すぐにお市は岡崎城へと連れ戻された。戻ってきたお市は何事もなかったかのように、今、部屋のいつもの場所にチョコンと表情無く座っていた。

「ネエ、お市ちゃん。どうして外に出ていっちゃったの？」

「………」

答えない。

「そっか。ずっとお城の中にいたんじゃ退屈だよね？　午後から一緒に町に出てみよッか。おいしい甘味屋さんに連れてッたげるよ！」

「………」

フイにお市の手がさやかへ伸びた。

「んひゃッ!?」

お市の小さな手が触れたのはさやかの胸であった。慌ててさやかは飛び退いた。

「チョッ、チョチョチョチョッ！　チョットお市ちゃん！　何するのッ!?」

むにゅ…

お市はさやかの胸に触れた己のてのひらを、ジー……と見つめ、こんなことを呟いた。

「わらわの胸や尻も、そなたのように豊かであれば殿も可愛がってくれるであろうか……」

「ハ？　ハア⁉　何言ってるの、お市ちゃん？」

「ノオ、さやか。如何すればわらわは殿の寵愛を受けられるであろうか？」

「な、なんで、あたしにそんなこと尋ねるの？」

「さやかは殿の妾ではないのか？」

サラリとお市が言った。さやかの顔が真ッ赤になる。

「違ッ……違うよ！　そんなわけないでしょ！」

「では、そなたはなんなのじゃ？　殿とずいぶんと気安い間柄のようじゃが？　まさか本妻であったか？　竹千代殿は奥を迎えておられぬと聞いておったが……」

「違う違うッ！　違うよーッ！　あたしは竹千代のお姉ちゃんみたいなものなの！」

お市がキョトンとなった。

「お姉ちゃん？　みたいなもの、とはなんじゃ？」

「竹千代とは小さい頃からずっと一緒だったから、そういう感じになったの」

「ずっと一緒だと、何ゆえ姉になる？　血の繋がりはないのであろ？」

「ウン。ないけど……」

「わからぬ」と、お市は俯いた。

「わらわは兄上と血が繋がっておるが、兄妹の情というものを感じたことがない……」

「信長さんとはあんまり仲がよくなかったの？」

「兄上と仲違いをしたことなど一度もない。ソモソモ兄上はわらわに関心がないように思う。言葉を交わしたことも数えるほどしかない。おそらく兄上とは母が違うからであろう」

珍しいことではない。淡泊な竹千代は例外として、大名ならば側室のひとりやふたりは持っているものだ。当然、大名家は異母兄弟が多くなる。

「わらわは妾の子じゃ。わらわの母は賤しい渡り巫女で、行き倒れていたところを父上に見初められたらしい。わらわが幼い頃に亡くなったがの……」

さやかは朧げながらお市の抱える事情が見えてきた気がする。

渡り巫女とは、特定の神社などに所属せず諸国を流浪する巫女だ。一応は神職だが、実態としては旅芸人であり、また春をひさいで路銀を得る遊女でもある。

卑賤の血を引くお市が、織田家中においてどのような目で見られていたかは想像に難くない。当主の娘として、優遇はされつつも遠ざけられ、人並みの愛情を受けることなく育ったお市は、今のような感情の希薄な少女になってしまったのではないだろうか……？

「さやか。そなたはわらわに殿のことを色々と話してくれたの？」

昨日までさやかはお市の心を開こうと様々な話をした。その多くは幼い頃からの竹千代との思い出話である。ともに野山を駆け回った話、佐吉と三人で矢作川で川遊びをした話……。

「その話のようなものが、真のきょうだいというものなのか？　わらわにはわからぬ。わらわには兄上とのそのような思い出はない……」

淡々と語るお市を、さやかは見つめていた。やがてニコッと笑う。

「じゃーさ、これから作ってこうよ、思い出」

「……？　これから？」

「ウン。これからはあたしがお市ちゃんのお姉ちゃんだよ。イッパイ色んな話しよ。イッパイ色んなとこに遊びにいこ。イッパイ、イッパイ思い出を作ろうよ」

お市は目を見開き、さやかの笑顔をマジマジと見た。困惑しているようにも見える。

やがて、ひとつ溜息を吐き、その顔を俯かせた。

「それは叶わぬの……。殿はわらわを嫌うておるようじゃ……」

「嫌ってなんていないよ。突然のことで困っちゃってるだけだよ」

「いずれにせよ、わらわは織田へ戻される。そして別の大名家へ嫁がされるであろう。そなたとともに思い出を作ることなど叶わぬ願いよ……」

お市の言葉に悲哀はなかった。ただ空虚な諦念だけがある。

「ネエ。お市ちゃんは、竹千代に嫌われてるって言うけど、お市ちゃんはどうなの？」

「どう？」

「お市ちゃんは竹千代をどう思ってるの？」

「わらわがどう思うかなど関係ない。輿(こし)入れは殿方の決められること」

「輿入れとか関係なくさ！」

　さやかの声が強くなった。それに自分で気がつき、慌ててさやかは声色を優しく変える。

「お市ちゃん自身は、竹千代とずっと一緒にいたいと思ってるの？」

　お市は黙った。無視されているわけではないとさやかにはわかる。さやかの問いに対する答えを必死に探しているのだ。心がないように見えるこの少女にもチャント心がある。ただ、それを表す方法を知らないだけなのだ。それがなんとなくわかってきた気がする。

　やがてお市はこう言った。

「それが〝己(おのれ)〟を持つということか？」

「おのれ？」

「殿はこう言われた。〝己を持たぬ者は松平(まつだいら)にはいらぬ〟と」

「竹千代、そんな酷(ひど)いこと言ったの!?」

「そのようなことを言われたのは初めてじゃ。〝己〟という言葉がずっとわらわの中に残っておる。繰り返し考えてしまう。わらわの己とはなんなのか。それを探したい……。これがわらわの己ですと竹千代殿へお伝えしたい。それを考えていたら――」

　外へ目をやった。見ているのは北の空である。竹千代の旅立っていった北陸のある空……。

「――いつの間にか城を出て、殿の元へ向かおうとしていた……」

無表情に空を眺めるお市を見ながら、さやかは思った。

(アア。お市ちゃんは、竹千代を思っているんだ……)

なぜだかさやかは胸の奥が痛むのを覚える。だが、お市をいじらしいと思う気持ちが勝った。

「お市ちゃん」

こう呼びかけた。

「〝己〟を探したいと思う、〝己〟を竹千代に見せたいと思う、それが〝己〟だよ」

「これが……わらわの〝己〟」

さやかは頼もしく頷いた。お市は自らの胸に手をやる。

「そうか……これが、わらわの己……」

お市の声は、微かに愛おしげであった。

「この岡崎は……よい声がするの……」

眼差しは空をゆき過ぎる雲へ向けられている。

「よい声に満ちておる……。このような土地に生まれたからさやかは優しいのかもしれぬ」

お市は何かを聞いている気配があった。その目は雲でない何かを見ていた。

だが、いくらさやかが空に目を凝らしても、耳を澄ませても、何も見えも聞こえもしない。

「お市ちゃん、何が聞こえるの……?」

しばし、お市はものも言わずに空を眺め続ける。やがて、こう呟いた。

「龍氣の歌う、よい声がするの……」

二

日本海に面した北陸の国――加賀。

今、上洛を開始した上杉軍と、それを迎え撃たんと織田の柴田勝家軍が国内に侵攻している。現在、加賀国内を流れる手取川を挟んで東に上杉軍、西に柴田軍が迫っていた。

「よかった。まだ戦は始まってない。ギリギリ間に合ったな……」

竹千代が息を切らせてこう言った。

手取川を見下ろせる山の峠である。竹千代は馬に跨がっていた。三河からこの加賀まで全力で駆けてきたのである。

目立つ上に周辺勢力を刺激する鐵城でくるわけにはいかなかった。

手取川の西の河岸に、柴田軍が駐屯しているのが見える。整然と並んだ数十体ほどの砦城、十数体の鐵城。それらの中でも一際大きく目を引く一城があった。

――〈悪雄牙呀　北ノ庄〉こと北ノ庄城。

他の鐵城よりも腕太く脚太く胸や肩幅も太い。さらにその面部は恐ろしげな赤漆塗りの鬼面であり二本の角まで生やしていた。

「ヒャ～、あれが織田の猛将柴田勝家の城かい。おッかねえ姿の鐵城だな、オイ」

馬上よりこう声を上げたのはお供の井伊虎松だ。隣には榊原康政の騎乗する姿もある。

「面白いですねェ～。城主の柴田殿とソックリですよ」

「エエッ!?　鬼柴田ってぇのはホントに鬼みてえな顔してんのかよ?」

などとお供ふたりが話す中、竹千代は柴田軍とは反対の方角を眺めていた。

手取川の東河岸より一里ほど離れた森林の陰である。そこに柴田軍とおおよそ同数の砦城と鐵城が見えた。それらの諸城の旗指物に染め抜かれているのは〝毘〟の一字。

毘沙門天の化身と謳われる上杉謙信率いる越後上杉軍である。

その中央に、結跏趺坐の姿勢で座する一体の武者形鐵城があった。

白銀色の甲冑を纏い、頭部には純白の法師頭巾を被っている。面部は穏やかな中にも厳しさを秘めた若武者のそれ。仄かに銀光を放つその城は、どこかしら神聖な気を宿し、鐵城というよりか観音像でも見るかのようで、つい手を合わせたくなる。

「あれが謙信公の春日山城……」

一里以上の距離を置いているにもかかわらず、ここまで崇高な雰囲気を醸し出す鐵城を竹千代は初めて目にした。それを乗りこなす上杉謙信とは果たして如何な人物なのか……?

おそらく開戦は明日の早朝だろう。上杉謙信とはその前に会っておきたい。

「康政、虎松。ボヤボヤしてられない。いくぞ!」

竹千代が馬首を返そうとしたその時である。フイに荒ッぽい声が飛んできた。

「うおらアァァッ、そこのおめえらアァァッ!」

振り返れば、ふたりの武士が峠の先からガチャガチャと甲冑を揺らしつつ全力で駆けてくる。見るからに血気盛んな若侍二名だ。両名とも槍を握っている。

「しまった。柴田軍の侍ですよ。見つかってしまったようです……」

康政が小声で竹千代に告げた。耳ざとく聞き取った虎松がキョトンとする。

「なんでえ、竹千代は信長とダチんなったんだろ？　てめえんとこの殿様のマブダチ松平竹千代でござァいッって名乗ってやりゃあ、御無礼をーッてな具合にひれ伏すんじゃねえのかい？」

「ダメですよ。上杉と接触しようとしてることを知られたら裏切りと取られかねない……」

そんなことを言い合っているうちに若侍二名は竹千代らの前までやってくる。

「ここで何してんだ、コルァッ！」

「てめッコラァ、一向一揆か、コラァ！　上杉の斥候か、コラァ！」

凄まじい勢いで喚き散らす。二頭の犬にでも吠えかかられているようであった。

確かに合戦を間近に控えたこの時期に、山上からそれを窺っていれば怪しまれても文句は言えまい。少々物言いが乱暴だが、若侍らの詰問はもっともだった。

「ア。すみません。僕らは旅の者でして偶然ここを通りかかったんですよ」

と、康政が言いつくろおうとするも、まるで話を聞こうとしない。

「旅人ッつっても侍だろォが、コラァッ！」

「ウォラ、柔弱者！　何処の家中だ、オラァッ！　シャッコラァ！　名乗れッコラァ！」

どうしましょう？　と、康政(やすまさ)が竹千代(たけちよ)に目線を送っていると、怒鳴り返したやつがいた。

「べらんめえッ！　ギャンギャンギャンギャン、うッせえぞ！」

言うまでもなく虎松(とらまつ)である。

「てめえらこそ名乗れッつうんだ青侍のドサンピンどもッ！」

「んだと、ガキィッ！」

「ヘンッ！　名乗らねえなら、こっちで勝手に名づけてやらァ！　そっちのてめえは弱犬吼野(よわいぬほえの)介(すけ)、そっちのおめえは大頭素空左衛門(おおあたますつからざえもん)ってえのはどうでいッ！」

「虎松、やめろ！」

竹千代が咎(とが)めたが、もう遅い。二名の若侍、焼け石みたいに真ッ赤になった。

「こんの、クソガキッ！　武士を侮辱ッか、コラァ!?　俺が誰だかわかってんのかコラァ！」

「だから誰なんでい？」

「聞いてビビんじゃねッぞォーッ！」と、若侍のひとりが、ビシリと槍(やり)を構え「織田(おだ)家赤母衣(あかほろ)衆筆頭、金沢(かなざわ)城主前田又左衛門利家(まえだまたざえもんとしいえ)ッ！　〝槍の又左(またざ)〟たァ俺のことよ！」

続いてもうひとり、親指を立てて己(おのれ)をビッと指差す。

「織田家黒母衣(くろほろ)衆筆頭、富山(とやま)城主佐々内蔵助成政(さっさくらのすけなりまさ)ッ！　織田の特攻隊長だぜ、オラァ！」

胸を張って名乗った二名。だが虎松の一言で一蹴(いっしゅう)された。

「知らねえ」

イヨイヨ怒り心頭に達した二名、槍先を竹千代一行に向ける。

「てッめエェ……。嘗(な)めた口利くとどうなッか思い知らせてやッぞ……」

ムンムンたる殺気が二名より漂い出す。反射的に竹千代が腰の刀に手をやった。

「オ？　やんのか？　織田北陸方面軍随一の勇士佐々内蔵助が相手してやッぞ」

不敵に言う若侍佐々内蔵助、ズイと一歩踏み出したところで――

「オイ、内蔵助」と、もうひとりの若侍前田又左衛門が内蔵助を呼び止めた。

「おめえ、今、なんつッた？　北陸方面軍随一の勇士とか抜かさなかったか？　ア？」

「だからなんだ？　その通りだろうがよ？」

「てめッコラッ！　随一の勇士はこの又左だろうが、てめぇッ！」

急に仲間に怒鳴り声をぶつける又左衛門。

「うッせッ！　んなことどうでもいいだろうがよッ！」

「アアンッ!?　どうでもいいわけねえだろうがッ！　コイてんじゃねえ、コラァッ！」

「おッめエ、尻(しり)の穴が小ッちェえんだよッ！　だから、奥方(スケ)の尻に敷かれるんだよッ！」

又左衛門の顔が引き攣(つ)った。

「お、俺がいつ女房(まつ)ちゃんの尻に敷かれたんでエ！　てめえこそ側室(スケ)に浮気されてんだろ！」

「んなッ!?」

内蔵助が唇をわななかせる。

「さ、ささささ、側室ちゃんは浮気なんてしてねえッ！　てめえ、又左ぶッ殺す！」

「んだと、コラッ！」

いきなり二名、槍を投げ出し、摑み合いの喧嘩を始めたではないか!?　殴り合い、蹴り合い、罵り合い、投げ飛ばし合う又左衛門と内蔵助。大の男が見苦しいことこの上ない。

竹千代も、虎松でさえポカンとなって目を丸くしてしまう。康政がソッと囁いた。

「……今の隙です。逃げちゃいましょう」

竹千代、ひとつ頷くと、馬に鞭をくれた。たちまち駆け出す三騎の馬。見る間に峠の坂を下っていく。ここで、ハッと我に返った又左衛門と内蔵助。

「アッ!?　逃げやがったッ！　てめえが、ゴチャゴチャ抜かしてッからだぞッ！」

「てめえだってウダウダ抜かしてただろうがよッ！」

怒鳴り合いを続けつつも、すでに槍を引ッ摑み、馬を駆る竹千代らを追いかけている。

「うおらああああああああああああッ！」

甲冑を着ているにもかかわらず、凄まじい突進だった。馬の脚に迫る勢いである。

「な、なんだ、こいつら？　とんでもない足の速さだぞ!?」

さすがに竹千代もたじろいだ。康政が早口で解説する。

「母衣衆と言ってましたね。ああ見えて織田家生え抜きの精鋭ですよ。陀威那燃働きから泥臭く武功を重ねてきた連中です。その筆頭となれば根性も身体能力も相当なものでしょう」

「ハハハッ！　ただの猪武者だろうがよッ！」

虎松の嘲笑を、追う二名は、耳ざとく聞き取った。

「てんめえッ！　聞こえてッぞ、コラァッ！」

さらに二名の速度が上がる。

「早く手取川の東側に逃げ込むぞ！　そこまでは追ってこないはずだ！」

叫ぶと、竹千代は馬首をふた又に分れた峠道の東へ向けた。道の先の崖に吊り橋が架かっている。これを渡れば手取川の東、上杉の陣地だ。そこまではさすがの若侍二名も追ってこまい。

と、思ったのは大きな間違いだった。吊り橋を渡って一町ほど山道を駆けているにもかかわらず、又左衛門と内蔵助は未だに追う速度を緩める気配すらないのである。

「うおらあああああッ！　逃がさねえぞ、おらあああああッ！」

こうなれば限界まで馬の速度を上げて振り切るしかなかった。

麓に到着し草に覆われた平地に出る。だが、まだ追ってきた。撒いてやろうと、目についた森林に飛び込んだ。だが、まだ追ってくる。駆けても駆けても追ってくる!?

「オイオイ、こいつらの体力、底なしかよ!?」

やがて馬のほうが疲れてきた。竹千代らと又左衛門・内蔵助の距離が徐々に徐々に狭まってきて、イヨイヨ手を伸ばせば馬の尾に触れられるほどまで肉薄する。

「うおッしゃアァッ！　追いついたゼェッ！」

やむなし！　竹千代が、腰の刀を抜かんとしたその刹那！

――ヒュッ！　と、肩先を鋭利な何かが掠め通った。

（矢⁉）

今まさに竹千代の馬の尻にしがみつかんとしていた前田又左衛門の眉間目がけて飛んでいく。咄嗟に飛び躱した又左衛門。そこに、バラバラッ！　数本の矢が降ってくる！

「ぬわッ⁉　なんだァ⁉」

さすがの又左衛門と内蔵助も足を止め、回避に専念せねばならなかった。どこからともなく次々と射込まれてくる矢を、槍で弾き、跳んで躱す。

狙われているのは、又左衛門と内蔵助だけではなかった。竹千代一行にも飛んでくる。棹立ちになった馬を鎮めつつ、竹千代らは必死で矢の雨を避け続けた。

「ちっくしょうッ！　誰でぃッ！」

堪らず、虎松が馬上より飛び降りて腰の刀を抜き放つ。幼いまなこが、キッ、と睨んだ藪の内に、純白の甲冑を纏った数名の射手の姿を捉えた。見回せば木々の陰に同様の侍がおり、弓を引き絞っている。兜を被らず露わになった毛髪の色は金。こちらを狙う瞳の色は、蒼かった。

「金髪碧眼⁉　越後人だ⁉　又左！　上杉の兵だぞ⁉」

「なんで、上杉の兵が……ッて、アアッ⁉」

と、ここでようやく気がつく又左衛門。

「く、内蔵助！　俺たち上杉の陣のすッげえ近くまできてるみてえだッ!?」

「エエッ!?　マ、マジかよ!?　これッて、無断の先駆けになんじゃねーのッ!?」

「ヤッベ！　軍法違反だ！　柴田勝家にドヤされッぞッ！」

二名、飛んできた矢を弾くと、そのまま後方へ跳んで、クルッと背を向けた。

「引き上げだッ！」

二名、追ってきた時と同じ勢いで、一散に駆け戻っていく。追うとなればどこまでも追い、退くとなると即座に退く。単純だが、潔い。

が、竹千代たちに、彼らの惚れ惚れするような逃げッぷりを見送る余裕はなかった。森林に潜んだ上杉兵たちはなおも竹千代らを狙って矢を射続けている。

「やめろッ！　俺は柴田軍の者ではないッ！　俺は三河松平家当主、松平竹千代だッ！」

一時、射手の動きに躊躇いが生じる。が、すぐにまた矢を放ってきた。

「殿、先方は聞く耳を持っていません！　いったん退きましょう！」

「しゃらくせいッ！　二、三人のしちまえばおとなしくなんじゃねえのかッ！」

竹千代は康政と虎松どちらの言葉にも従わなかった。馬から飛び降りると、飛びくる矢の中、スタスタと歩み出る。腰の刀を鞘ごと抜いて、ドッカと地べたに座り込んだ。

竹千代の周囲に、数本の矢が突き刺さる。だが、竹千代は動じることなく声を張り上げた。

「もう一度言うぞッ！　俺は松平竹千代だッ！　謙信公に会いにきたッ！」

上杉兵らの射撃がやむ。無抵抗を示す竹千代の姿勢を目にし、手を止めたのだ。だが、矢は弓に番えたまま、狙いは竹千代に向けたままである。

暫時、緊迫した時間が過ぎた時――

「――おやめ」

この一声で、ようやく射手たちが弓を降ろす。

木陰から長身の男が歩み出てきた。竹千代は顔を上げ、その男を見る。

(男……だよな?)

一瞬、こう思った。まるで女のような顔をした男だったからである。

瞳が蒼く、肌白く、腰まで垂れた豊かな金髪はクルクルと渦状の癖がある。顎の尖った小さな顔、細長い手足。見事なまでの八頭身だ。鼻高く、睫毛が長く、赤く艶っぽい唇をしている。

そんな男が高貴な歩法でシャナリシャナリと座り込む竹千代の前まで歩んできた。

「松平竹千代公と仰いました?」

口調まで女性的である。ただ声色は低く太い。

「アア。松平竹千代だ」

「これは御無礼を。時期が時期にございますから、当方の兵も殺気立っておりますの。ご容赦願いますわ。わたくし、直江山城守兼続と申します」

男の名に榊原康政は驚きを見せる。

「直江山城殿？　貴殿が？」

「アラ？　わたくしをご存知ですの？」

「もちろんですよ。名高き上杉の軍師でしょう？　アア、僕は榊原康政。松平の家老です」

「初めまして。名高いのはお実城様（謙信）ですわ。わたくしはただのお悩み相談係ね」

謙遜した直江兼続だが〝越後に才知武勇並ぶ者なし〟と称されるほどの名軍師であった。

「それで」と、兼続は厳しい表情になり「お実城様にお会いしたいと聞こえましたが？」

「ぶしつけですまない。合戦が始まる前にお会いしたかったので、文を出す暇もなかった」

兼続は疑わしげに竹千代を見つめている。

「お実城様にお会いして何を話されるおつもりですの？」

「武田との戦い方を伺いたいんだ」

「武田？」

「信玄と長年戦ってきた謙信公に話を聞きたいんだ。武田信玄とはどんな漢なのか。武田とどう戦ってきたのか。どうだ？　会えるか？」

「できかねますわ」

即答だった。だが、竹千代は食い下がる。

「三河からきたんだ。会うぐらいいいだろう」

兼続の眼差しに冷たいものが生まれた。

「松平公は織田と結ばれたのではなかったかしら？　敵の味方が敵ならば、上杉と松平は敵ということになりますわね？　敵国の当主をお実城様の元に案内するとお思いですの？」

　当然、指摘されるべき一点であった。

「お実城様に助言を求められるというのも信じかねますわ。普通、合戦の前日にワザワザ三河からそのような理由で出向いてこられます？　別の理由を疑ってしまいますわね」

　何も言えなくなった竹千代に代わり、康政が飄々と進み出る。

「ア～……それを言われてしまうと、こちらとしても痛いんですよね～……。ですが我ら松平が織田と結んだのは上洛を画策する武田を迎え撃つためでして」

「心ならず織田と結んだって仰りたいの？」

「そういうわけじゃないんですけどね。我らが敵対しているのは上杉ではないということですよ。むしろ上杉の宿敵、武田の敵です。これ〝敵の敵は味方〟ってことになりません？」

　何やら詭弁めいている。兼続が眉をしかめた。

「考えてもみてください。武田が我ら松平を破って京に上洛したとしますよね？　そうなるとあなた方は京で武田とぶつかることになりますよ。織田と戦した後に武田と――その逆になるかもしれませんが――それってチョットたいへんじゃないですかねェ～？」

「…………」

「ならば、我らが武田を三河で撃退したほうが上杉にとっても得じゃないですか？　どうです？　謙信公から我らへ訓示を賜ることはできないものでしょうかね？」

兼続はジッと康政の顔を見つめ続ける。だが、やがて「プッ」と吹き出した。

「ウフフフ。フフフフ。ダメよ。そんな理屈じゃ全然ダメだわ、康政殿」

康政は兼続の笑いの意味がわからず怪訝な顔になる。

「いくら〝理〟や〝利〟を説いてもダメね。〝義〟のない願いをお実城様は聞き入れない。お実城様が武田と戦うのは、侵略される上野や信濃の民草を見過ごせなかったから。此度の上洛も、魔王織田信長を看過できないからよ。お実城様を動かすのは義のみなの」

この話を竹千代は興味深く聞いていた。

（〝義〟のみで動く漢……上杉謙信……）

確かにこれまでの謙信の戦を振り返ってみれば、そのほぼ全てが〝義〟を理由とするものだった。謙信が武士たちから崇拝されるのもその無欲潔癖な姿勢からである。

（だが、人は〝義〟のみで戦い続けられるものなのか？　欲はないのか？）

竹千代にはある。己を天下に顕示したいという強烈な欲が。それこそが竹千代の力であった。

（欲がない人間が軍神と呼ばれるほど強くあれるものなのか？　上杉謙信とはどんな漢なんだ？　俺のまだ知らぬ強さの形というものがあるのか？　あるのならば見てみたい）

竹千代が歩み出た。

「直江山城殿。謙信公に会わせてくれ」

「ですから幾度も申しあげている通り……」

「義の漢――上杉謙信に会ってみたい」

竹千代の声と眼差しは真剣であり、その気迫に直江兼続はたじろぎを見せた。竹千代は燃えるまなこを兼続から離さない。首を縦に振るまで目を逸らさぬつもりであった。

(会いたい。どうしても上杉謙信に会ってみたい。その力の秘密を知りたい!)

フウ……と兼続は溜息を吐く。

「お言葉に偽りはないようですわね……」

こう言って――

「面会を希望する竹千代公の御言葉だけでもお実城様にお伝えせねばなりませんわね……」

ついに折れた。

三

直江兼続が戻ってきたのは、ちょうど陽の沈んだ頃だった。

上杉謙信は大事な戦の前、神仏に祈願し、精神統一のために瞑想に入るのを常としていた。瞑想中の謙信には、上杉重臣の中でも特に信頼篤き者以外近づくことができない。「どうせ、お会いせぬだろうし、取り次ぐぐらいよいだろう」というのが直江兼続の考えだった。

が、意外にも上杉謙信は竹千代との面会を承諾したのである。

兼続がひどく驚いたのは言うまでもない。ただし条件がついた。

上杉謙信と面会できるのは、竹千代ただひとり。康政と虎松は陣の外で待つこと。

こうして、竹千代は、兼続に案内され、ひとり上杉の陣中へと踏み込んでいったのである。

幾十という砦城や鐵城が停城する中で、篝火に照らされて純白の甲冑を纏った足軽や武将らが戦支度に励んでいた。どの男らも共通して色白金髪碧眼長身の美丈夫ばかりである。

だが、竹千代はそれら煌びやかな越後武士たちのことは眼中になかった。ただ己の進む先――上杉軍駐屯地よりやや離れた鬱蒼たる森林の内に鎮座する春日山城だけを見続けている。

（上杉謙信はあそこにいる……）

期待と緊張とが竹千代の体を僅かに震わせていた。

間もなく竹千代は森林の奥へ続く一本道まで連れてこられる。

「わたくしがご案内するのはここまでですわ。ここからはおひとりで……」

竹千代はひとつ頷くと暗い森の奥へと歩を進めた。

一歩踏み入れ、森の内に清涼な気が漂っていることに気がつく。木々の間に朽ちかけた石灯籠や苔むした石仏のようなものが見受けられた。この森は古代の聖地跡なのかもしれない。

やがて、道の先に光が見える。月明かりだ。森の内にポッカリと開けた広場がある。そこに結跏趺坐の姿勢を取った春日山城が聳えていた。その膝元に――誰かいる。

月と星の明かりを受け、青く発光して見えた。純白の甲冑を纏い、法師頭巾を被っている。

顔立ちは高貴にして精悍。瞼を閉じ、春日山城と全く同じ姿勢で座していた。

――上杉謙信である。

春日山城の膝元で上杉謙信が座しているはずなのに、なぜだか、大きな上杉謙信の膝元で小さな春日山城が座しているようにも見える。

上杉謙信という漢は人の身でありながら鐵城と同等の〝大きさ〟を備えていた。

(これが……上杉謙信……)

竹千代は動けなくなっていた。まだ謙信まで距離がある。だが、足が動いてくれないのだ。静寂の内に座する上杉謙信は、侵しがたいまでに神聖であり、その瞑想を破って近づくことが畏れ多く感じられてしまうのである。竹千代が躊躇っていると――

「松平竹千代殿か……?」

神韻たる響きを帯びた声が上杉謙信の口より発された。

閉じられていた瞼がユックリと開く。蒼く澄んだ瞳がそこにあった。その眼差しの前ではどんな偽りも見透かされそうで、竹千代は何ひとつ返答できない。

「なんと若く猛々しき気配であろうか。未だ形定まらぬが、それゆえに如何ようにも大きく強くなれよう……。だが、危うくもある。天叢雲に選ばれたは斯様な漢であったか……」

謙信は竹千代に話しているようで、大きく高い所にいる何者かに話しているかのようだった。

竹千代は己を奮い立たせて声を発する。

「謙信公、貴殿は、戦の前には人に会わぬのだろう？　なぜ俺に会ってくれたんだ？」

謙信は僅かに目を細める。

「神仏より、お声があったゆえ……」

「神仏？」

「神仏はどこにでもおられる。我が内にも、我が外にも。神仏は私に語りかける。此度もそうであった。天叢雲の武者にお会いせよと。そう語られた……」

「………」

「戦のおりは必ず神仏の声がする。川中島もそうであった。私はただ神仏の語りかけに従って戦をする。内なる神仏と外なる神仏が私を動かし、そして世界もまた動く」

「………」

「神仏がお会いせよと仰せなのだから、貴殿との語り合いにも意味がある。こうして言葉を交わすことによって世界がまた動くのであろう……」

竹千代には謙信の言葉の意味がまるでわからなかった。常人よりも数段上の次元で世界を見、言葉を発しているように思える。謙信の言葉を理解できるのは古の聖人だけではなかろうか？

（神仏の声？　それが上杉謙信の力の源なのか？　軍神の強さの秘訣なのか？）

竹千代は無理やりに謙信の言葉を自分の次元に落とし込んで解釈しようと試みる。

「神仏の声とは〝義〟のことか？」

「上杉謙信公とはただ〝義〟によってのみ戦をする漢と聞いた」

「義?」

「アア、直江あたりが言いそうだな……。神仏の言葉に従えばそれは必ず〝義〟に通ずるのも確か。そういう意味で〝義〟に従って戦をしていると言えなくもない」

「では、〝義〟をもって頼みたい! 俺に武田との戦い方を教えてくれ!」

ピクリと謙信の眉間に動きがあった。

「何ゆえ、それが義であるか?」

「武田が侵攻すれば無辜の民が蹂躙される! それを俺は見過ごせない! 東海の民のために、武田と如何に戦えばいいのか教えて欲しい!」

しばし、上杉謙信は押し黙り――こう言った。

「偽りを申されるな」

謙信の声には微かな厳しさがある。

「民が蹂躙されるのが見過ごせぬなど偽り。貴殿を動かすのは胸の内の焔であろう?」

全てを見透かされ、竹千代は黙るしかなかった。

「責めてはおらぬ。漢ならば誰しも己の内なる焔に従うものだ。貴殿の焔は常人よりも熱く大きい。時にその焔が神仏の声すら燃やし尽くすこともある。信玄公がそうであるように……」

「武田信玄が?」

「私は信玄公と川中島で合戦を重ねてきた。だが、未だ決着がつかぬ。信玄公は神仏の加護を覆すのだ。あの御仁の内なる焔は大きく熱い。〝天上の道理〟すらも焦がすほどに……」

　また理解の及ばぬ言葉が出てきた。

「天上の道理とは、とうとうと流れる河のごときもの。人はただ河を流れる一片の木の葉に過ぎぬ。私は神仏よりその流れの一端を担う役割を与えられた者。だが私のその働きもまた流れの内にある。人はとうとうたる流れの前には非力である」

　もしかすると、運命とか定めとかいったことを謙信は語っているのかもしれない。

「だが、信玄公は流れの内の木の葉に甘んずることを潔しとせぬ。灼熱の焔で抗うのだ。時に、抗い切ってしまう。人の身で天上の道理に抗い得るのは、ただ灼熱の焔のみ。信玄公の熱き焔は、神仏の命を受けた私の胸にすら火を灯した――」

　この時、初めて澄み切った謙信の蒼い瞳に炎が揺らいだ。

「――此度の上洛は我が胸の〝焔〟のままにおこなっておる」

　謙信の白い面がほんのりと紅潮した。言葉もまた熱を帯びている。

「オオ、そうだ。私は初めて神仏の言葉とは異なるものに動かされておる。信玄公が私の胸に焔を宿した。くるおしいほど熱い焔を！　武田信玄を倒したい！　あの漢よりも私こそが高き漢であると証明したい！　そのための上洛なのだ！」

「ナ、ナラ……ッ！」と、竹千代が声を上げた。「ナラ、甲斐を攻めればいい！　どうして信長を倒しに京へ向かおうとするんだよ！」

「誓い合ったのだ、信玄公と」

「エ……!?」

驚くべき言葉だった。

「私にはわかる。信玄公も私と同じことを思うておる。互いに上洛し、京にて川中島の決着をつけよう。勝利した者が天下を取るのだ。そう心の内で誓い合った……」

竹千代は、謙信の言を一方的な思い込みと一笑に付すことができなかった。

生命と生命とをぶつけ合う激戦を幾度となく繰り返してきた謙信と信玄。恋煩う以上に強く互いを思い合った二名ゆえ通じ合う何かがあってもおかしくはない。イヤ、だが、しかし――

（――なんて美しい光景だ!?）

武田信玄と上杉謙信――この戦国の龍虎が互いに心に誓いを立て、京の都を舞台に天下を争う!?　アアッ！　これほど魅惑的な光景がまたとあろうか!?

竹千代は黙った。黙るしかない。今、謙信の胸に描かれている光景以上に漢を動かし得るものなど存在しないことを知っているからである。だが、これだけは言っておきたかった。

「……謙信公、その光景は実現しないぞ」

謙信の眼差しが静かに竹千代へ向けられる。

「ホオ？　何ゆえ、そう思われたか？」

「俺が信玄の上洛を阻むからだ」

「貴殿が？」

謙信の態度に竹千代を軽んずる風はなかった。ただ、松平が武田を抑えて上洛を阻む可能性など微塵も謙信の念頭になかったことだけは察せられた。そこに反発を覚える。

「アア。俺が阻んでやる。俺や信長を無視して勝手に京で戦をおッぱじめようなんて、そんなの黙って見ていられるか。あんたが夢想する光景を作り出すのは俺だ。天下分け目の決戦を日本中のやつらに見せつけてやるのは、この松平竹千代だッ！」

謙信の表情は微動だにしない。ただ、ジッと竹千代の反抗的な顔を見つめている。

「やはり、信玄公によく似た焔を抱いておるな……」

「何？」

「なれば天上の道理にもまた抗い得るのかもしれぬな……。そうか、そうか、天叢雲は斯様な漢を選んだか……。それゆえに神仏はお会いせよと私に命じられたのか……」

何を思い、このような言葉を発しているのか？　困惑していると、謙信がこう尋ねてくる。

「竹千代殿は天下分け目の合戦を見せつけると申されたな？　それは、何者とだ？　私と信玄公のように心で誓い合った者がいるのか？」

まず頭に浮かんだのは織田信長の姿である。竹千代はずっと信長に匹敵する己、信長と並び立つ己を夢想してきた。だが、なぜだろう。謙信の問いの答えとして信長の名はシックリとこなかった。もっと別の何者かがいるような気がした。

ここで、フイに竹千代の脳内に響いた声がある。

――(戦えッ！　俺と戦えッ、竹千代ッ！)


「そうか。いるのだな」

何も答えておらぬのに、謙信が言った。神仏と語る軍神の眼力は、竹千代の思考など容易に読み得てしまうのかもしれぬ。謙信は手を合わせ、満天の星空を眺めやる。

「天叢雲の武者に武運あらんことを……」

こう、謙信は神仏に祈った。何ゆえ祈りを捧げてくれたのか、まるでわからなかった……。

四

翌早朝――上杉軍が手取川に向けて進軍を開始した。

手取川の対岸には、柴田勝家の軍が整然と並び、上杉軍を待ち構えている。

天は晴れ渡っていたが、遠く手取川源流の白山に黒雲がかかっていた。時おり稲光が見える。山間部では豪雨となっているのかもしれない。

その様子を竹千代、榊原康政、井伊虎松の三人は戦場を離れた丘陵から眺めていた。

「イヨイヨ、おッ始まるぜ。サァ〜ッテ、柴田と上杉、どっちが強ェんだァ？」

　虎松が野次馬根性丸出しでこんなことを言っている。榊原康政が飄然とこう返した。

「マ。僕らとしては上杉軍が負けて越後に兵を返してくれるとありがたいんですけどねェ。そうすれば武田も上洛を取りやめてくれるかもしれないので……」

「チェッ、それなら俺の井伊谷城を持ってくりゃァよかったぜ。柴田軍に助太刀して上杉の鐵城どもを片ッ端から薙ぎ倒してやったッてェのによォ」

「君の井伊谷城は、今、動かせないじゃないですか」

「タハッ！　そうだった。忘れてた忘れてた」

　虎松の鐵城である井伊谷城は現在改築中である。モトモト戦火に焼かれて小型化を余儀なくされていた井伊谷城だが、対武田戦に向けて強化増築をはかることにしたのだ。

　虎松は、城の名も変えるつもりだと言っている。虎松の義母井伊直虎より「おまえは天から井伊に与えられた子、天津彦根だ」と言われた思い出にちなんだ名にするのだそうだ。

　二名が雑談する中、竹千代の目線は、法師頭巾を被った純白の鐵城に向けられていた。

――〈叡求主神麾　春日〉こと春日山城。その天守に、上杉謙信がいる。

『光栄なり』

　やがて上杉軍が手取川の東岸に布陣し尽くした。大河を挟んで上杉軍と柴田軍とが睨み合う。

　手取川西岸より野太い声が発された。鬼神のごとき北ノ庄城、その城主、柴田勝家である。

『軍神上杉謙信公……貴殿を夢見ぬ武士など神州広しといえどひとりとしておるまい。日本国全ての武士の亀鑑たる貴殿と矛を交える誉、光栄と言うよりほかなし。この上は――』

柴田勝家の声に凶暴なものが生まれた。

『――丁重にその御首討たせていただく』

殺意と崇敬とが矛盾なく込められた勝家の言葉に、上杉謙信は如何に返すか？　全軍が固唾を呑んで耳を澄ます。やがて春日山城から発された泰然たる声はこうであった。

『退きなされ』

傲慢は一切なかった。そうするのが自然であるからそうせよと助言しているかのようだった。

『神仏の声はすでに我が上杉の勝利を語っておられる。天上の道理に抗えば、とうとうたる大河に呑まれるは必定。退きなされ、柴田殿……』

意味のわからぬ謙信の言葉を勝家は侮辱と受け取った。

『侮られるな……謙信公……ッ！』

ギリリッ！　と、歯ぎしりする音が北ノ庄城の名乗り法螺貝より響き出た。

『ものども、突撃じゃァァアーッ！　上杉軍を一城残らず討ち取れェエェッ！』

『おおおおおおおおおおおおおおおおおおおおおおおおおおおおおっ！』

湧き起こる鯨波の声！　柴田軍の鐵城と砦城とが対岸の上杉軍目がけ突撃を開始した。

真ッ先に前線へ躍り出た二城がある。

『うおッしゃあああぁッ！　一番槍はこの俺のもんだァァッ！』

『うッせッ、又左！　出しゃばッじゃねッぞ、コラ！　一番槍は特攻隊長、内蔵助だァ！』

前田又左衛門の金沢城と、佐々内蔵助の富山城、柴田軍横紙破りの荒武者二名、功名手柄を争って、川面を蹴立てて突進する！　さらに続々と鐵城砦城が手取川へと雪崩れ込み、越後武者どもの優首を、ひとつでも多く討ってくれんと猛然たる怒濤となって渡河せんとす！

対する上杉軍の諸城は、手取川東岸を一歩たりとも動かない。弓持つ城が、キリキリと弦を引き絞り、迫りくる柴田軍目がけ、兵ッ、兵ッ、兵ッ！　と射出する！　兵弗ッ、兵弗ッ！と、射抜かれて、十数体の砦城、数体の鐵城が川面にザンブリと倒れ込む。

「なるほど。上杉軍は手取川を天然の堀として利用するつもりのようですね」

こう口にしたのは遠くより戦況を窺う榊原康政である。

「だけどさ、砦城ならともかく鐵城相手にゃ、あんな河じゃ役不足じゃねえかい？」

虎松の指摘した通りだ。巨大な鐵城にとって手取川の水深など高が知れている。動きに制限はかかるが、堀というほどの防衛力にはなり得ていない。精強無比な柴田軍の突進力は遅からず射撃の雨を突破して対岸へ到達するだろう。

(だが、なんだ、あの上杉軍の余裕は？)

竹千代は、柴田軍の勢いを目前にしながら粛々と射撃のみを続ける上杉軍に不可解なものを覚えた。迫りくる敵勢に圧迫は覚えないのか？　なぜ、後退も前進もしないのか？

同様の疑念は、西岸に残る北ノ庄城の柴田勝家も抱いたらしい。

『謙信公、出てこられよッ！　この鬼柴田、謙信公との一騎打ちを所望いたすッ！』

挑発だ。無論、乗る上杉謙信ではない。春日山城は上杉軍の後方で泰然と佇立し続けている。

気の短い柴田勝家は、激昂して声を張り上げた。

『おのれッ！　なれば身共よりお迎えに参ろうぞッ！』

北ノ庄城が背に負った長大な金砕棒を引き抜いた。りゅうりゅうと振り回し、飛沫をあげて手取川へと躍り込む！　と、この時、上杉謙信が何事か呟いた。

『……神仏の声が聞こえる』

スウ……と、春日山城が腰の城刀〝小豆斬り〟を静かに抜く。

煌めく刀身の向けられた先は、柴田勝家ではなかった。手取川の上流、遥か白山の方である。

――ゴゴゴゴゴゴゴゴゴゴ………。

上流より唸るような低い響きが聞こえてくる。初め微かであったその音に、渡河中の柴田軍の諸城主は気がつけなかった。だが、徐々に大きくなる響きに一城、二城と順次足を止め、上流へと目を向ける。北ノ庄城もまた突進を中止した。

『ナ……あ、あれは……？』

上流より轟然と何かが押し寄せてくるのが見える。ゴオゴオゴオゴオゴオゴオゴオゴオゴオッ！　と、凄まじい轟音！　川面が波打ちだす！　見る間に水位が増してくる!?

『イカンッ!?　皆の者！　川から出ろォォォッ！』

勝家がこう叫んだ時にはもう遅い。壁のごとき濁流が、ドドドドオオオッ！　と、河中の柴田軍へとぶつかッてきた。穏やかであった手取川が瞬く間に暴れ川へと豹変(ひょうへん)する！

鉄砲水だ！　尋常な鉄砲水ではない。水龍の暴走のごとき大鉄砲水であった！

『うあああッ！』『だあああッ！』『ああああッ！』

激流に足を取られ、次々と鐵城(キャッスル)が転倒し、荒れくるう大波に呑(の)まれていく！　鐵城(キャッスル)より軽量な砦城(フォオト)は優に数里は下流に流され、あるいは流れくる岩石や流木に激突され、小爆発する！

なんとか踏みとどまり泳ぎ逃れようとする城を容赦ない上杉軍の矢が襲った。

「な、なんで、ここで鉄砲水が……？」

声を漏らしたのは竹千代(たけちよ)である。確かに上流の山岳部に雷雲がかかっているのは見えた。そこで降った集中豪雨が引き起こした鉄砲水であろうことは推測できる。

だが、この異常な自然現象を事前に予測することなど可能なのか？　予測できたとして都合よく戦の最中でそれが起こってくれる保証などないではないか？

まるで謙信が己(おのれ)の力をもってしてこの天変地異を引き起こしたかのようではないか!?

『ゆく河の流れは絶えずして、しかも、もとの水にあらず……』

混乱の極みと化した手取川上に謙信の歌うような声が響いた。

『よどみに浮かぶうたかたは、かつ消えかつ結びて、久しくとどまりたるためしなし……』

やがて、鉄砲水が治まった。謙信の神韻たる声が川を鎮めたかのように感じられた。

泥色に濁った手取川上には砕けた諸城の残骸が浮いている。西岸に無事逃れた柴田軍の城は北ノ庄城、金沢城、富山城を含めごく僅かであった。

『かかれェッ！』

凛然たる謙信の声を受け、上杉軍が突撃を開始した。一城も損じていない上杉軍が、ほぼ壊滅状態の柴田軍へ襲いかかる。もはや合戦ではなく残党狩りであった。

『撤退ッ！　撤退だアアアアッ！』

さしもの柴田勝家も悲鳴に似た叫び声を上げざるを得なかった。殿を引き受けた前田又左衛門と佐々内蔵助が上杉勢を抑える中、柴田軍の残党たちは一散に逃走を始めたのである。


——〈悪雄牙呀　北ノ庄〉撤退ッ！　上杉謙信、加賀国制圧なア～りイ～ッ！


竹千代は上杉軍に背を向け逃走していく柴田軍を呆然と眺めていた。

「こ、これが、軍神の戦なのか……？　こんなもの……こんなものは……」

——人智を超越しているッ！

その人智を超越した上杉謙信と互角に渡り合うのが——武田信玄。

竹千代の胸に戦慄が生まれた。

五

『おのれ、信長ァァァァッ！　貴様に……貴様に敗れるぐらいならばァァァァッ！』

血を吐きだすような絶叫とともに、安土城の目の前で鐵城が大爆発を起こした。

大和国の鐵城武将、松永久秀の〈詆暈蛛螺　信貴山〉こと信貴山城である。

安土城の攻撃を受けての落城ではない。イヤ、ここに至るまで相当の攻撃を受けていた信貴山城だが、最後の爆発自体は城主松永久秀自身による自爆である。

爆炎とともに崩れていく信貴山城を眺めながら、安土城天守の織田信長が冷たく言った。

「裏切り者がどのような末路を辿るか、これでわかったろう……」

信長の傍らに控えた明智光秀が、何か思うところある風に呟く。

「裏切り者……ですか……」

松永久秀は、腹黒いところもあったが、働きぶりは有能で、大和国支配を任せられるほどであった。先日は一乗谷合戦にも参戦した。

それが、唐突に大和へ兵を挙げ、信長へ反旗を翻したのである。上杉が上洛し始めたのを受け、早い段階で反織田の姿勢を見せておくべきと思ったらしい。

信長は即座に安土城を起動し、松永久秀討伐に大和へ乗り出したのである。

（裏切りが多い……。イヤ、多すぎる）

光秀は暗然とこう思った。

浅井長政がまずそうである。現在羽柴秀吉が攻略せんとしている播磨国の別所長治、小寺政職なども一時は織田に降っていた。それが裏切って毛利についたのである。

（上様から人心が離れている……）

織田に仕官する以前、浪人して諸国を流浪していた光秀は、戦乱に苦しむ無辜の民草を多く目にした。鐵城に踏みにじられる田畑、戦火に焼かれる民家、乱妨取りの犠牲となる農村……。誰かが戦乱を終わらせねばならぬと強く思った。

そして、その誰かとは織田信長をおいて他におらぬと思ったのである。

諸国の大名が領国の拡大や、内乱に明け暮れる中、信長ただひとりが〝天下布武〟という明確なヴィジョンをもって日本国を平らげようとしていた。光秀は、信長ならば天下を統一し、争乱を鎮め、平和な世を作り上げてくれると確信したのである。

（だが、戦火はなお盛んに燃え、世はいっそう乱れている。これは太平の世を築くための生みの苦しみか？　ソモソモ天下統一を成し遂げた後、本当に太平など訪れるのだろうか？）

己の意に沿わぬ者を暴力でねじ伏せ、弱きを切り捨てる者の築き上げた太平とは、真の意味での太平と呼べるのか？　強きが弱きを踏みつけにする世が始まるだけではないのか？

この時、フト、脳裡を過った言葉があった。

――明智様は至らぬを知っております。至らぬを知る者だからこそ成し得ることもあるのではないでしょうか？

なぜ、この言葉を想起したのか？　その意味を深く考えてはならぬと光秀は努めて思った。

「ム……？」

フイに信長が怪訝(けげん)げな声を漏らした。信長はジッと爆散した信貴山(しぎさん)城の残骸(ざんがい)を見つめていた。

「見よ。信貴山城の破片が……赤いぞ」

それは信貴山城の内部機巧の一部であった。確かに鮮血のごとき赤色に染まっている。塗装ではなかった。信貴山城内の内部機巧が真ッ赤に赤錆(あかさ)びていたのである。金属部分だけではなく、木製部、石材部に至るまで……。

「鋼鉄の城も……一片の錆(さび)で落城する……」

無意識に光秀は呟(つぶや)いていた。

六

秀吉軍が中央播磨の飾磨(しかま)郡に到着した時、敵城はすでに戦備えへと変形し終えていた。

――〈水朧騎鋳(ミルキー)　御着(ゴチャク)〉こと小寺氏の鐵城御着(キャッスルごちゃく)城。

総構え造りの分厚い装甲を備えた巨体が、龍域(りゅういき)のある小高い丘――茶臼山(ちゃうすやま)の山上に長巻(ながまき)を握りしめ仁王立(におうだ)ちになっていた。麓(ふもと)には二十体ほどの砦城(フォオト)が茶臼山を囲むように布陣している。

但馬(たじま)と因幡(いなば)を制圧した秀吉一行は南下して播磨へと侵攻していた。

当初、摂津国にほど近い東播磨三木城主別所長治を討ちに向かう計画であったが、ここで急に摂津国の荒木村重より文が届いたのである。文の内容は以下であった。

『兼ねてより親交のあるさる御仁より三木城を抑えておくよう願われた。道端の糞のごとき俺であるが、三木城のことは任されよ。羽柴殿は遠慮なく御着城を落とされたし』

荒木村重と親交があるという〝さる御仁〟が何者か気になったが、三木城を抑えておいてくれるというのならばありがたい話である。

「ヒョ～、やっこさん、やる気満々ッて感じッすねェ～」

福島正則が声を上げた。今、正則らは、茶臼山付近を流れる市川を北に遡った山陰より、長浜城の遠眼鏡機巧で御着城を窺っている。

『でもよォ、俺ら三城を相手するにゃ～、少々役不足だよなァ～』

龍氣無線を通して加藤清正が言った。佐吉が厳しい声で返す。

「侮らぬほうがいいぞ、清正」

『ア？　御着城の城主ッてのは、そんなに強いのか？　エ～ット……こでら……』

「小寺政職。播磨国守護赤松氏の重臣だ。一度は赤松氏から離反して織田方についたが、毛利上洛の動きを受けて、また毛利方へ戻った」

『蝙蝠野郎かよ。だが、聞かない名だな……』

「確かに小寺政職は武名の高い城主ではない。侮れぬのはその軍師――黒田官兵衛だ」

佐吉の緊迫が伝わったらしく、清正が声を潜めるように尋ねる。

『黒田官兵衛……？　そんなにすごいやつなのか……？』

「アア。播磨では知らぬ者のない名軍師だ。近年の働きでは英賀合戦が名高い……」

小寺が織田についた時、毛利が報復として水軍を差し向け小寺を成敗せんとした一件があった。率いたのは毛利水軍の雄、乃美宗勝である。

乃美宗勝は自城である賀儀城及び百を超える砦を軍艦に載せて茶臼山からほど近い英賀という地に上陸した。対する小寺は御着城と砦が三十体程度。

小寺政職は僅かな兵でなんとか持ち堪え、救援を待つより手はないと思ったものである。

が、ここで黒田官兵衛は小寺政職に全く逆の進言をしたのだ。

「今こそ好機。長き船旅に敵城の足軽衆が疲弊しております。即座に乃美めを攻めましょう」

さらに官兵衛は農家に呼びかけ、形だけの砦を夥しく築かせ、小寺の軍旗を掲げさせたのである。上陸間もない乃美軍は、フイに出現した仮初めの砦の数に度肝を抜かれた。

ここで御着城率いる三十の砦が一気に攻め寄せる。敵城の数を見誤った乃美宗勝は動揺した。さらに足軽は十分な働きのできぬ状態。乃美軍は大敗し、安芸へ引き返したのだった。

「此度の戦でも黒田官兵衛は何らかの奇策を用いてくるに違いない。半兵衛殿が中国征伐において強敵となる城主に小寺を挙げたのも、黒田官兵衛を意識してのことだろう」

ソモソモ中国攻めが始まる前から、半兵衛は黒田官兵衛を好敵手として意識していた。

『半兵衛か……』

と、沈んだ声で清正は呟いた。

『大丈夫なのか、半兵衛は？』

「アア……。今はオヤジ殿が見ている」

因幡攻めの直後に吐血して倒れた竹中半兵衛は、以後、激しい喘息症状によって立ち上がることすらままならぬようになっていたのである。

当然、すぐに美濃へ戻り半兵衛を療養させるべきだと皆が主張した。

だが、半兵衛自身がそれを頑なに拒んだのである。

「お願いですから、私を軍師のまま戦場で死なせてください……。阿呆の半兵衛として畳の上で死なせないでくださいよ……」

この言葉に誰もが胸を締め付けられ、説得を続けることができなくなった。

現在、半兵衛は長浜城内の一室で横になっている。秀吉が半兵衛の枕辺につき、何か指示があれば伝えることになっていた。つまり戦況を直接見極める軍師は石田佐吉ひとりなのである。

(此度の戦は、俺が差配せねばならん……！　但馬のような失態は繰り返さぬ！)

こう心を引き締め、佐吉は再び茶臼山へ目をやった。

一見して小寺軍の布陣にはなんら怪しむべきところがない。真ッ向からこちらを迎え撃とうとする尋常な布陣であった。名軍師黒田官兵衛にしては、なんとも凡庸で工夫がない。

（油断させてこちらを引きつけ、何かしようという腹か？）

と、思ったが、油断させるならば、もう少し守りを薄くしておくべきだろう。

（考え過ぎなのか……？　考え過ぎている時点で黒田官兵衛の策に嵌まっているのか？）

敵軍に強味や弱味があるならば策の立てようもあるのだが、そういうものが一切ない。一切ないが、敵軍師は奇策の名人である。こうなるとどうしてよいのかわからない。

「清正、悪いが、墨俣城で敵陣の近くまでいって挑発してみてくれ。敵がどんな動きを見せるか探りたい。敵が動いたら即座に退避するんだ」

『ハ？　探りィ〜？　マア、いいけどよォ……』

不承不承応じた清正だったが、あまり納得していなさそうである。これが半兵衛の指示ならば文句など言わなかっただろう。やはり清正は佐吉を信頼していない。

清正が墨俣城を動かし山陰より躍り出ようとしたおりである。

「ア？　なんだ？」

茶臼山上の御着城に漲っていた龍氣光が弱まり始めた。不審に思い、観察していると、見る間に蒼い光は萎んでいき、ついには完全に消え去ってしまう。その直後——

——ボンッ！　と、御着城の天守が爆発した。

「エエッ!?」

これは小寺軍にとっても予想外の出来事であったらしい。茶臼山麓に布陣していた砦城たちが明らかな動揺を見せ、右往左往と動き回っている。

この時だ。砦城（フオオト）のおよそ三分の一ほどが突如（とつじょ）城刀を抜き放った。襲いかかった相手は——

なんと、味方の砦城（フオオト）である!? フイに仲間からの攻撃を受けた三分の二の砦城（フオオト）は、浮き足立ってまともな応戦ができなかった。瞬く間に城刀の餌食（えじき）となる。

「反乱？ 小寺（こでら）軍内で反乱が起こっているのか？」

そう判断するしかない状況である。間もなく、反乱側が抵抗する側を制圧し尽くした。御（ご）着（ちゃく）城が倒れてから四半刻も経っていない。極めて統制の取れた迅速な動きである。

『羽柴秀吉（はしばひでよし）殿、そこにおられるのであろう？ お姿を見せられよ』

一体の砦城（フオオト）より声が発された。こちらが潜んでいることを先方はすでに知っていたのである。

「どうするッすか、佐吉（さきち）？」

福島正則（ふくしままさのり）が佐吉に尋ねてきた。佐吉は考える。

相手の口調は丁寧であり敵意も感じられない。敵意があったとしても砦城（フオオト）だけでこちらの鐵城（キヤツスル）三体をどうにかできるとも思えない。とはいえ、何か策があるのではないかという疑いを拭い去ることもできなかった。逡巡（しゆんじゆん）していると、さらに砦城（フオオト）から声がする。

『我らは降伏し羽柴殿の軍門に降（くだ）る所存だ。抵抗などしない。お姿を見せられよ』

どこか不敵なところのある声だった。

（この声……どこかで聞いたことがあるぞ……？）

ここで半兵衛の元にいた秀吉が天守に上ってくる。

「何が起こっておる？」

「オヤジ殿、敵がこちらに降伏すると言っております」

「それはなんとなく聞こえておったが……。マア、よい。姿ぐらい見せてやろうではないか」

そういうことになり、長浜城、墨俣城、月山富田城は山陰より城体を現した。

秀吉が法螺貝を使って砦城へ呼びかける。

『我が軍門に降ると申したな？　貴殿は小寺政職殿か？』

『イイヤ、小寺家の一家臣にござる。我が殿ならば捕らえて縄をかけておりますぞ』

『ナント？　貴殿、主君を縛り上げたというのか？』

『エエ。降伏を進言しても聞き入れず、断固戦うと申しましたのでな。この通り天守を爆破し、羽柴殿への降伏を潔しとせぬ者どもは尽く捕らえましたぞ』

『とんでもないことをするの……』

『ナニ。毛利方について織田と争っても未来はありませぬからな。御家を守るため、少々荒ッぽく殿をお諫めしただけ。これも忠義にござるよ。ハッハッハッ！』

しゃあしゃあとした語り口に、佐吉は不快感を覚えた。主君を裏切って平然と笑うその声は、到底忠義者のそれではない。むしろ主君を嘲笑する傲慢さがあった。

そして、耳ざわりな男の笑い声にはやはり聞き覚えがある。

『それで、貴殿は何者か？』

『アア、名乗りが遅れましたな……。それがしは――』

一度言葉を切り、ククク……と笑った。

『――黒田官兵衛孝高。小寺家の軍師にござる』

『黒田官兵衛!?』

砦城の門が開いた。暗い城内より、ひとりの男が歩み出てくる。

漆黒の陣羽織を纏い、やはり黒い裁着袴を穿いていた。癖のある黒髪、浅黒い肌、鋭い眼差し、口の端が皮肉げに吊り上がっている。鴉のように黒ずくめのその漢は――

「アッ！　あいつは……ッ!?」

因幡国の鳥取砂原で出会った、あの怪しい黒装束の人物に違いなかった。

七

その後、長浜城内にて秀吉と黒田官兵衛との面談が行われた。

佐吉はもちろんのこと、加藤清正、福島正則、蜂須賀小六、山中鹿之介らも同席している。

黒田官兵衛はつい先程まで敵だった者たちに囲まれながらも、まるで臆するところを見せず、よく回る口でこう語った。

「茶臼山の龍域はそのまま羽柴殿へ明け渡しましょう。どうぞ播磨攻略の前線基地としてお役立てくださりませ。今後はどうかそれがしをご自由にお遣いくださって結構にございます」

「遣っていい？　それは俺の家来になるということか？」

「ハッ。願わくば」

殊勝げに官兵衛が頭を下げる。

「貴殿は小寺政職殿の軍師であろう？　此度の反乱も小寺の御家を守るがためにやむなくやったことだと申しておったではないか？」

秀吉がこう尋ねると、官兵衛は冷笑的にこう返した。

「こういうことになりましたからには、再び殿に仕えるは難しかろうと存じます。それに、あれは愚君にございましたからなァ」

ほんの少し前まで主君であった人物を、もうすでに〝あれ〟〝愚君〟呼ばわりである。やはり黒田官兵衛に小寺家へ対する忠義心など微塵もない。佐吉は虫唾が走るのを覚えた。

「何せ時流を見極める目がない。せっかくそれがしが荒木村重殿を通じ織田様へ従う旨を取りつけましたのに、もう毛利方へ寝返ると言って聞きませなんだ」

「ム？　荒木村重？　では、荒木殿と親交がある御仁というは……」

「それがしにござる。此度の反乱を有利に進めるために荒木殿にはひと肌脱いでいただいた」

傲岸不遜な黒田官兵衛と、卑屈な荒木村重との組み合わせは奇妙であった。

「マア、荒木殿のことはよいでしょう。ともかく、小寺の殿は家中からの信頼も薄く、それがしが仕えるに足る人物とは到底思えませなんだ。それがしの調略であれほどの家人が呆気なく反乱に賛同したのがその証拠と言えましょうなァ」

「なるほどの……」

「これからは織田の時代と見ております。その織田随一の出世頭が羽柴殿。羽柴殿の才覚と人柄を耳にし、それがし、是非ともその下で働きたいと強く願って……」

「信じられぬッ！」

フイに佐吉が声を上げた。

「アン？」と、黒田官兵衛が佐吉を振り返り、不快げに睨みつける。

「オヤジ殿！　俺はこの御仁を信用することができませぬ！　家来に加えるなどもってのほか！　何か企みがあって我らの腹中に入り込もうとしているに違いありませぬ！」

こう訴えた佐吉を、しばし官兵衛は睨み続けていたが、その口元が笑みの形に吊り上がった。

「もっともだな。では、どうすれば信用する？」

秀吉に対するのと異なり、官兵衛の佐吉に対する口調はぞんざいであった。

「たとえば、捕らえておる小寺政職の首を刎ねてみせれば信用できるか？」

佐吉のみならず、この場にいる誰もが耳を疑った。

「待て待て。そこまでせよとは言っておらんぞ。みんな、佐吉は反対しておるがどう思う？」

秀吉が慌てて言い、一座へ意見を求めた。

「……任せる」

　と、即座に返したのは蜂須賀小六だ。この男が何か意見を述べたのを佐吉はまだ聞いたことがない。秀吉と最も付き合いの長いこの元盗賊は、影に徹することを誇りとしている。

「拙者は佐吉殿と同意見にござる」

　重々しくこう言ったのは山中鹿之介であった。

「主家を裏切り、主君の首を斬るとまで言う人間など到底信用できぬ」

　没落した尼子家再興のために、幼い主君を抱えながらの孤独な戦いを続ける鹿之介からすれば、官兵衛のような不忠者は到底受け入れられぬのだろう。

「市松、おまえはどうだ？」

　福島正則に秀吉が尋ねる。正則は首を捻って困り顔を作った。

「オヤジさん。俺は戦さえできりゃあ、なんだっていいッて、わかってんでしょう？」

「ニャハ。そうであったな。すまぬ。すまぬ」

　正則の返答でやや場が和んだところで――

「俺は賛成だぜ」

　と、言ったのは加藤清正だった。

「今、半兵衛はあんな状態なんだ。無理はさせられねえ。これから毛利と戦っていくに当たり、優れた軍師が必要だ。官兵衛さんが味方についてくれると助かる」

言下に「佐吉は優れた軍師ではない」と言っている。ムッと頭に血の上った佐吉。「何をッ！」と怒鳴ろうとしたができなかった。己が半兵衛に遠く及ばぬことも、黒田官兵衛が自分よりも優れた軍師であることも悔しいが事実である。

「半兵衛殿があんな状態、とは？」

官兵衛がそこに反応した。

「ア。イヤ……なんでもねえ」

清正は咄嗟にこう返す。まだ仲間にすると決まっていない者に、自軍の軍師が病床にあることを教えるわけにはいかない。だが、抜け目のない官兵衛をごまかすことはできなかった。

「病に倒れておるのですな？」

「…………」

「失礼ながら貴殿らが但馬や因幡を攻めた際、半兵衛殿の差配とは思えぬ苦戦を強いられておりましたな。半兵衛殿の身に何かあったのではと思うておりましたぞ……」

ここで、フイに官兵衛が畳に手をつき、頭を下げた。

「半兵衛殿に会わせていただきたい」

「なんだと!?」

と、佐吉が膝立ちになる。

「貴殿のような腹の底の知れぬ男を半兵衛殿に会わせられるものかッ！」

だが、官兵衛は畳に額をつけたまま頭を上げようとしない。

「それがしを遣ってくださらなくとも、この願いだけはどうか聞き届けていただきたい」

先程まで不遜ですらあった官兵衛とは思えぬ必死の懇願であった。

「官兵衛殿。貴殿は何ゆえ、それほどまでして半兵衛に会いたいのだ？」

秀吉に尋ねられ、ようやく官兵衛が頭を上げる。真剣一途な表情がそこにあった。

「呼ばれておるゆえ」

結局根負けし、竹中半兵衛との面会を許すこととなった。

騒がしくするのもよくないので、病室での面会には秀吉と佐吉のみが立ち会うこととなる。

「失礼」と、官兵衛が障子を開いた。布団に半兵衛がグッタリと横になっている。ゼエゼエという荒い息遣いとともに、薄い胸が上下していた。

半兵衛が首を官兵衛へと向ける。官兵衛を見る半兵衛の顔は恐いぐらいにやつれていた。

「黒田……官兵衛殿……ですね？」

半兵衛は、病み疲れた顔を微笑ませた。

「やはりきてくださりましたか……」

しばし、官兵衛は何も言わなかった。沈黙の時間があまりに長いことを不審に思った秀吉と佐吉が室内へと入り、官兵衛の顔を見る。

官兵衛の瞳より滂沱の涙が零れていたのだ。官兵衛は涙を拭うと、改まってこう言う。

「お初にお目にかかる——とは言わぬぞ」

「エエ。あなたとは……幾度も語り合いましたから……」

二名、不思議なことを言っている。

「竹中半兵衛なる軍略の天才がいると耳にしてより、幾度も俺は貴殿の差配した戦を考えた。如何にして竹中半兵衛の策を破り得るか。そればかりを寝る間も惜しみ考え続けた……」

「私もです。播磨の黒田官兵衛の噂を耳にしてより……幾度も幾度も……あなたの策を破らんと……考え続けたものです……。ようやく会えた……。イイエ……ずっと傍にいた……」

二名の天才軍師の奇妙な会話を、佐吉も秀吉も呆然と聞いていた。

竹中半兵衛と黒田官兵衛の間には今日まで一切面識がない。文すら交わしたことがない。軍師にとって己の練った軍略は、持てる全てをかけた己そのもの。その軍略を互いに読み解き、破らんとした。真剣に、熱烈に。これは性交以上に深く相手と交わる行為なのかもしれぬ。

「願わくは……」

官兵衛が言葉に詰まった。膝に置いた拳が震えている。

「願わくは、貴殿と存分に策を競い合い、雌雄を決してみたかった……。貴殿が健在でさえあったならば、俺は小寺の城を差配し、一戦交えたものを……」

「やはり……私は健在ではありませんか……」

「貴殿が誰よりもわかっておろう？　肉体のみならず、軍略もまた衰えている」

「アア……官兵衛殿には全て見透かされてしまっていましたか……。ゲホッ！」

半兵衛が咳き込んだ。ひとつ咳き込むごとに半兵衛の命が削られていくように見える。

そんな半兵衛を静かに見つめながら、官兵衛がこう言った。

「……だが、最後の最後で俺は貴殿の策に嵌まってしまったな」

「策……とは？」

「俺がここにこうしてやってきてしまったことだ。貴殿の衰えがわかるとともに貴殿より声が聞こえた。中国へ入ってからの貴殿の策の全てが俺へ語っていた。ここへきてくれ、と。長浜城の羽柴秀吉殿のもとへきてくれと……」

「………」

「俺はついここへきてしまった。貴殿と全力で策をぶつけ合えぬ以上、小寺の軍師である意味はないと思わされてしまった。貴殿は戦わずして俺に勝ってしまったのだ。そうであろう？」

「サテ、どうでしょう……」

半兵衛はヨロヨロと身を起こした。骨と皮ばかりになった手を伸ばし、官兵衛の手を取った。

「それで、官兵衛殿……あとを任せても……よいのでしょうか？」

「無論。そのために主家まで捨ててここにきた」

半兵衛の顔に浮いたのはこの上ない安堵の表情であった。

この後、秀吉は官兵衛を新たな軍師として家臣に迎え入れることを認めたのである……。


佐吉はひとり長浜城の外に出、茶臼山の向こうに広がる瀬戸の海原を眺めていた。

未だ官兵衛を迎え入れることに納得のいかぬところがある。だが、先程の官兵衛と半兵衛の邂逅を目の当たりにしては異論を挟むことなどできなかった。

（言葉も文も交わさず遠く離れた者と通じ合う。俺にそこまで強く思う相手がいるだろうか？）


悔しさや悲しさ、孤独を抱いた時、浮いてくるのはさやかの顔だった。

佐吉は、遠く離れた中国の地で、いつもさやかを思っている。もしかすると、さやかも佐吉を案じてくれているのかもしれない。だけれど、それは、通じ合っているのとは違かった。

さやかに思いをはせると、常に割り込んでくる顔がある。

――松平竹千代。

さやかがいるのは竹千代の傍らだ。さやかは佐吉ではなく竹千代を選んでいるのだ。

いつの間にか佐吉は、さやかではなく竹千代を思っている。さやかを思う感情は淡い。だが、竹千代を思う感情は濃厚だった。心中に浮かんだ竹千代へ、佐吉はいつも感情をぶつけている。

（戦えッ！　俺と戦えッ！）

　この声は、竹千代へ届いているのだろうか？　竹千代もまた佐吉が抱くのと同じぐらい強く佐吉を思っているのだろうか？　思っていないなど許しがたかった。だから幾度でも叫ぶのだ。

（戦えッ！　俺と戦えッ、竹千代ッ！）

【天下最悪宇喜多直家戦】

一

パチリ、パチリ、パチリ、パチリ、パチリ……。

パチリ、パチパチ、パチリパチリ、パチパチパチ、パチリパチ、パチパチリ、パチ……。

算盤の珠を弾く音が響いていた。

ひとつの算盤の音ではない。夥しい数の算盤が一斉に弾かれるけたたましい響きだった。

——安芸国、毛利元就の本拠、吉田郡山城。

その城内には、吹き抜け構造の広大な空間がある。壁面にはビッシリと隙間なく算盤がはめ込まれていた。何千何万……あるいは億に達する。膨大な数の算盤が龍氣エネルギーを動力にした絡繰りで自動的に珠を弾き続けているのだ。

さらに、この空間の床面には、何百体という金色の絡繰り千手観音像が並んでいる。無数の腕には筆が握られ、絶えず動き、棒状のものに何やら書き込んでいた。

易占に用いられる算木である。書き込まれているのは、卦——陰爻と陽爻だ。易学において陰爻と陽爻はそれだけで森羅万象を表し得る二記号である。

諸国の情勢、戦況、人流、物流、気象、星辰、経済……などなど隠密によって収集された
ありとあらゆる情報が、二進法で記述され、大量の算盤によって計算されていた。

――これぞ毛利の誇る〝兼知未然算盤〟。

兼知未然とは『兼ねて未だ然らざるを知ろしめす』の意。

すなわち未来予測すら可能足らしめる龍氣式計算機なのだ。謀略の覇王毛利元就の中国統一
は、この偉大な龍氣機械による未来予測によって成し遂げたといっても過言ではない。

毛利元就の生み出した巨大計算機械の収まるこの空間――千手観音像の間に三人の男が胡座
していた。それぞれの頭部には兜がはめられ、長い管が伸び、兼知未然算盤と接続されている。

毛利輝元、吉川元春、小早川隆景――通称〝毛利三矢家老〟。元就の三人の息子たちだ。

「一本の矢は容易に折れる……」

兜から覗く小早川隆景の口が動いた。

「二本の矢でもまた折れる……」

小早川隆景の言葉を吉川元春が継いだ。

「だが、三本の矢を束ねれば容易に折ることは叶わぬ……」

最後に毛利輝元が纏めた。

かの有名な〝三矢の訓〟。毛利元就が、三人の息子に残した遺訓であった。

実は、生物としての毛利元就は何年も前にすでに病没している。だが、その知識・経験・思

考パターンは尽く陰陽の爻によって記述され、兼知未然算盤の記録領域に保存されているのだ。

つまり兼知未然算盤は毛利元就そのもの。毛利家の当主は変わらず毛利元就なのである。

三兄弟は己らの脳を兼知未然算盤に接続させ、思考を共有し、三者一体と化していた。

毛利家のあらゆる決定は、元就の思考パターンをベースにした兼知未然算盤の計算と、三兄弟の集合知によって導き出され、託宣として家中へ伝えられるのである。

そして、今またひとつ託宣が下されようとしていた……。

「吉川経家が羽柴秀吉に敗れ、因幡が制圧されたそうよな……」

毛利輝元が無感情に言った。

「不甲斐ないの……。吉川一門の当主として詫びを言わせてもらおうぞ……」

吉川元春が詫びる風でもなく言う。

「構わぬ。経家は我らの想定より二日と三刻半ほど長く持ち堪えておる。上出来であろう」

小早川隆景が素ッ気なく言った。三者とも口調に抑揚がない。

計算機械と一体になった三名には普通の意味での情動は存在しないのだ。ソモソモ思考を共有する三名にとって会話そのものが意味を持たない。この語り合いは戯れに過ぎぬのである。

「播磨の小寺政職も敗れたの……」

「遠からず西播磨の赤松政範めも落ちよう……」

「西播磨の落ちる想定は？」

「二日三刻と四半刻……。我らの先の想定よりも三日と一刻半ほど早まったの……」

「三日の誤差は大きい。原因はなんだ？」

「播磨の黒田官兵衛の裏切りであろう……」

「やつか……。英賀合戦においても乃美を退けおったな……」

「サテ、この三日の誤差、如何に正す？」

しばし、三名は黙った。やがて誰となくこう呟く。

「毒をもって、毒を制す……」

今の言葉が合図でもあったかのように、この空間の襖が、スゥー……と開いた。

そこに背が高く痩せた男が立っている。一見して異様な男であった。

手足と首が異常に長い。如何な色素異常によるものか、皮膚が藍で染めたかのような青色であった。頭髪は真ッ白。目は瞬きを一切していない。瞳孔が開いているようにすら見える。

「備前岡山城主、宇喜多直家、ただいま推参致しましたァ～」

名乗った後、何がおかしいのかヘラヘラと笑った。尋常な精神の持ち主ではなさそうである。

「宇喜多直家。そなたに命ずる。西播磨に赴き、秀吉軍を撃退せよ」

毛利輝元の命を受け、男は長い首を梟みたいに捻った。

「ヘエ～……西播磨……？」と、何かを値踏みするように呟き「いいですが……アハハ……私のやり方でやっても構いませんかねェ？　フフフフ」

「好きにせよ。手段を選ぶ必要はない」

「好きに？　ナラ容易ですよ。アハ、アハハハッ！　アハハハハハハッ！」

ひとしきり笑うと、何かが切れたようにピタリと笑いやんだ。

「では、さっそく向かわせていただきますかね。ヒヒヒ、ヒヒヒヒヒ……」

ユラユラと首を揺らしながら男は門から外へ出ていった。

算盤によって制御された襖が自動で閉まる。三家老が会話を始めた。

「宇喜多直家……。あの鬼畜めは信用できぬであろうな……」

「アア。ここに呼びつけねば、秀吉が播磨を制圧して早々に寝返るつもりであったろう……」

「だが、これで、時を稼ぐ我らの駒となった……。三日の誤差は正されよう……」

「さすれば……時が秀吉めを阻む……」

「全てはとうとうたる時の定めるままに進む……」

「オオ……我らには時が視える……」

「アア、未来が……」

「織田信長めの命が尽きる未来が、か、か、か、か、か……！」

クックックッ……と三名は陰に籠った笑いを上げる。

三名の笑いは徐々に低くなり……やがてけたたましい算盤の音に掻き消された……。

無数の算盤が、時を秒読みするかのように音を立て続ける。

パチリ、パチパチ、パチリパチリ、パチパチパチ、パチリパチ、パチパチリ……。

二

平原に砦城の動く音が響いている。

腕部に鋤や鍬やつるはしを装着した砦城が、雑草の生い茂った原野のそここで地を掘り土を積み上げて、空堀や土塁を築いていた。遠く山岳部から大石や木材を担ぐ砦城が列を成して歩みくるのも見える。馬防柵や石垣を築く材料であった。

まだ築かれたばかりで土の臭いの濃い土塁のてっぺんに、駿河灘より吹き寄せる風を受けてひとりの青年が立っている。竹千代であった。

厳しく口を引き結び、セッセと働く砦城の動きを睨むように視察している。

竹千代が加賀より帰り着いたのは、つい一昨日のことだ。岡崎に着いて早々に竹千代は三河および遠江国の各所へ、武田の侵攻に備え防壁を築くよう命じたのである。

（あの上杉謙信すら未だに決着をつけることができぬ武田信玄……）

それがどれほど強大であるのか、竹千代は上杉謙信の戦を目にし、思い知らされた。

（やはり謙信公に会いにいってよかった。イイヤ、会いにいかなければヤバかった……）

上杉謙信に会う前のフワフワした精神状態で武田を迎えていたらと思うと、ゾッとする。謙信との出会いが竹千代に喝を入れた。漠然とではない確かな不安が五体に満ちている。

(恐いな……)

震える左手を、竹千代は右手で握った。強張った口元が、笑みの形に吊り上がる。

(恐い、恐い、恐いな。恐いから徹底的に策を練れるぞ。恐いから万全の準備ができるぞ。恐いから油断することはないぞ。全力で武田信玄と戦えるぞ)

かつて三河に今川義元が攻めてくると知った時も恐かった。初めは恐怖に打ち震え、右往左往して何もできなかった。だが、恐怖が落ち着いた後は抜かりなく戦に備えられた。

今は右往左往なんてしない。恐怖を力に変えることもできる。そして知っているのだ。

(恐怖を乗り越えた場所に新たな地平がある)

竹千代の眼差しが遥か東へと向けられた。武田信玄のいる甲斐の方角へ。

「竹千代、竹千代」

声がかかった。土塁をさやかが上ってくるのが見える。

「きてたのか？　ちょうどいい。おまえに話があったんだ」

ようやく頂上へ辿りついたさやかへ、竹千代はさっそく話し始める。

「武田との決戦は遠江国内になるぞ。イイヤ、遠江で食い止めて三河には一歩も入れやしないぜ。とりあえず武田機馬隊の突進力をこの土塁や空堀で削ぐつもりだ」

「フーン……」

「機馬隊との合戦を想定した兵の訓練も早急に進めなきゃな。マア、そっちは忠勝がやってくれている。遠江や駿河の国人城主たちにも武田撃退に向けて全力を尽くすよう康政が交渉しているところだな。遠江の国衆が武田に寝返るのも事前に防いでおきたい」

「そっか」

　さやかの相槌はどこか素ッ気ない。だが、竹千代は鈍感にも気がつけないでいた。

「武田は強いぞ。いくら用心しても足りないぐらいだ。気になったことがあったら遠慮なくドンドン言ってくれ。俺に見えていないことも、さやかなら感づけるかもしれないからな」

「ウン、そうする」

　この辺りでようやく竹千代はさやかの様子のおかしいことに気がついた。

「どうした、さやか？　なんかあったか？」

「あのさ、竹千代。何か忘れてない？」

　何を言われているのかわからず、竹千代がキョトンとなる。

「ホラ」と、さやかが土塁の下を示した。土塁の麓に、泥臭い土木作業現場にそぐわぬ上等の着物を纏った少女がチョコンと佇んでいる。――お市であった。

「ゲッ！」と、声を漏らしてしまった竹千代を、さやかは睨んだ。

「竹千代、加賀から帰ってから一度もお市ちゃんのとこに顔出してないでしょ？」

「そういえば……そうだったな……」

　実を言えばお市の存在自体を忘れていた。武田との戦のことで頭がイッパイだったのである。

「お市ちゃん、寂しがってたよ。でも、竹千代の邪魔しちゃいけないって、遠慮してるからさ。見てられなくて、あたし、連れてきちゃったよ」

「連れてくるなよ……」

竹千代が頭を抱えると、さやかの目が吊りあがった。

「そんな言い方ないいんじゃないの？　お市ちゃんは竹千代の許嫁みたいなものでしょ？」

「あのな、さやか……俺はお市を嫁にするつもりはないぜ……」

「ナラ、ハッキリそう言ったらいいじゃない。いつまでも宙ブラリンにしてちゃ可哀想だよ」

「だからさ、康政も言ってただろ？　お市を帰せば信長との関係が悪くなるんだよ」

「じゃあ、どうするつもりなの？」

「どうするって言われてもさァ！」

竹千代はクシャクシャと髪をかきまわした。

「正直、武田との戦が終わるまでお市のことを考える余裕はない。武田を撃退できたら、その時改めて康政と話し合って決めたいんだよ」

「それをチャント伝えておかなきゃ。お市ちゃん、不安になっちゃってるよ」

「伝える？　俺がか？　勘弁してくれ。戦が終わるまで他のことを考えさせないでくれ」

「それじゃあ、お市ちゃんが……」

「あのなァッ！」

苛立（いらだ）った竹千代が、ついに声を強めてしまった。驚きにさやかの目が大きくなる。

「さやか、危機感を持てよ！　武田が攻めてくるんだぞ？　負ければ、命を奪われるかもしれないんだ。降伏や亡命ができても、ここまで大きくした領土を失うことになるんだぞ！」

「……………」

「そんなのは嫌だ。ここで全部やり直しなんて御免だ！　イヤ、武田を撃退できれば、俺は本当の意味で織田（おだ）と並ぶ武将になれるかもしれないんだ！　そういう大事な戦なんだよ！」

さやかは、しばらく竹千代を睨（にら）むように見つめていたが、フッと背を向けた。

「そうだね……。竹千代はいつも上を見て、真（ま）っ直（す）ぐだもんね……。それは竹千代のすッごくいいところ。だからダメだなんて言わないよ。でもね――」

さやかが振り返った。すでにさやかの顔に怒りはない。ただ寂しげであった。

「たまには気にかけてあげなきゃダメだよ、置いてけぼりにしちゃってる誰かのこと」

「それだけ」と、言って、さやかは再び竹千代に背を向け、土塁（どるい）の斜面を下っていく。

さやかの瞳の奥が揺れていた。

（置いてけぼりにした誰か……？）

それはお市のことだろうか？　お市だけのことではないようにも思えた……。

「オイ。待てよ。俺は誰かを……」

と、竹千代がさやかを呼び止めようとした時である。

「ウ……ッ！」

突如、胸部に刺さるような痛みを覚えた。竹千代は我が胸を鷲摑みにする。

ドキドキと異常に胸が動悸していた。呼吸が困難になり、見る間に顔面が蒼白になる。額に夥しい量の脂汗が一気に浮き上がった。立っていることが困難になり、蹲る。

（マ、マズい……久々に……大きいのがきた……！）

竹千代の心臓には、切除し切れなかった魂鋼が癒着している。時にその魂鋼が拍動を阻害し、発作を引き起こすのだ。軽度なら深呼吸などで治まるのだが、今回はナカナカ治まらなかった。

（さ、最近なかったから油断していた……ヤ、ヤバい……ヤバいぞ……）

「竹千代!?」

さやかが気がつき、駆け戻ってくる。

「誰かーッ！　竹千代が発作だよ！　誰かきてーッ！」

この大声も、竹千代の耳には遠く聞こえていた。視界が靄でもかかったかのように霞んでいる。竹千代は可能な限り楽な体勢を取り、呼吸を整えるのに努めた。

（アア……コリャ、気を失うな……）

発作がひどい時には失神することもある。そのたびに竹千代は、もう二度と意識を取り戻すことがないのではないかという強い恐怖を覚えるのだ。

（目覚めてくれよ……ここで終わらせないでくれよ……）

と、心中で祈るように呟いた時、白濁とした竹千代の視界に誰かが立った。

苦悶の中、竹千代は目を凝らす。定まっていなかった焦点が合い、ぼやけていたその人物の姿を明瞭にした。白く可憐な美貌、煌びやかな打掛け、緑の黒髪、氷玉のような瞳……。

（お市……？）

いつの間に土塁を上ってきたのか、横たわる竹千代の傍らにお市がいた。

「……胸の内で騒ぐ〝声〟が聞こえる……」

何事か口にしたが、聞き取れなかった。お市は、屈みこみ、竹千代の胸へ手を伸ばす。

「コレ、殿を苦しめるでない……。静まれ……」

こんな言葉をお市が呟く。直後、ボウ……と竹千代の視界の内に、蒼い光が湧いた。

お市の手のひらの下――竹千代の胸が淡く蒼い光を放っていたのである。

「お、お市ちゃん、何やってるの？」

さやかが戸惑いを声に表す中、竹千代は刺すようだった胸の痛みがみるみる引いていくのを感じた。呼吸が楽になり、血色がよくなってくる。急激な眠気が襲ってきた。

眠りに落ちる直前に竹千代が見たのは、お市の表情のない顔である。

不思議と以前のような冷たい印象は受けなかった……。

三

『や、や〜ら〜れ〜たアアアアアアア〜ッ!!』

両脚を切断された上月城が土煙とともにぶッ倒れたッ！　大将の鐵城を倒された砦城たちが蜘蛛の子を散らすように逃げ惑う。月山冨田城が追撃をかけ、次々と槍にかけていった。

「……他愛ないな」

長浜城の天守より戦場を眺め、陰険に北叟笑む黒衣の男がいた。黒田官兵衛である。

官兵衛は、竹中半兵衛より軍師の任を引き継ぎ、西播磨佐用郡の龍域を守護する上月城赤松政範攻めの指揮を担当していた。

官兵衛がまず行ったのは調略。赤松家中に織田へ寝返るべきだと考える者がいることを調べ上げ、密かにその者らと内通し、謀反を煽ったのである。

赤松政範は、裏でそのようなことが行われているとは知らぬまま、攻めてきた長浜城、月山冨田城ら秀吉軍を、上月城と数十の砦城で迎え撃った。

イザ戦が始まってみると腹部陣間の足軽衆が十分な陀威那燃働きをしない。言うまでもなく官兵衛の調略に落ちた赤松家臣が指揮する陣間である。上手く上月城を操城できなくなった赤松政範は、長浜城によって一刀のもとに脚部を切断されてしまったのだった。

不敵な笑みを浮かべつつ、官兵衛は傍らに立つ秀吉へ顔を向ける。

「これで少しはそれがしのことを信頼していただけましたかな?」

「ウ〜ム。こうも易々と赤松を倒されてしまえば、信頼せざるを得んノォ……」

ここで天守の階段を駆け上がってくる足音が聞こえた。顔を見せたのは佐吉である。

本来佐吉は墨俣城の加藤清正の傍らで軍師の任についているはずだった。だが、今回の戦に清正は参戦していない。ある仕事のため、墨俣城とともに御着城のあった中央播磨の龍域に残っている。そのため、佐吉は合戦中に生じる諸々の雑用を監督する役目に就いていた。

「ヨオ、軍師気取り」

官兵衛がこんな声を投げてくる。佐吉は憮然とした面持ちで無視し、秀吉へ歩み寄った。

「報告がございます。たった今、上月城より使者が文を届けて参りました」

「ン? 使者?」

脚部を失った上月城だが、爆散はしていない。あえてそうならぬようにした。上月城には官兵衛と内通した赤松家臣らがいる。その者たちまで一緒に爆発してはならぬようにだ。

佐吉より手渡された文に、さっそく秀吉は目を通す。ホオ……と感嘆の息を吐いた。

「吉川経家にせよ、中国の武者とは大したものだなァ……。首を斬って差し出すゆえ、郎党たちの命は助けてやってくれと申してきおった」

「首を斬る? 赤松政範がですか?」

「そうだ。マア、命まで取らずともよいだろう。どこぞに追放し、よしとするか」

が、この秀吉の寛大な処置に黒田官兵衛が口を挟んだ。

「イイエ、御大将、赤松政範には首を斬らせねばなりませぬぞ」

「何も殺さずともよいのではないか？　赤松殿に首を斬らせてしまえば、残された赤松の家人らに禍根が残るかもしれん。寛大なところを見せてやったほうがよいと思うが……」

「なれば、政範めに首を斬らせた上で、その家人らも根絶やしにすればよいのです」

「ナッ⁉」と、声を上げたのは佐吉であった。眉根をよせて官兵衛が振り返る。

「なんだ、小僧。文句があるか？」

「ある！」

佐吉はキッパリ言い切った。

「官兵衛！　おまえの言っていることは道義というものに反しているぞ！　ソモソモ……」

「道義ィ？」と、侮蔑的に官兵衛は遮った。「あのな、小僧、俺はこの播磨の国人だぞ。赤松政範とも幾度か顔を合わせたことがある。あの男の性格も熟知しているのだ。やつが大事とするのは家臣の命ではない。毛利への忠義だ」

「それがどうした？」

「やつは刺し違えるつもりでいるぞ」

佐吉は怪訝げな表情になった。秀吉が神妙に尋ねる。

「官兵衛、それはどういうことだ？」

「進退窮まった今、赤松政範の考えることは、命を賭してこちらに一矢報い、毛利への忠義を立てること。己の首と引き換えに、家臣の助命嘆願。その家臣に政範めは、今、こう遺言を残しているはず。『降伏したふりをして懐にもぐり込み、秀吉の寝首を掻け』と」

秀吉も佐吉も言葉を失った。官兵衛が嘲笑うように佐吉へ目を戻す。

「そこまで考えたか？　考えておらんな？　ハイ、また軍師失格だ。すッこんでろ」

何も言い返せぬ佐吉は、ただ反抗的な目線を向けることしかできなかい。

「オイオイ、なんだその目は？」

官兵衛はニヤニヤ笑いながら佐吉に歩み寄る。

「そういえば、貴様、さっき道義がどうのと抜かしていたな？　特別に教えてやるぞ。軍略ッてのは、勝つためのものだ。つまり勝てばいいんだよ。道義なんぞ犬にでも食わせてやれ」

「しかし、それでは……！」

「オット、何を言おうとしてるのか知らんが、貴様の言葉など素人の戯言の域を出んぞ。何せ貴様は一軍を勝利へ導いたことがないのだからな」

佐吉はグッと唇を噛んだ。

「何か言いたいのなら勝て。勝てば戯言も戯言ではなくなる。つまるところ勝てばいいのだ」

言うだけ言うと、官兵衛はもう佐吉など相手にせず秀吉に向き直った。

「サテ、赤松の件、どうされます？」

この後、秀吉は官兵衛の意見を入れることとした。とは言っても赤松政範に首を斬らせ、家臣まで殺すというのは、さすがに非道が過ぎる。ゆえに降伏願いをはねのけて戦を続行する形となった。赤松残党は殲滅され、政範は鐵城を枕に腹を切って果てたのである……。

長浜城内で戦勝の宴が催されたが、佐吉は混ざる気分にはなれなかった。

ひとり城外の戦場跡に出る。方々には砦城の残骸が放置され、月明かりに淡く照らされていた。物寂しく感じるのは、この景色のせいか、佐吉の心境のせいなのか……。

心に鬱屈が溜まり、どうしても解消できぬ時は、無闇に歩き回るのが佐吉の癖であった。

（確かに官兵衛は上月城攻めを見事に成功させた。だが、この後味の悪さはなんだ？　御着城の時もそうだ。何やらスッキリとしない勝ち方だ……）

官兵衛の勝ち方は調略や謀略を駆使したものが多い。少なくとも御着城や上月城ではそうだった。人間の心の弱みに付け込み、悪意や恐怖を増幅させ、裏切りに走らせる。

（官兵衛は邪道の軍師だ。俺は官兵衛のやり方を認めぬぞ！）

だが、官兵衛は勝者だ。敗者が勝者に「おまえは間違っている」などと言っても負け犬の遠吠えに過ぎない。敗者である佐吉には官兵衛を非難できる権利がないのだ。

（勝てばいい。俺も勝てばいいのだ！）

と、いつものごとく反骨を奮い立たせようとするのだが、今宵はできなかった。

（勝てる日などくるのだろうか……）

軍師を志し、松平の服部半蔵に弟子入りした。だが、余所者の佐吉に対し、松平家中の風当たりは強く、半蔵の死とともに出奔した。今川に仕官したが、飼い殺しにされただけだった。秀吉の家来となったが、雑用ばかりをこなしている日々……。

そのような成果の上がらぬ歳月の繰り返しに、いささか疲れが出てきたのかもしれない。

「報われぬ……。何ひとつ報われぬ……」

悄然と呟いたおりである。歩む先——半壊した砦城の屋上に、ふたりの人物が佇んでいることに気がついた。ひとりは逞しい大柄な人物で、もうひとりは小さな子供である。

（あれは……鹿之介殿に、孫四郎様……）

山中鹿之介と、その幼き主君である尼子孫四郎だ。

ふたりは夜天に掛かった月に手を合わせ、何やら一心に祈りを捧げている。

「ヤッ？　これは、佐吉殿？」

佐吉の足音に気がついたのか鹿之介が振り返った。孫四郎が、内気ッぽく鹿之介の巨体の陰に隠れる。苦笑し、佐吉は頭を下げた。

「お邪魔してしまったようで申し訳ございませぬ」

「邪魔など、とんでもござらん。少々月に祈っておりましたが、済みましたゆえ」

これまでも夜に鹿之介が月に祈りを捧げる姿を、佐吉は幾度も目にしてきた。

（月よ、願わくは我に七難八苦を授けたまえ……か……）

出雲尼子家を再興させるため、鹿之介は幼い孫四郎を連れて諸国を転戦してきた。

その苦難が七難八苦どころではなく百難千苦にも及ぶであろうことは、鹿之介の身に余すことなく刻まれた古傷の数々からも窺える。それでもまだ鹿之介は七難八苦を月へ願うのだ。苦難を乗り越えた先に、夢見た主家再興の光景があると信じて……。

（アア……。この御方に比べれば、俺など……）

佐吉は、報われぬとぼやいていた己が恥ずかしくなった。報われぬというのならば、鹿之介ほど報われぬ日々を繰り返してきた者はおらぬであろう。

「佐用も落とし、あとは美嚢の三木城を落とせば播磨も制圧ですなァ……」

こう感慨深げに鹿之介が言った。その面は再び月へ向いている。

「中国制圧の暁には出雲の統治を尼子へ任せてくださると信長公も仰せとのこと。若が出雲の大名におなりあそばす日が、ようやく見えてきた気が致す……」

モゾモゾと孫四郎が鹿之介の陰より出てきた。

「ネエ、鹿之介。まだ鹿之介は戦をするの？」

「エエ。出雲を若の手にお戻しするまでは……」

「僕、出雲は欲しくない」

内向的な孫四郎とは思えぬハッキリした声だった。

「何ゆえ、左様な……」

「出雲に帰りたいとは思うよ。でも、そのために鹿之介が苦しむのなら嫌だよ……」

鹿之介が困ったような微笑を浮かべる。屈みこんで孫四郎と目線を合わせた。

「若のそのお言葉、ありがたく思いまする。が、あと少しでござるよ」

「あと、少し?」

「エエ。出雲を取り戻せたならば、若のお望み通り槍を捨て隠居致します。その時こそ――」

鹿之介の大きな手が孫四郎の華奢な肩に触れた。

「その時こそ――拙者の七難八苦が終わるのです」

歴戦の武将とその幼い主君の会話を、佐吉は無言で聞き、胸が熱くなるのを覚える。

(報われて欲しい……)

終わりの見えぬ報われぬ日々の先に、報われる未来があることを鹿之介に証明して欲しい。

そう佐吉は切に願った。

鹿之介が佐吉に向き直る。

「明日から、佐吉殿ともしばしお別れですな」

「エエ、そうですな……」

夜が明けたら、秀吉軍は東播磨へと引き返すことになっていた。

中央播磨の御着城、西播磨の上月城を落とした秀吉軍だが、未だ東播磨の三木城を落とせていない。現在、三木城は摂津の荒木村重が抑え続けている状態だ。

三木城の城主は、別所長治。モトモト織田に従っていたが、毛利が上洛の動きを見せたことにより立場を一転、離反した。御着城と上月城を落として孤立させれば容易に降伏するであろうと、秀吉は読んでいたのだが、しぶとく反織田姿勢を崩さない。もはや説得は無駄と、秀吉軍は東播磨に城を返し、荒木村重とともに三木城を落とすこととなったのだ。

そうなると、上月城の龍域から離れねばならない。この龍域は国境付近にある要衝である。手放したくない。それで、月山冨田城を残し、三木城攻略の間、守らせることになったのだ。

「何かありましたら蜂須賀党を走らせていただければ、すぐに駆けつけましょう」

「ナニ。心配は御無用。この鹿之介、一時の留守番にワザワザ救援など求めませぬぞ」

鹿之介は、朗らかに笑って見せた。佐吉も笑みを返す。

「御武運をお祈り致します」

「互いに」

こう答え、鹿之介は再び月を仰いだ。

「月よ、今しばらく我に七難八苦を……」

月は鹿之介の願いに答えるように煌々と光を放ち続けていた。

翌早朝、長浜城は、月山冨田城を残し、佐用郡を後にした。

東播磨に向かう前に、秀吉軍は中央播磨の茶臼山龍域に立ち寄った。かつて御着城のあった龍域である。今は墨俣城とともに加藤虎之助清正が駐屯していた。

茶臼山上の墨俣城の周りに足場が組まれ、大きな鉤を鎖でぶら下げた繰連砦城が数体聳えていた。清正の指揮のもとで蜂須賀党が墨俣城の改築を行っているのである。

「ヨオ、虎之助。ただいま戻ったぞ」

長浜城を降りた秀吉が、出迎えた清正へ声をかけた。清正の顔はどこか不服そうである。戦に連れていってもらえなかったことを拗ねているらしい。

「どうだ？　備前侵攻までにできそうか？」

こう言って、秀吉は改築中の墨俣城を見上げた。

「ヘッ！　一日二日でできるもんか。ッたく、オヤジさんはホント無茶言うぜ」

上月城攻めに参戦せずに、清正がこの地で行っていたのは、墨俣城の強化改築である。建材は、但馬で落とした竹田城の部品を遥々ここまで運んできたものだ。

三木城を落としたならば、次はイヨイヨ備前国へ入る。毛利の精鋭城主たちとの戦いが待ち受けているはずだ。その前に、自軍の鐵城を強化しておきたい。

ただの強化ではない。秀吉が清正に命じたのは、自軍のみならず織田の全鐵城の中でも主戦力となるほどの画期的な超強化であった。

「ニャッハッハッ。気張れよ。完成すれば天下の度肝を抜かすことができるのだからな」

「完成することができりゃァだけどな……」

清正が溜息を吐く。築城に才のある清正をして、秀吉から命じられた改築は無茶なものだった。だが、確かに完成すれば日本国中の度肝を抜くことができるだろう。

「頼んだぞ、虎之助。……サテ、改築が成った暁には城の名を改めたいところだなァ。城主である俺の理想や夢が詰まった名がいいだろう。フ〜ム……」

悩む秀吉を見て、清正が笑った。

「ハハハッ！　オヤジさんの理想っていやあ、前に言ってたな。美しき姫君をたくさん侍らせてチヤホヤされたいッてな。そんな名にしたらどうだい？」

冗談のつもりで言った清正だったが、秀吉は膝を打った。

「ソウソウ、それが俺の理想だぞ。美しき姫君たちへ続く夢路。そういう名にしよう！　ウウム……何がよいか？　姫道城？　美姫城？　美女城……？　ウ〜ン……」

「……本気かよ、オヤジさん」

清正は呆れ果ててしまった。

「マア、ユックリ考えよう」

こう言うと、秀吉は顔つきを真剣なもの変えた。

「それより虎之助、半兵衛の具合はどうだ？」

竹中半兵衛は、上月城攻めには参戦していない。清正とともに茶臼山龍域に留まり、地元の医師を墨俣城に招いて診てもらっていた。清正は俯き、押し殺した声でこう言う。

「……昨夜、また血を吐いた」

「…………」

「一昨日の晩もだ。覚悟しておけと、医者は言っていた……」

清正の握り拳が震えていた。秀吉は目を伏せる。

「……そうか」

「そうかじゃねえよッ、オヤジさん！」

清正が秀吉へ縋りつくように詰め寄った。

「やっぱ美濃に連れ帰ったほうがいいんじゃねえのか！　このままじゃ、半兵衛は……ッ！」

「イヤ」と、秀吉は力なく首を振る。

「美濃に戻しても変らぬ。ならば半兵衛の望む最期を遂げさせてやったほうがいい……」

清正は何も言えなくなった。

(阿呆の半兵衛として畳の上で死なせないでくださいよ……)

半兵衛の漏らしたあの言葉はあまりにも重かった……。

四

目を覚まし、まず竹千代が見たのは天井だった。

薄暗い。温かい布団の中にいる。どうやら夜が更けているようだった。

（アア。また意識を失ってたのか……）

三河遠江の国境で発作を起こして倒れたのまでは覚えている。どうやらそのまま岡崎まで運ばれ、浜松城に寝かされていたらしい。

フト、枕元に気配を感じる。首を向けると、置物みたいに正座する少女の姿があった。

「お市……？」

例のごとく夜這いにきたのかと思ったが、どうもそういう雰囲気ではない。

「もしかして、ずっと俺を見ててくれたのか？」

「………………」

答えなかったが、おそらくそうだろう。僅かに目の下に隈が窺えた。

「では……」

お市は、スックと立ち上がり、去ろうとする。

「待ってくれ」と、竹千代は身を起こした。「俺の発作を止めてくれたのはお市なのか？」

意識を失う直前、お市の顔が見えた。竹千代の胸に触れると、蒼い龍氣光が湧きあがり、みるみる胸の痛みが治まったのである。

「あれはいったい何をやったんだ？」

お市は、やはりナカナカ答えなかった。やがて呟くようにこう言う。

「騒がしかったので、静かにせよと……」

「……騒がしかった？」

「殿の胸の内に騒がしく声を上げるものがおりました。ゆえに静まるよう叱りつけてやったのです。わらわがやったのは、ただそれだけのことにございます……」

不思議なことを言っている。竹千代はお市の言葉をどう解釈していいかわからなかった。

「気味悪く思われましょうな……」

ポツリとお市が言った。前にもお市は「気味悪く思われる」と語っていた気がする。その理由は「見えぬものを見、聞こえぬ声を聞く」からだと……。

「……お市は何を見、何を聞いているんだ？」

お市はどう説明するべきか迷うような間を作った。

「龍氣と呼ばれるものの声にございます……」

「龍氣？　龍氣ッて、鐵城を動かす……」

コクンと頷くお市。

「待て待て。龍氣ッてのは力の源みたいなもんだろ？　あれが喋るッて？」

「普通の意味での言葉を喋るわけではありませせぬ。もっと純粋な……なんと言えばよいのでしょう……群れるもののざわめきと申しましょうか……」

「群れるもののざわめき……？」

「母上もわらわのように見えぬものを見、聞こえぬ声を聞いていたそうにございます……。

母上は仰っておりました。自分は龍脈を辿り渡る巫女であると……」

お市はその血を引いているから龍氣の声を聞けるということなのか……？

「気味が悪うございましょう？」

また言った。竹千代は溜息を吐く。

「あのな、お市。何度も言っているが、俺はお市を気持ち悪いなんて思ってないぜ。浅井長政がどう思ったか知らないが、少なくとも俺はそんなこと思ってない」

「………」

「チョット、座れよ」

竹千代は自身もまた、布団の上に胡坐をかいた。お市が、歩み戻ってチョコンと正座する。

「いいか、お市。俺はおまえを気味悪く思ってないし、嫌いでもない。これは信じてくれ」

お市は頷いた。従順に竹千代の言葉を聞く姿勢でいる。

「だけど、お市を嫁に迎える気持ちはないんだ」

「………」

「何度も言うが、お市が嫌いだからじゃないぞ。俺はまだやりたいことがある。それを成すまで自由な身でありたいんだ。お市に限らず、誰であっても嫁を迎えるつもりはないんだよ」

「ハイ……」

「今後のお市の身の振り方はチャント考える。だが今すぐにはできない」

「武田との戦が控えているからでありましょう?」

お市は理解していた。

「そうだ。だから戦が落ち着くまでもう少しだけ待ってくれないか?」

さやかにきちんと伝えておけと言われたことをこの際伝えたのである。

お市は僅かな間を作り、こう言った。

「待てとの仰せ、承知しました。ですが、ひとつだけお伺いしてもよろしいでしょうか?」

「なんだ?」

「殿がお市を嫌うておられぬという言葉、信じまする。ではどう思うておられるのですか?」

「エ? どう? どうって……」

お市は、ジッと竹千代を見つめている。

ナカナカ竹千代が答えずにいると、お市は素ッ気なくこう言って立ち上がった。

「……出過ぎたことをお尋ねしました」

ペコリと頭を下げると、寝室を出ていった。

障子の閉まる音を聞くと、竹千代は再び布団に横になる。

お市の問いに何も答えなかったのが悔やまれた。お市は答えられぬ竹千代の態度に「やはり自分は疎んじられている」と感じてしまったかもしれない。お市は、答えてもらえなかった問いを抱えたまま、織田へ戻され、次の御家へ嫁いでいくことになるのだ。

（そうか。置いてけぼりにしてしまっているとは、こういうことか……）

竹千代は無意識に多くの人の思いを置いてけぼりにして前に進んでいるのかもしれない。

だが、足を止めて無数の思いに答えていれば歩みが遅くなる。竹千代の辿りつきたい場所は遥か先にあり、そして時がないのだ。やはり、置いてけぼりにして進むしかない。

（佐吉は今どうしているだろう……）

なぜか、こう思った。

羽柴秀吉の中国攻略軍は、但馬、因幡を落とし、東播磨の別所長治領を残して播磨のほぼ全域を制圧したという。この快進撃の陰で、佐吉はどんな働きをしているのだろうか？

「ついてきているか、佐吉……」

竹千代は美濃で再開した佐吉の目を思い出す。あの燃える眼差しは、いくら置いてけぼりにしようとしても、追いかけ食らいつこうとする狼の眼差しだった。

その眼差しが今もどこかで輝いていると思うと――なぜか安心した。

五

播磨国美嚢郡三木の龍域は古来より交通の要所であった。

それゆえにこの地を治める別所氏は常に他勢力からの侵略の脅威に晒されている。

別所氏は、敵対勢力を退けるため、戦のたびに持城を堅く堅く改築し、ひたすらに龍域の守りを固め続けてきた。その結果完成したのが――

――〈臺鋌紋土　三木〉ことへ戦国有数の堅城、三木城。

石垣と土塀とを組み合わせた強固な複合式装甲は、隙間を開けつつ二重三重と重ねられた多重空間装甲にもなっていた。また両腕には城全体を覆い隠せるほどの大きな石垣式持盾が装着されている。如何な砲撃を受けようとこれではビクともしないだろう。

さらに龍域を囲むように陣を布く百体ほどの砦城は、そのひとつひとつが石垣式や竹束式、木慢式の掻盾形砦城である。自在に動く城壁に囲まれているようなものだった。

これだけではない。龍域の周囲一里は幾重にも空堀、馬防柵、土塁に囲繞され、そのさらに外側一里の平坦な大地には夥しい数の対城郭埋火の仕掛けられた地雷原がある。

攻めあぐねる――ではない。攻めようがないほどの鉄壁の防りなのだった。

『防御こそ最大の攻撃ッ！　これぞ別所家の家訓なりッ！　皆の者！　守って守って守って守って守って守って、守ォォォッツッて！　守り抜くのだァァァァッ！』

『うおおおおおおおッ！　守るぞォォォォォォッ！』

三木城より発された城主別所長治の声に、掻盾形砦城の群れが勇ましく答えた。

「ニャッハッハッ。猫の子一匹通さないとは、このことだノォ」

遠く、三木城の龍域から聞こえてくる別所軍の声を聞きつつ、秀吉が笑った。

今、長浜城は三木城龍域を囲む地雷原の外側にいる。長浜城の傍らには、今まで別所軍を抑えておいてくれた有岡城の樽のごとき城体もあった。

『荒木殿、三木城を攻めてみた感触はどうでありましたかな？』

　秀吉が名乗り法螺貝を用いて、有岡城へ尋ねる。僅かな間をおいて、ボソボソと聞き取り難い有岡城主荒木村重の声が返ってきた。

『……攻めてはおらぬ。俺はただ黒田殿より三木城を抑えておくよう頼まれただけ……。陣を布いたのみ……。道端の糞のごとき俺にできることなどそれぐらいだ……』

『向こうから仕掛けてはこなんだのか？』

『……こなかった。別所長治はあくまでも守りに徹していた……』

　秀吉は天守に控える黒田官兵衛に顔を向けた。

「どう思う？」

「解せませぬな。三木城の持ち味とはいえ、包囲される前から籠域の策に出ております。何よりも解せぬのは、御着城と上月城を落とされ、孤立する状態で降伏せぬという点。意地や痩せ我慢かと思うておりましたが、先程の掛け声を耳にした限り、悲壮感もなく士気も高い……」

　荒木村重の声がした。

『時を稼いでおる……』

「ホオ？　時をなァ」

　官兵衛が笑う。親交があると聞いていたが、実際、官兵衛の村重に対する態度は気安かった。

「持ち堪えさえすれば、毛利が上洛してくると別所は思うておるのか？　俺にはいささか読みが甘く思えるがな。毛利は未だ安芸より動く気配を見せておらぬぞ」

『毛利ではないかもしれぬ……。上杉や武田……。あるいは、至らぬを知る何者か……。復讐が始まる……。強者を呑み込まんとしておる……。別所はそれを待っている……』

意味のわからぬ村重の言葉に、官兵衛は辟易した様子を見せる。

「マア、いい。三木城攻めには荒木殿にもご協力いただくぞ」

「どうするつもりだ？」

秀吉が尋ねた。

「まず、正面から力押ししても、三木城の堅固な守りは容易に破れぬでしょうな。ここは、半兵衛殿が因幡にて行った干殺しの策をお借りしましょう」

「つまり兵糧攻めか……」

「エエ。墨俣城は改築中、月山冨田城は西播磨にある。ゆえに荒木殿には有岡城のみならず摂津国の砦城を動員していただきたい。それがしの調略で寝返った小寺や赤松の砦城も使えましょう。三木城の物資輸送経路を徹底的に潰し、三木城を干上がらせてやるのです」

説明すると、官兵衛は法螺貝に口を寄せた。

『いいか、荒木殿』

なぜか荒木村重はすぐに答えなかった。

『……よろしいと思いますか？』

と、微かに聞こえてきたのは、荒木村重の声。傍らにいる誰かへ同意を求めているという風である。自軍の軍師へ話しかけるにしては口調がいささか丁寧だった。

『誰かいるのか、荒木殿？』

『イヤ……なんでもござらん。ご協力致そう……。道端の糞のごとき俺だが、その程度の役には立てるはず……。さっそく摂津より砦城を動員する手筈を整えようぞ……』

これだけ言うと、有岡城はノソノソと逃げるように歩み始める。

有岡城を見送る官兵衛の顔つきが訝しげに曇っていた。

サラサラと茶筅を繰る音が有岡城天守内に響いていた。

「協力して……よろしかったのですか……」

荒木村重が振り返らぬまま声をかけたのは、背後に座する人物にであった。

ユッタリとした純白の衣。頭には宗匠頭巾。茶を点てる手。優しげな顔立ちの美丈夫……。

――千利休がそこにいた。

「なぜ、そのようなことをわたくしに？　わたくしは荒木様の軍師ではありませぬよ」

利休は柔和に微笑んだ。

「利休様は、俺に道を示してくだされた……。道端の糞のごとき俺に……。道を……」

「イイエ。道はすでに荒木様の内にあったのです。わたくしは、荒木様が望まれた道を歩むことができるようお手伝いしただけにございます……」

語りつつも、利休は茶筅を繰り続ける。サラサラと……。

「わたくしは誰にも何も命じませぬよ。松永久秀様にも何も命じませんでした。ただ、望むようになされよと……そう助言しただけ……」

荒木村重の肩が震えを帯びた。

「その……松永殿が、信長に、う、討たれた……」

「存じております」

涼しい顔で利休は言った。

「や、やはり至らぬ者の道は……強き者に阻まれる定め……。道端の糞は……どう足掻いても道端の糞……。強き者の歩む道の端に落ちた糞……ッ！　利休様ッ！」

ガバッ、と振り返った村重の眼が大きく見開かれ、血走っていた。

「お、俺は一乗谷の後、安土城より先に撤退したことを信長に叱責された！　俺は、恐ろしかった！　佐久間殿のごとく追放されるのではないか？　浅井長政のごとく粛清されるのではないか？　畳に額をつけ、涙まで流して許しを乞うた！　信長は何をしたと思いまするか？」

「サテ……」

「傍にあった饅頭を刀で突き刺し、それを俺の口元に持ってきた！　手を使わずにこれを食え。食ったら許してやると言ってきた！　お、俺は道端の糞とはいえ、腐っても武士！　武士にこれほどの侮辱があろうか！　お、俺は……俺は……」

瞬きをせぬ村重の目に涙が生まれ、ボタボタと落ちた。

「犬のように、饅頭に齧りついた！　信長はそんな俺を嘲笑った！」

魂鋼刀を握る村重の両手がワナワナと震えていた。

「け……結局、俺は……道端の糞のままなのだ！　強き者に踏みにじられる道端の糞のままなのだ！　もう、歩む道が見えぬ！　ウウウ、見えぬウゥウッ！」

村重は柄尻に額をつけて咽び泣く。大の男の号泣する姿は見苦しかった。

ピタッ、と利休の茶筅を繰る手が止まる。

「……喫茶去」

利休は茶碗を持って立ち上がった。嗚咽を上げる村重へと歩み寄る。

「……偽りを申されますな……」

村重の耳元で利休は穏やかに囁いた。

「荒木様には、見えておられるはず。己の歩みたき道が。ただ、その道を歩む力が少しばかり足らぬだけではございませぬか？　正直になりなされ。どうされたいのです、荒木様は？」

「…………」

「信長をどうされたいのです？」

村重が、ハッと泣き濡れた顔を上げる。利休の表情は、悪魔的なまでに優しかった。

「お、俺は……俺は……」

「言葉にせずともよろしいのです。望むようになされませ」

利休がソッと茶碗を差し出す。村重は無意識にそれを受け取っていた。

「サア、喫茶去。わびさびの茶でも飲み。また歩み出せばよいのですよ……」

茶碗の内の茶は――鮮血を思わせる赤錆色であった。

「あ……あ……あ……」

村重の喉奥より吃逆のごとき声が漏れ出る。震える手に包まれた碗の内の茶が揺れた。

村重の満面に、水を与えられた砂漠放浪者のごとき喜悦の色が佩かれていく。

「あ、あ、あ……あいわなびいッ！」

村重は赤錆色の茶を一気に飲み干した。一滴も残すまいと茶碗を嘗めまわす。

利休は微笑んでいた。与えた餌を夢中で貪る飼い犬を眺める微笑みである。

「東へゆこうかと思います。わびさびの茶を必要とする者がそこにおられますので……」

こう言って、利休は、浅ましく茶碗を嘗める村重を残し、天守の階段を下っていった。

六

山中鹿之介は、居城形態で鎮まる月山冨田城の土塁に腰掛けていた。

手には一葉の文。それに目を通す顔は険しい。

「誰からのお手紙？」

背後から可憐な声がかかった。孫四郎の姿をそこに見止め、鹿之介は顔つきを和らげる。

「佐吉殿からにござる。三木城攻めの状況を伝えてくだされた」

「佐吉から？　今、三木城はどうなってるの？」

「官兵衛殿の策で兵糧攻めに決したそうにございますな。三木城は天下有数の堅城――賢明な策にござろう。佐吉殿も砦城を差配して、補給路を断つのに尽力しておられるとか」

孫四郎の表情が不安げに曇った。

「佐吉は三木城を落としたらすぐに戻ってきてくれるッて言ってたよね？　でも、兵糧攻めなら日数がかかるんじゃ……」

それは鹿之介も懸念していたことである。佐用郡の龍域は備前国との国境に近い。敵国と隣り合わせである。いつ龍域を奪還せんと毛利方の武将が攻めてくるかも知れぬのだ。

「ナァ～ニ、ご案じ召されるな」

主君を不安にさせてはならぬと、鹿之介は気楽さを装った。

「何かあれば駆けつけると佐吉殿も申しておられたではありませぬか。それに、如何な魔城が攻めてこようと、この山中鹿之介、撃退してみせましょうぞ」

ハッハハッと朗らかに笑ってみせた。そんな鹿之介の着物の端を小さな手がギュッと握る。

「もしもの時は……逃げてもいいんだよ、鹿之介」

孫四郎の瞳は潤み、その言葉は真剣であった。

「若……」

時に鹿之介も思うことがある。幼き主君とともに隠遁して暮らすのもよいのではないかと。

そうやって尼子の血筋を脈々と守り、未来へと伝えていくのも忠義の形なのではないかと……。

「左様ですな。イヨイヨとなれば、逃げましょうか」

鹿之介のこの言葉に、孫四郎は表情を緩ませた。

「本当？　約束だよ」

「エエ、約束にございます」

孫四郎の顔にようやく微笑みが生まれた。この時——

「し、鹿之介様ァァアッ！　一大事にござるゥウゥッ！」

鹿之介配下の侍大将が血相を変えて転げるように駆けてきた。

「何事だ？」

侍大将は、肩で息をしており、ナカナカ言葉を発することができない。

「そ、それが……城内の足軽たちが……つ、次々と血を吐いて倒れておりまするッ！」

「何ッ!?」

「倒れた者を広間に集めておりますが、苦痛を訴え悶え苦しみ、すでにこと切れた者も……」

「わ、わかった！　とにかくいこう！」

駆けようとした鹿之介の背に、ヒシッとしがみついた者がいる。孫四郎だ。その小さな肩が震えている。見上げる双眸は恐怖と不安に満ちていた。

「若、お部屋に戻っていなされ」

厳しい声で言うと、鹿之介は孫四郎を侍大将に任せ、駆けた。広間に到着した鹿之介は我が目を疑う。それは、まさに地獄絵図。足の踏み場もないほど横たえられた足軽たちが、一様に喉を押さえてのたうちまわり、血を吐いている。畳は吐き出された鮮血に塗れていた。

「何が起こっておるのだ!?」

「わ、わかりませぬ。突然このようなことに……。ですが……おそらく、毒かと……」

毒と聞き、鹿之介の眉が不快感に歪んだ。

「倒れたのは、水を飲んだ者ばかり。何者かが水の手に毒を流したものと……」

「馬鹿な！　それでは我が城内のみならず、この地の民まで……」

「物見からの報告では、付近の農村においても血を吐いて倒れる者が続出しておると……」

鹿之介は強い怒りに拳を握りしめた。敵方の武将が当城を落とさんと毒を流したのは想像に難くない。毒を用いる卑怯は百歩譲るとして、近隣の民をも害する形で用いるとは……！

「水を口にしてはならん！　解毒剤はないか？　誰ぞ、城外へ医師を呼びにいけッ！」

慌ただしく鹿之介は無事な足軽衆へと指示を飛ばす。

と、ここで突如、城内の緊急法螺貝がけたたましく鳴り響いた！

『敵襲！　敵襲にござります！　卯の方角三里、敵鐵城一城接近中にござるゥ！』

すぐさま鹿之介は天守に駆け上がった。天守の窓から顔を突き出し、東方へ目をやる。

すぐに黒漆塗りの外装をした巨大な影のごとき鐵城が見えた。

一見して両腕が鳥の翼のように見える。だが、ヨクヨク見れば、それは翼ではなく鎌。両手の指の一本一本が異様なまでに長い鎌刃になっているのだ。漆黒の外装と翼のごとき鎌爪のせいで、どことなく鴉を思わせる。その面部もまた嘴を有した鴉天狗のそれであった。

「なるほど……合点がいったわ。毒を流すなどという非道、あやつしかおらぬ……ッ！」

忌々しげに鹿之介は唾棄すべき次の名を口にした。

「天下最悪、宇喜多直家……ッ！」

――宇喜多和泉守直家。元は備前国の一豪族に過ぎなかったが、暗殺や謀殺を繰り返し、備前国および備中国と美作国の一部を支配するまでの大勢力を手にした男だ。

それだけならば腹黒いだけの典型的な下剋上の徒といった感じだが、直家が手にかけた者の多くが縁者であるという点にこの男の異常性がある。

宇喜多直家は、生まれつき良心が著しく欠如し、罪悪感というものが皆無なのだ。あるのはただ己の欲求を満たしたいという渇望のみ。ゆえに自身の栄達のためならば身内を殺めたところで良心の呵責を一切覚えず、他者の尊厳を踏みにじる残虐非道も嬉々として行えるのだ。

悪人というよりは〝異常者〟と呼ぶべきかもしれない。

その直家の鐵城（キャッスル）こそが、今、視界に映る漆黒の城〈九狼烏（クロウ）　岡山（オカヤマ）〉こと岡山城（おかやま）なのである。

岡山城は長い鎌爪を前脚のようにザックザックと地面につけながら、地を這（は）う翼竜のごとくユックリユックリ月山冨田（がっさんとだ）城に接近していた。

「動ける者は陣間に走れ！　月山冨田城、戦備えじゃあッ！」

さすがは百戦錬磨の鹿之介隊、迅速に陣間に入ると、瞬く間に陀威那燃（ダイナモ）を回し、僅（わず）かな時間で月山冨田城を居城形態から、戦備え形態へと変形させた。

月山冨田城が十文字城槍（じゅうもんじじょうそう）を構えた時点で、まだ岡山城までは一里ほどの距離がある。が、余裕があるとは言い難い。面（おもて）には出さぬまでも、鹿之介の内面には狼狽（ろうばい）があった。

軍師がこない。鹿之介の軍師もまた毒に倒れたひとりだったのである。鹿之介は、操城しながら各陣間を指揮せねばならない。そして何より——

（龍氣（りゅうき）が弱い……ッ！　毒で倒れ陀威那燃（ダイナモ）を回す人員が足らぬのか？　これでは普段の半分……イヤ、四分ほどの働きしかできぬぞ……）

考えている間にも、岡山城のどす黒い城体が数町の距離に迫っていた。

『アハ……アハハハ……アハ……』

耳障りな笑い声が響いてくる。宇喜多直家であった。

岡山城が地面へ突き立てていた鎌爪を抜いてみせる。その先端から黒い液体がポタポタと滴（したた）

った。毒である。鎌爪を地へ突き刺してこの毒液を注入し、周囲一帯の水脈を汚染したのだ。

『アッレ〜?　戦備えに変形したということは、鹿之介殿は毒を飲まなかったというわけですか。ハハ……アハハハ……。マア、そう上手くはいきませんかァ。ハハハ……』

　鹿之介は不快感を覚え、唇を噛む。

『毛利も落ちたものだ。斯様な外道を飼い続けておるとはの』

　心外だ、という風に岡山城が鴉首を捻った。

『ハテ?　私は毛利に従っているつもりはありませんよ。フフフ。昨今の織田の勢いを見る限り、ここは信長についておいたほうが得策と思えますしねェ?　ハハハ』

『では何ゆえ毒を流した!』

『エ?　それはもちろん、領地を広げる絶好の機会だからですよ。毛利の命令で、西播磨に攻め入る名目ができた。このまま西播磨をいただいてしまいましょう。信長になぜ鹿之介殿を攻めたと問われたら、毛利に命じられたから是非も無くとでも言えばいい。ハハハハハッ!』

『外道めッ!』

　鹿之介は言葉を交わすことすら汚らわしく感じられた。

『アア……ウッカリ本音を漏らしてしまいましたねぇ。ハハハ。これじゃあ、鹿之介殿の口をどうしたって封じなきゃならないじゃないですかァ。アハハハハッ!』

　岡山城が両腕の鎌爪を左右に開き始めた。大鴉が両翼を広げるかのごとき動きである。

『マ。最初から封じるつもりだったんですけどーッ！』

途端、岡山城の漆黒の城体が躍り上がった！　ヒョウッ！　と、斬風を孕ませ二対の鎌爪が月山冨田城へと襲いくる！　キンッ！　と、十文字槍で弾いた月山冨田城。

岡山城の動きは緩まない！　銀流が斜めに跳ね上がり、毒爪が月山冨田城の喉首を狙う！

仰け反って躱した月山冨田城の腹へ、すかさず唸りくる掻撃！　機敏に退いた月山冨田城の腹部石垣を鎌爪が擦過する！　ギュルッ！　と回転をくれ、追撃が皎閃とともに側面から！

跳び下がった月山冨田城へ、右転左転と鎌鼬のごとき毒爪の連攻が乱れかかる！

（クッ……反撃の隙がない……ッ！）

敏捷性の高い月山冨田城。常ならば岡山城の猛功に後れをとることもない。

だが、陀威那燃を回す足軽衆の数が毒によって半数に減っている。稼働している陀威那燃もおそらく全体の六分ほどであろう。龍氣増幅量が圧倒的に足らぬのだ。

（尼子再興が目前に迫っておるのだ！　斯様な場所で挫けてなるかッ！）

魂鋼刀を握る手に力を込める。強引な力で槍の柄を、岡山城へ叩き込んだ！　が、やはり龍氣不足は如何ともし難い。岡山城の腹部装甲は罅入りすらしなかった。

『効きません。効きません。ヒャハハハハッ！』

余裕綽々で嘲笑う宇喜多直家の忌々しい声！

鹿之介が月山冨田城の槍を構え直した時、背後より声があった。

月ではなく心に誓った。

（孫四郎様だけは必ずやお守り致す！）

チラリと鹿之介は傍らの孫四郎へ目をやる。

「撤退！　撤退じゃあッ！　脚部陣間に兵力を集中させよ！　撤退に専念するのだァッ！」

鹿之介は護摩壇の火を通し、全陣間に呼びかける。

「承知　仕った！　主命により撤退致す！」

鹿之介は、孫四郎へ笑顔を送る。

（俺が真に守りたいのは何だ？　この地ではなく若君ではないか！　それを忘れておった！）

気の弱い孫四郎とは思えぬ、必死の声。鹿之介は目の覚める思いがした。

「約束だよ、鹿之介！　イヨイヨとなったら逃げるッて、そう言ったじゃないか！」

「若！　お部屋に戻っておられよと……」

いつの間にやら、孫四郎が鹿之介の座る床几の後にいた。

「鹿之介、逃げよう！」

七

黒田官兵衛が、美嚢郡の大地に立ち、遠く悠然と座する三木城を遠眼鏡で眺めていた。

「どういうことだ……」

摂津国より砦城で運搬された秀吉軍への補給物資が、蜂須賀党の男たちによって積み下ろされているところである。佐吉がその物資の受け取りを行っていた。

佐吉は、官兵衛の聞えよがしな呟きを耳にしていたが、あえて気がつかぬ風を装い、長浜城内に戻ろうとする。そんな佐吉を目ざとく官兵衛は呼び止めた。

「オイッ、小僧、あれはどういうことだ？」

八つ当たり気味の声である。官兵衛を快く思わぬ佐吉は、憮然と返した。

「なんのことだ？」

「気がつかぬか？　だから貴様はダメなのだ。これで三木城を見てみろ」

ムッとしつつも佐吉は手渡された遠眼鏡を不承不承覗き込む。

「あれは……？」

一体の砦城が巨大荷車を引き、三木城のすぐ傍に停城したところであった。

「見たか？　あの砦城、兵糧を三木城に運び込んでいるぞ。補給路は完全に断っているはずだ。どこを通った？　どうやって我らの包囲を潜り抜けた？」

ようやく佐吉もことの重大さに気がついた。

鳥取城の吉川経家の時と異なり、三木城の別所長治は初めから籠城戦を想定している。城内に十分な備蓄もあろう。此度の兵糧攻めは時がかかるのだ。しかし、兵糧が運び込まれているとなると、時がかかるどころか、永久に三木城を落とせぬことになってしまう。

「そんな……我らの把握できておらぬ秘密の抜け道があると……？」

「そんなものあるか。美嚢の地理を調べ上げ、万全の包囲を布いているのだ。見落しはない」

自惚れているだけで、見落としているのではないのか？　と、心に思ってもそれを口に出す佐吉ではなかった。それに、官兵衛ほどの切れ者が見落としなどするはずもないのは事実である。

「臭いぞ……。何か裏がある……」

こう呟いた官兵衛に音もなく歩み寄る男がいた。蜂須賀小六である。

「ム？　小六殿……」

気がついた官兵衛に軽く頭を下げると、小六は静かにこう言った。

「たった今、佐用郡龍域に残しておいた俺の部下が戻った。西播磨に宇喜多直家の鐵城が侵攻し、月山冨田城が襲撃を受けている……」

「エッ!?」

と、声を上げたのは佐吉であった。官兵衛は僅かに眉間に皺を寄せるにとどめ、

「で、鹿之介殿は？」

冷静に尋ねた。

「現在、龍域を離れて逃走中だ……」

「鹿之介殿ほどの御仁が龍域を捨てて逃走？　御大将（秀吉）には？」

「伝えている……。官兵衛殿とその件について相談がしたいとのことだ……」

「わ、私もいきましょう！」

と、佐吉が割り込んだ。

「ちゃ、茶臼山(ちゃうすやま)の墨俣城(すのまた)は動かせぬし、すぐに長浜城(ながはま)で救援に向かいましょう！」

佐吉は逸(はや)りながら長浜城へ駆けようとする。だが、官兵衛はその場に立ち尽くしたままだ。

「官兵衛殿、何をしておる。すぐに救援に向かわねば」

「…………」

答えない。瞼(まぶた)を閉じ、何事か思案の体である。苛立(いらだ)ち、佐吉は声を張った。

「官兵衛殿ッ！」

「喧(やかま)しいぞ！」

官兵衛が一蹴(いっしゅう)した。そしてこう断言する。

「救援には向かわぬ」

「ナ……ッ!?」

耳を疑った佐吉へ、官兵衛は冷ややかな眼差(まなざ)しを向けた。

「ここで三木(みき)城の包囲を解(と)けば、今までの兵糧(ひょうろう)攻めが無駄になるだろうが」

「何を言う！　荒木(あらき)殿が残っていれば、包囲網はなんとか保ち得るだろう！」

官兵衛は首を振る。

「ダメだ。あいつに此度の戦の差配は任せられぬ」

「そ、そのようなことを言っている場合か！　せっかく制圧した西播磨をまた毛利に奪われてしまうぞ！　無駄になるというのならば、それこそ無駄であろう！」

「西播磨ならばまた奪い返せる。それに下手に背中を見せれば、別所軍に背後を突かれるかもしれん。敵軍が離れたところで奇襲をかけ、すぐに引ッ込むのがきゃつの常套だ」

「だから、荒木殿の軍を抑えに残せばよいと言っているだろう！　小寺攻めの時も、赤松攻めの時も、荒木殿はずっと三木城を抑えて下さっていたではないか！」

官兵衛は、チラッと遠く東に聳え立つ有岡城へ目をやった。

「荒木殿には任せられん」

先程と同じことをまた言う。

「なぜだ!?　貴殿と荒木殿は友ではないのか!?　合点がいかぬ！　全くいかぬぞ！」

「貴様の合点など知ったことか！」

怒鳴り返すと、官兵衛はもう話すことはないとばかりに長浜城へ向けて歩き始めた。

「待て！　オイッ！　待て、官兵衛ッ！」

呼び捨てにされた官兵衛は、一度立ち止まり、ギロッと佐吉を睨む。佐吉もまた睨み返した。

「おまえは、鹿之介殿を見殺しにするつもりか！　月山冨田城には幼い孫四郎様もおられるのだぞ！　それを、おまえ……ッ！　お、おまえ……ッ！」

怒りのあまり、言葉が出てこなかった。フンッと不快げに鼻を鳴らすと、再び官兵衛は佐吉に背を向ける。その背へ、佐吉はありッたけの罵詈雑言を投げつけた。

「この鬼めッ！　畜生めッ！　冷血漢めッ！　外道めッ！　鬼畜めッ！」

だが、何を言われようと官兵衛が歩みを止めることはなかった。

八

月山冨田城は、西播磨の山岳地帯に身を隠していた。

夜が更け、木々の枝葉の間から薄らと月光が差し込んでいる。

宇喜多直家の追跡を撒くのは鹿之介が思っていた以上に困難であった。

岡山城との戦闘中に、月山冨田城の外装には鎌爪から散布された毒の原液が多く付着している。これが逃げた先々の大地を汚染し、痕跡を残すのだ。

森に逃げ込めば、木々が枯れた。踏みしめた草原はそこだけ草が茶色く変色した。河を渡れば死魚が浮いた。宇喜多直家は、その無惨な痕跡を辿り、執拗に執拗に追ってくるのである。

さらに深刻なのは、水を摂取できぬことだ。川も泉も地下水も、尽く毒で侵されてしまう。水分補給のできぬ状況で足軽たちは陀威那燃を回し続けねばならない。

次々と足軽が脱水症状で倒れた。先に毒を含んだ足軽は皆死亡している。

夜の訪れは一時の救いだった。毒で枯れた草木を闇が隠してくれる。

鹿之介は、天守の壁に背をグッタリと預けた状態で床に足を投げ出していた。鹿之介もまた水を口にできていない。疲労が限界に達していた。

(救援は……救援はまだこぬのか……)

蜂須賀党の男を長浜城に走らせている。乱波の俊足ならばとっくに東播磨に到着しているはずだった。だが、未だに援軍のくる気配はない。鹿之介はある決心を固めた。

(もはや、これまで……。せめて若君だけでも落ち延びていただかねばならぬ……。家来の者、数名を共につけ、夜の内に茶臼山の加藤清正殿のもとまで送らせる……)

鹿之介は月山冨田城に留まり、自ら囮となって孫四郎が逃れる隙を作るつもりであった。

悲愴ではない。死はもとより覚悟の上だが、ここで死ぬつもりはなかった。

主家滅亡より鹿之介を襲った苦難は幾たびか? 数十の敵城に包囲され、逃げ延びたこともある。敵城に捕らえられ、厠を潜って脱出したこともあった。

(月よ、此度も必ずや生き延びてくれようぞ……)

鹿之介は疲労に重くなった体を立ち上がらせ、孫四郎の休む室へと向かおうとする。

おそらく優しい孫四郎は、城を捨てて逃げることを泣いて拒むだろう。だが、何を言われようと説得せねばなるまい。鹿之介も必ずや生きて戻るから、と……。が、ここで——

『ハハハ……アハハハ……』

——嫌な笑い声が聞こえた。

天守階段を下ろうとした鹿之介の足がそこで止まる。口惜しげに瞼をギュッと閉じた。

「おのれ……遅かったかァ……」

絞り出した声に被さるように、敵襲を告げる法螺貝がけたたましく鳴り渡った。

途端に慌ただしくなる城内。束の間の休息を取っていた足軽たちが、迅速に各陣間へと駆けた。鹿之介が下知を飛ばすまでもなく、侍大将は足軽を指揮して陀威那燃を回し始める。

伝導された龍氣が、外界を映す大護摩壇に火を灯した。そこに鹿之介は見る。樹林の向こう側に、蒼い龍氣光を陽炎のごとく放出しながら歩みくる漆黒の鐵城——岡山城の怪しい姿を。

（クッ！　判断が遅れた！　若を逃す機が失われて……イヤ！　今からでも遅くはない！）

鹿之介が護摩壇の火へ声を投げる。

「誰ぞ数人選び、若君を城からお連れせよッ！　今すぐにだ！」

股肱の臣はこれだけで鹿之介の言わんとするところを察した。『ハッ！』と、答え、数名の足軽がバラバラと駆けていく姿が護摩壇の火に映る。

信頼のおける家来たちに同伴され、孫四郎はすぐにでも搦め手門より脱出するはずだ。せめて一言でも主君に言葉をかけておきたかったが、危急の時ゆえ仕方がない。互いに生き延びさえすれば後日いくらでも言葉を交わすこともできるのだ。

（生き延びさえすればな……）

すでに鹿之介は魂鋼刀を握り、月山冨田城と五感を共有している。思った以上に力の漲りが弱い。陀威那燃を回す足軽の数が足りていないのだ。

「サテ……どう生きる……？」

果敢にも月山冨田城は、十文字城槍の切ッ先を岡山城へと向けた。とにかく岡山城の意識を己のみに引きつけ、孫四郎の逃れる時を稼ぐのである。

『ハハハ……満身創痍ですかァ〜？』

宇喜多直家は見抜いていた。月山冨田城の兵を疲弊させ、安全に料理するためにこの時までつかず離れず追いかけ回していたのかもしれぬ。それでも鹿之介は虚勢を張った。

『貴殿を退けるには十二分よッ！　いくぞッ！』

槍をりゅうりゅうと振り回し、岡山城へと突撃を開始した。

『ヒヒッ』

ギンッ！　と、ひと振りの鎌爪が呆気なく槍を弾いた。勢い余ってフラリと前のめりになったその隙だらけの側面へ、ジャッ！　容赦ない掻撃が走る。

『ぬああッ！』

左肩口の土塀装甲が砕け散った。苦悶の独楽と化した月山冨田城へ、さらに二爪目が躍りくる！　鋭利な衝撃とともに、どてッ腹の石垣装甲が抉り飛んだ！　仰け反った月山冨田城へ、兇悪な風音が迫る！　ギィン！　と、槍の柄で三爪目を防ぎ得たのは、ほぼ無意識の動き。が、受け止めきれず、月山冨田城の城体が弾き飛ばされた！　転がり倒れる月山冨田城。

『ハハハ……ハハハハ……』

岡山城は即座に追撃には移らなかった。大爪をシャリンシャリンと残忍に鳴らしつつ、一歩一歩時をかけて歩み寄ってくる。

不気味に歩みくる岡山城を視界に捉えつつ、鹿之介は護摩壇の火へ呼びかけた。

「一度！」

口腔内が渇き、その声はしゃがれている。

「次の一度に全てを懸ける！　一度でいい！　次を考えるなッ！　直後に動けなくなっても構わんッ！　俺を信じろッ！　一度だけ死力を尽くして陀威那燃を回せェッ！」

足軽衆がこれを最期と全力で陀威那燃を回転させる。失われていた龍氣が全身に漲るのを覚える。天守壁面の護摩壇の諸仏がギラギラと輝きを放ち始めた。

「もう少しだ！　気張れ！　もう少しだ！　いけるッ！　いけるぞッ！」

機は一瞬！　こちらを虫の息と侮る岡山城を十分に引きつけ、全龍氣を込めた一撃で敵天守を貫く！　外しても、防がれても、それが最後だ。その一撃でもう月山冨田城は動けなくなる。

（いけるッ！　月よッ、おまえの授けた七難八苦、全て乗り越えてみせようぞッ！）

あと一歩！　あと一歩で岡山城は間合に入る！　と、ここで直家がこんな言葉を口走った。

『ネエ、鹿之介殿、臭くはないですかァ？』

意味不明の言葉。挑発の類いか？　と、思った矢先──

『う、ううううウゥッ！』

傍らの護摩壇の火から苦鳴が漏れ聞こえた。

鹿之介は護摩壇へ目をやる。そこに映る光景を目にし愕然となった。

「な、なんだ、これは!?」

護摩壇の火に映る陣間の映像の内で、陀威那燃内の足軽たちが喉を押さえて倒れていた。

『おォおおおおォォォ……』

『げッげげげげェェェェ………』

周囲の護摩壇から次々と苦悶の唸りが湧き起こる。全ての陣間で足軽衆が膝をつき、あるいは倒れ、まなこを零れ落ちんばかりに見開いて苦痛を訴えていたのだ。

反射的に鹿之介は鼻を手で押さえる。鹿之介の鼻粘膜が刺すような臭気を感得した。

（毒……!?　毒の霧か……!?）

此度の岡山城の爪には極めて気化性の高い猛毒が塗られてあったのだ。

先程、一撃二撃と月山冨田城を鎌爪で傷つけた際、城内に毒が散ったのである。即座に毒は気化し、気がつかぬうちに各陣間へと流れ込んだ。息を荒らげて陀威那燃を回していた足軽衆は、猛毒の空気を肺イッパイに吸入し、倒れていったのである。

溢れんばかりに漲っていた月山冨田城の龍氣が瞬く間に減衰していく。宇喜多直家の忌まわしき軍法は、鹿之介と城内に残る足軽たちの最後の希望すらも無惨に貶めたのだ。

「おのれ……おのれ！　どこまでも卑劣なァァァッ！」

叫んだ喉へ、微量の毒気が入り込む。気管に焼けるような刺激を覚え、鹿之介は咳き込んだ。

（ど、どうする？　もはや合戦の継続は不可能だ。城落ち床几を用いれば……）

城落ち床几とは落城直前に、城主の座る床几を城外へ射出させる非常脱出装置である。

（家来たちを犬死にさせておいて俺だけが逃げるのか？　左様なこと……）

鹿之介の誇りが許さない。だが、考え直す。

（イヤ、俺ひとりでも生き延び、若君をお守りすべきだ。若さえご無事ならば尼子再興の夢が潰えることもない。それこそ死んでいった者たちに報いること！）

岡山城がトドメの鎌爪をシャンシャンと打ち鳴らしながら歩みくる。もはや猶予はなかった。鹿之介は床几を射出させるための取っ手に指をかける。

――その指が止まった。

「し……鹿之介……」

それは聞こえるはずのない――決して聞こえてはならぬ声であった。

鹿之介は恐怖を覚えた者のごとく背後を振り返る。天守より下る階段のところに小さな姿が倒れていた。城外へ逃れたはずの孫四郎だった。

「わ、若!?」

鹿之介は弾かれたように床几を立って、孫四郎へと駆ける。抱き起こせば、可憐な唇より血が零れた。目が虚ろである。明らかに毒気にやられていた。

「な、なぜ、ここにおられる!? なぜ、城から逃れられなかった!?」

孫四郎は家来に連れられ、確かに一度は城を出た。だが、直後の戦いで飛散した毒を家来がまともに受けてしまったのである。家来は即死。孫四郎も気化した毒を吸引してしまった。毒に苦しむ孫四郎は、岡山城の攻撃で倒れた月山冨田城内に戻るしかなかったのである……。

「しかの……すけ……どこ？ しかのすけ……」

華奢な手が、鹿之介を求めるように震え伸びる。もはや物すら見えておらぬようだった。

「ここに！ 鹿之介はここにござる！」

鹿之介は幼い主君の手を取る。孫四郎の顔から苦悶と不安とが消えた。

「アア……しかのすけ……の手だ……。あたたくて……つよい……しかのすけの……手……」

眠りに落ちるように孫四郎が瞼を閉じた。

「若……？ 若！」

孫四郎は応えなかった。腕の中の小さな体が急激に冷たくなっていく。

「若！ 若！ 若ァァァァッ！」

いくら強く呼びかけても孫四郎はもう応えることはなかった。鹿之介は孫四郎を強く抱きしめる。武骨な顔がクシャクシャと歪み、涙が溢れた。

「オオッ、月よ！ お、俺はおまえに七難八苦を願った！ だが……オオオオオッ！」

鹿之介の慟哭は咆哮と化した。

「斯様な苦難などいつ望んだかァァァァァッ！」

――ドッ！

鈍い音とともに城内が揺れる。岡山城の鎌爪が月山冨田城の胸板を貫いていた。

『ハハ……ハハハハ……』

宇喜多直家の忌まわしい笑い声がする。

『ハイ、お終い。ウフフフ……。ハハハハハ……』

汚れでも払うように、鎌爪を引き抜く。ドドッと力を失った月山冨田城が倒れた。その城体に火花が走っている。今まさに爆散しようとしているのだ。

『あとはどう毛利と手を切り、織田に取り入るかですね。フフフ……アハハハハッ！』

宇喜多直家は、西播磨だけ切り取ったら、秀吉に中国攻めの協力を申し出るつもりであった。虫のいい話だが、直家は無理とは思っていない。新たに秀吉の軍師となった黒田官兵衛は情より利で動く人間だ。宇喜多を味方につければ秀吉軍は、一気に備中まで城を進められる。現在、援軍を出さずに三木城攻めを優先させているのも、交渉する意思があるからと読んでいた。

『黒田官兵衛！　鬼畜鬼畜と呼ばれる私だが、あれもナカナカの鬼畜ですね！　ハハハハッ！』

『ウハハハハッ！　ワハハハハハッ！　アーハハハハハハハッ！　アハ……』

月山冨田城の嬲り殺しがよほど楽しかったと見え、宇喜多直家はなおも高笑う。

笑いがフイに止まった。

『……エ？』

不可解な軽い衝撃を胸に覚え、直家は自城の胸装甲へ目をやる。

――刃が生えていた。

『……若君の仇……討ち取ったりィ……』

背後より聞こえたのは凄まじい忿怒の声。岡山城が首を後にねじ向ける。そこに信じられぬものを見た。月山富田城が立って十文字城槍を突き出していたのである!?

もはや爆散直前で龍氣伝導も絶えたはずの月山富田城が何ゆえ動けたのか？

――執念だッ！　主君を殺められた忿怒と未練とが、毒に侵され今まさに命尽きんとしていた足軽たちに断末魔のみ発揮できる驚異的な力を与えたのだ。

『ば、ば、ば……馬鹿なッ!?』

『七難八苦を乗り越えてきた我らが、チンケな毒ごとき乗り越えられぬと思うたかァッ！』

宇喜多直家、慌てて城落ち床几で脱出せんとしたところへ、月山富田城の手のひらが岡山城の頭部をガッシと押さえた。床几の射出口を完全に塞がれてしまう。

絡み合った二城から、バチバチバチッと火花が放出された。

『は、は、離せええええええエエエッ！』

悶え逃れようとする岡山城だったが、もはや手遅れ！　カッ、と月山富田城の内部より眩い閃光が迸る！　城体が大爆発を起こし、岡山城を呑み込んだ！

爆炎が夜天を焦がす。ただ鹿之介に七難八苦を与え続けた月だけが、何事もなかったかのように煌々と照っているのであった……。

九

佐吉は、血相を変えて長浜城内を駆けていた。

一室に辿りつくと、バンッと乱暴に障子を開く。文机へ向かう黒田官兵衛がいた。

「なんだ、軍師気取り？　障子ぐらい静かに開けられんのか？」

こんなことを抜かした憎らしい男へ、佐吉はズカズカと歩み寄ると、その胸倉を引ッ摑んだ。

「鹿之介殿が死んだッ！」

激怒を叩きつけた。だが官兵衛は涼しい顔でこう返す。

「知っている」

「孫四郎様もだッ！　尼子家はこれで潰えたッ！」

「たわけが。我らの目的は中国征伐であって尼子の再興ではない」

「貴様ッ！」

激昂に任せ、佐吉は官兵衛の面を殴りつけようと腕を振り上げた。その腕を官兵衛は容易く捕る。グイッとねじ上げると、柔の技であっという間に佐吉を畳へ組み伏せてしまった。

「ウウウッ！　お、おのれッ！」

ジタバタと悶える佐吉を押さえ込みつつ、官兵衛は皮肉に口の端を吊り上げた。

「噛みつく相手は選べよ、小僧」

「人殺しめッ！」

「アン？」

「西播磨へ長浜城を返しておればおふたりを救えた！　おまえが、鹿之介殿と孫四郎様を殺したのだッ！　この、仲間殺しがッ！」

フンッと官兵衛は鼻で笑った。

「威勢がいいな。言いたいことはそれだけか？」

「まだあるッ！　ただちに弔い合戦を行うべきだ！　備前へ出陣し、宇喜多を討つのだ！」

「ハア？　宇喜多直家は鹿之介殿と相討ちになったぞ？」

「宇喜多の勢力は滅んでいない！　当主を失った宇喜多家中は混乱しているはずだ！　備前を制圧する好機であろうが！　鹿之介殿が死を賭して作った絶好の機を無駄にしてなるか！」

「悪いが、宇喜多は討たん」

キッパリと官兵衛が言った。

「な、なんだと？」

「和睦を持ちかけたほうが早いからな。山陽のド真ん中を領有し、情勢に応じて立場を変える宇喜多は、毛利から疎んじられていた。直家の嫡男の秀家はまだ十と幾つかにしかならんガキだ。毛利相手に上手く立ち回ることなどできまい。手を差し伸べれば容易に降るはずだ」

「鹿之介殿の仇の家と和睦!?　そんなことできるものか！　ウグッ！」

　官兵衛が、佐吉の腕を捻り上げた。

「頭を冷やして考えてみろ。直家を失い弱体化しているとはいえ戦をすれば時も金も浪費する。和睦して備中まで一気に軍を進めたほうが効率的だろうが」

「時だ金だと抜かすなら、なぜ三木城ひとつ落とすのにここまで時と金をかける！　荒木殿ひとりで抑えておけたものをワザワザ！　ソモソモいつ落とせるのだ、三木城は！」

　官兵衛は一時黙した。が、すぐに皮肉な笑みが戻ってくる。

「貴様がいくら喚こうが、宇喜多との和睦の件はすでに御大将の了承を得ているぞ」

「オヤジ殿の……？」

　自分になんの相談もなく、官兵衛と秀吉のふたりだけで決められていたことに佐吉はショックを受けた。思えば、鹿之介の救援に向かわず、三木城の兵糧攻めを続行する件についても、秀吉は佐吉ではなく官兵衛の意見を入れたのである。

「いいか、小僧。俺は御大将に確かな勝利を提供できる。貴様は何を提供できるのだ？　蜂須賀党を差配できるか？　武功を立てられるか？　鐵城を改築できるか？」

　それは最も佐吉の胸に刺さる言葉であった。

「喚くばかりで何もできぬだろうが。だから誰も貴様の言葉に耳を貸さぬ。前にも言ったな？己の意見を通したければ勝て。勝ってからものを言え。わかったな？」

ようやく官兵衛が佐吉の腕を解放する。解き放たれてなお肘関節が痛かった。

悄然と言葉もない佐吉を一瞥すると、官兵衛は室の外へ歩んでいく。

「安心しろ。兵糧の密かな運び入れも近頃はない。遠からず三木城は落とせる」

こう言い残し、出ていった。室にひとりポツリと残された佐吉の肩が、震えを帯びる。

「報われん……！」

どん底にいる人間の声を佐吉は絞り上げた。七難八苦を乗り越えてなお報われぬ者がいる。ならば、佐吉が報われることなどありえようはずもないではないか。

「報われん！　報われん！　報われん！　勝てぬ者はゴミか！　勝てぬ者は虫けらか！　勝てぬ者は無意味か！　勝てぬ者の苦難など生涯報われぬかァァァァッ！」

佐吉は畳を殴りつけ、慟哭した。フト、声が聞こえる。

（──ついてきているか、佐吉……）

ハッと佐吉は顔を上げた。だが誰もいない。空耳であった。

「クッ……ウウウ……ッ！」

佐吉は奥歯を噛みしめ、虚空を睨む。そこに空耳の声の主の顔を思い浮かべた。

「おおおおお、竹千代ォッ！」

咆哮して殴りつけるも、虚しく拳は空を切った……。

【信玄西上三方ヶ原合戦】

一

早朝ゆえ深山には冷たい山気が立ち込めていた。

この山岳の峠は南信濃と北遠江とを結ぶ街道となっている。山肌の崩落の激しいことで知られ、むき出しの青い岩盤が山林の合間に散見された。それゆえに付けられた名が青崩峠。

現在、青崩峠に、三体の砦城が佇んでいた。国境の守りである。

青崩峠は、信濃国と遠江国の国境。すなわち武田と松平の領地の境である。武田の西上が懸念される状況で、国境の警備は厳重であらねばならない。

とはいえ、武田が上洛を画策しているという話が流れてからそれなりの時が経っている。ちょうど国境番の気も緩む頃合いだった。さらに早朝ということもあり、砦城の屋上に座り信濃側を見張っている足軽はコックリコックリと居眠りをしている。

そんな足軽の耳に、遠く地鳴りのような音が聞こえてきた。

――ド……ド……ド……ド……ド……ド……。

それは初め、あるかなしかの微かなものであった。それゆえに足軽は気に留めず居眠りを継続しようとしたのだが、徐々に徐々に音は大きくなる。

――ドッドッドッドッドッドッドッドッドッドッ！

やがては怒濤のごとき轟然たる響きへと成長し、足軽は跳ね起きざるを得なかった。

――ドドドドドドドドドドドドドドドドドドドドドドッ！

「な、なんだッ!?」

それは騎馬の駆ける音に似ていた。だが、一騎二騎ではない。数十といった騎馬である。さらに大地の激震だ。崩落しやすい青崩峠の山肌がさっそく一部崩れて落ちた。地を揺るがすほどに巨大な騎馬の群れがこの青崩峠の関所に向けて駆けてきている。

山林に土埃が舞い上がっているのが見えた。濛々たる中に赤いものが隠顕している。深紅の装甲を纏った巨大な何かだ。その何かが列を成して猛烈な速度で接近してきている。

「あ、あ、あれは……」

足軽は土埃の内にはためく旗指物を見た。それには黒々とこう書かれてある、

――『疾如風　徐如林　侵掠如火　不動如山』

「ふ、風林火山の軍旗!?　た、武田だ！　武田の機馬隊だァッ！　敵襲！　敵襲ゥッ！」

喚き散らし、砦城に乗り込んだ足軽。すぐさま国境警備の砦城三体が起動する。

が、この時すでに武田機馬隊先陣の一城が樹木をぶち割りながら青崩峠に躍り出た。

「ナッ!?　は、速……！」

それは、真ッ赤な甲冑(かっちゅう)装甲に覆われた鐵城(キャッスル)！　上半身は鎧武者(よろいむしゃ)のそれだが、下半身は馬形(なり)の半人半馬の異形(いぎょう)の姿。腕には長大な城槍を握っている。その一城のみならず続く他の鐵城(キャッスル)もまた同様の赤い甲冑半人半馬だった。その数、二十四城！

「うわあああああああああッ！」

大波の前の砂山のごとく、一瞬で三体の砦城(フォオト)が粉砕された。機馬隊の鐵城(キャッスル)はただ駆け抜けただけである。槍(やり)をひと振りすることもなかった。

「フフフフフ……」

機馬隊内の一城の頭頂にひとりの男が腕組みして仁王立(におうだ)ちしていた。

巌(いわお)のごとき体躯(たいく)に纏(まと)った紅い甲冑。太い腕。太い足。太い首。太い肩。太い胸板。焔(ほむら)の形をした特徴的に太い眉。獅子(しし)の鬣(たてがみ)を思わせる焦げ茶色の毛髪。

――武田信玄(たけだしんげん)ここにあり！

信玄は、高速で行き過ぎる山岳風景の中、突風を身に受けつつ、シッカと前方を睨(にら)み据(す)えていた。その口元は笑みの形に吊(つ)りあがっている。

「サア、松平竹千代(まつだいらたけちよ)殿、どう俺を迎え撃つ？　貴殿の魂の輝き、俺に見せてみよッ！」

武田信玄の上洛戦がイヨイヨ開始されたのであったッ！

――武田信玄遠江(とおとうみ)へ侵攻す！

この震撼すべき一報は瞬く間に駿遠三の三国を駆け巡り、岡崎の竹千代の耳へも達した。

「武田軍が南信濃より青崩峠を抜け、遠江国へ侵攻してまいりましたッ！」

忍びの報告を受け、竹千代は颯爽と立ちあがる。

「ヨシッ！　きたなッ！」

恐怖はない。緊張はあるが、燃え立つもののほうが強い。すでに準備は万全に整えてあった。

「状況は？」

「北遠江の犬居城主、天野景貫が、龍域を明け渡し武田に寝返った模様」

やはりな、という感じである。武田の侵攻が始まれば、駿河遠江の国人城主の幾人かは寝返って武田につくと予想できていた。戦が進めばまだまだ離反者は増えるだろう。

「天野を先導に、武田軍は南下しております。豊田群二俣の龍域を奪うのが目的かと」

「やはり狙うのはそこか……」

二俣龍域は、天竜川と二俣川の合流点の台地上にある。天竜川を越えた西の先は、遠江と三河の国境だ。二俣龍域は三河侵攻を食い止める守りの要と言っていい。

「すぐに遠江に向かうぞ！　さやか！　浜松城出陣だッ！」

さやかが即座に戦備えを告げる法螺貝を吹き鳴らす。城中の足軽たちが一斉に甲冑を着込んで陣間へ走りだした。竹千代は足早に天守に向かい、さやかもまたそれに続こうとする。

ここで、フト、さやかは思い出した。

（お市ちゃんは……？）

浜松城が戦備え形態に変形する前に、非戦闘員は城外へ退避しておかなければならない。お市は勝手がわからず城内へ留まってしまうのではなかろうか？

「ごめん、竹千代！　先いってて！」

こう告げて、さやかはお市の室へと駆けた。

室へ到着すると、案の定お市はチョコンと畳の上に端座していた。

「お市ちゃん！　戦が始まるよ！」

悠長なほどユックリとお市は振り向いた。

「戦わない人は城下の屋敷に出ることになってるんだ。ごめんね、教えてなくて」

「存じておる。浅井にいた時もそうであった」

「ナラ、急いで出なきゃ！　ア。場所がわからないよね？　忍びの人に案内……」

「さやかは城を出ぬのか？」

お市が遮った。無感情ながらお市の口調にはどこか強いものがあった。

「だって……あたしは一応忍びの頭領だし、竹千代の軍師だから……」

「では、さやかは殿の戦についていき、常にその傍らにおるのか？」

お市は黙り込み、何事か考え込んだ。さやかはじれッたくなってしまう。

「ネエ！　早く城を出なきゃ！　お城が変形しちゃったら出にくくなるよ！」

さやかは強引にお市(いち)の手を引ッ張ろうと手を伸ばした。それを制止するように——

「出ぬ。わらわも城に残り殿のお供をする」

断固とした声でこう言ったのである。

二

疾風怒濤(どとう)とは、まさにこのこと！

武田(たけだ)機馬隊は猛烈な速度で遠江(とおとうみ)の大地を南へ南へ駆けていた。

赤備えの騎馬城が、天まで届かんばかりの馬煙を巻き上げながら猛速度で突き進むのである。森があれば木々をなぎ倒し、小山があれば駆け上がり、遮るものなど何ひとつない。

二俣龍域(ふたまたりゅういき)へ直進するかと思われた武田軍だが、意外にも素通りしてさらに南下する。

驀進(ばくしん)する先には、松平(まつだいら)方の遠江国人城主の鐵城(キャッスル)——天方(あまがた)城、久野(くの)城、只来(ただらい)城、一宮(いちのみや)城、飯田(いいだ)城、格和(かくわ)城、向笠(むかさ)城、匂坂(さぎさか)城および数十の砦城(フォオト)が、陣を布(し)いていたのだ。

これらの諸城は、二俣城を攻める武田の背後を突く目的で布陣していたのだが、武田の軍師、鬼謀(きぼう)天下一と謳(うた)われる山本勘助(やまもとかんすけ)は見事にこれを看破していたのである。

『ぬ、ぬうう！　や、やはり気づかれたか！』

と、声を漏らしたのは遠江国人、久野城主久野宗能(むねよし)である。

が、このぐらいはあり得ることと予想できていた。久野宗能は他の諸城へ声を投げる。

『方々（かたがた）！　武田は先にこちらを攻めてくる！　二の策で迎え撃ちましょうぞ！』

『オウッ！』

彼らの前方には、深い空堀（からぼり）と高い土塁（どるい）が幾層にも築かれている。竹千代（たけちよ）の命で造られたものだ。これらを乗り越えんと突進力を削（そ）がれた武田軍へ、射撃や爆撃を一斉に浴びせる策。

待ち構える城主たちの遥（はる）か南方より濛々（もうもう）たる砂塵（さじん）とともに赤い一軍が迫っていた。

まずその速きことに驚く。初め地平の先に小さく見えた土埃（つちぼこり）が、ゾッとするほどの猛速度で大きく近くなってきた。幾城かの鐵城（キャッスル）が、矢や焙烙火矢（ほうろくひや）を射かけんと動きを見せる。

『待て待て！　早まられるなッ！　十分に敵を引きつけてからじゃッ！』

焦らずとも敵軍の動きは土塁に阻（はば）まれ遅くなる。それこそが一斉掃射の時なのだ。

すでに武田軍先陣の一騎が第一の土塁へと到着せんとしている。今ぞ！　と、松平方の鐵城（キャッスル）および砦城（フオオト）が、弓や砲を構えた。が、ここで驚くべきことが起こる。

ドドドォォオンッ！　轟音（ごうおん）とともに第一の土塁が崩壊した⁉

一瞬何が起こったのか松平の城主たちは理解できなかった。理解すると同時に戦慄（せんりつ）する。

『た、体当たりで……ど、土塁を粉砕した⁉』

分厚い土の壁を、さながら紙張りの壁ででもあるかのごとく次々と突き破って進む騎馬軍団！　さらには、深く幅広い空堀を驚異的な跳躍力で難なく跳び越える！

——ドドドォォン！　ドドドォォン！　ドドドォォオン！

第二、第三、第四……立て続けに土塁が粉砕され、突破される。

もう敵を引きつけてから、などと悠長なことは言っていられなかった。松平方の鐵城が、矢や焙烙火矢を射出する！　降り注ぐ矢の雨、方々で上がる爆炎の内を颯爽と駆け抜ける武田機馬隊の猛進はまるで緩まることがない。そしてついに――


――ドドドドォォォンッ！


すぐ眼前の土塁が爆然と突き破られた。真ッ赤な騎馬城どもが土砂の内より雪崩出る。現れ出でた赤備えの騎馬城どもの天守面部は、皆、一様に恐ろしき鬼面であった。

『ぬおりゃあああああああああああッ！』

天をどよもす鯨波の声、旋風のごとく振り回される城槍！　さながら地獄を塞ぐ門より赤鬼の群れが溢れ出たがごとし！　嵐のごとき覇気に、只来城と天方城の身が竦み上がった。

ドガッ！　と、突き込まれる容赦ない槍先！　只来城、天方城が胸を貫かれる！

哀れな二城を突き刺したまま、貫いた二体の騎馬城が槍を持ち上げた！　振るう！　すッ飛んでいった先で、只来城と天方城が爆散した！

『フハハハッ！　我こそは武田二十四将がひとり江尻城主山県三郎右兵衛尉昌景なりッ！』

『同じく牧之島城主馬場美濃守信春ッ！　一番槍の誉はいただいたァァッ！』

只来城と天方城を屠った二体の騎馬城より高らかと発される声！　山県昌景、馬場信春、いずれも音に聞こえた武田の猛将！　イイヤ、二十四将、いずれを取っても名のある勇士！

その圧倒的威圧感は、松平方の鐵城城主たちの心を瞬時にして恐怖に塗り変えた。

『う、うわあああああッ！』

悲鳴を上げて、一散に逃走を開始した。

ムザムザと見逃す武田軍ではない。逃げ遅れた飯田城へ瞬く間に追いつくと、ブンッ！　槍のひと振り！　横ッ腹に一撃喰らった飯田城が、無惨にひしゃげて吹ッ飛んだ！

次なる餌食は真ッ先に逃げた格和城。最も遠く逃げていたその背を投擲された槍が貫いた！

背後より魔神の唸りのごとく響き迫る馬蹄の音！　逃げる城主たちはもはや恐怖の極みに達している。一縷の望みは、逃げる先にある一言坂なる急峻な坂を下って天竜川へ出、北へ遡って二俣龍域に詰める松平の諸城へ救援を求めることであった。

一言坂へ差しかかった松平方の諸城は、急な坂道を前のめりになって我武者羅に駆け下る。

ここで、久野城主久野宗能、逃げる己に忸怩たるものを覚え始めた。

（このまま逃げても追いつかれるは必至！　なれば俺だけでも踏みとどまり、たとえ落城の憂き目に遭おうとも、僅かなりとも味方を逃がすべきか……？　エエイッ！　ままよ！）

タッ、と足を止め、振り返った。すでに武田機馬隊の先陣、山県昌景の江尻城が、一騎駆けして坂を下りくるところ！　久野城は腰の城刀を抜き放った。

『ここは当城が食い止める！　方々は二俣流域の本体と合流し、武田の襲撃に備えられよ！』

と、後方へ声を投げた頃には、江尻城が眼前に肉薄していた。あまりにも速い！

咄嗟に刀で受けたはずが、ギィンッ！　強烈な槍の一振りで刀がへし折られた！

『ナッ⁉』

返す槍先が突き込まれる！　あわや串刺し！　と、久野宗能が覚悟したその刹那！

――ギィインッ！　と、江尻城の槍が跳ね上がった！　横合いより何者かが疾風のごとく跳び出てきて、久野城を突き刺さんとした槍を弾いたのである⁉

『何やつッ⁉』

シュタンッ！　と、久野城を庇うように地へ着地したその城は朱色の甲冑に身を包んだ若武者形。頭部を覆った頭形兜には金箔押の大天衝脇立が光を放ち、両腕には鋭利な鉤爪が輝いていた。眼前の武田機馬隊を睨みつけると、法螺貝より威勢のいい名乗りを迸らせる！

『喧嘩十段、井伊虎松！　ここに参上でぃッ！』

そうだ！　松平の悪ガキ城主、虎松――その井伊谷城であった！

遠江国人である久野宗能は、同じ遠江の豪族井伊のことを知っていた。

『井伊⁉　では、あの女城主直虎殿の子か⁉　では、井伊谷城⁉』

『違えやい！　もうこの城は井伊谷城じゃねえ！　新しい名は――』

ダダンッ！　と、城が地を踏み鳴らし、両手を開いて見得を切る。

――改めましてェ～〈刃爽天斗　彦根〉こと彦根城にござりまァ～すウ～ッ！

変わったのは名前ばかりではない。以前の小型だった井伊谷城よりもふた回りほど規模が大きくなっていた。此度の武田戦に備え、強化増築したのである。無論、その馬力、機動力、火力、装甲の堅固さ……あらゆる性能が井伊谷城の頃よりも増強されていた。

『久野殿、ここは我らに任せてお逃げくだされ』

彦根城の法螺貝より、虎松とは異なる落ち着いた低い声が聞こえた。

『貴殿は……？』

『本多平八郎忠勝。彦根城の軍師を任されておる』

本多忠勝と井伊虎松は、武田の侵攻に備え、以前より二俣龍域に駐屯していたのだ。二俣龍域南方に配した遠江国人城主の一隊が襲撃されたことを受け、救援に赴いたのである。

『本多殿、かたじけない！　この御恩は生涯忘れませぬッ！』

『オイッ！　井伊虎松にも礼を言いやがれッ！』

久野城が背を向けた。先に逃げた諸城を追って一言坂を駆け下りていく。

久野城の背へ文句を投げた虎松を、即座に忠勝が叱りつけた。

『虎松！　前へ集中せよ！』

その前である。二十四の騎馬城が、ムンムンと闘気を放出させながら槍を構えていた。

さすがの虎松もゴクリと唾を呑む。それでも減らず口を叩けるのが悪ガキ虎松流だ。

『てやんでぃッ！　武田の暴れ馬どもがッ！　馬鹿みてえに雁首そろえやがってッ！　一頭残らず馬刺しにしてやッから、覚悟しゃあがれッてんだ！』

『コレッ、虎松！　目的を忘れるでないぞ！』

虎松をまたも窘める忠勝。これは撤退戦。一城でも多く二俣龍域へと送ることこそが彦根城の目的である。可能な限り敵の進撃を阻み、味方を十分に逃がしたならば、即座に撤退する。それができるのは松平方鐵城随一の快速を誇る彦根城だけなのだ。

『わーッてる、わーッてる。暴れたいだけ暴れてトンズラだろ？』

虎松は彦根城の鉤爪を構えた。此度の戦のために特別に拵えた相州伝左文字式の鉤爪である。その鋭利なこと硬質な石垣装甲すら抉り裂く。

『どっからでもかかってきゃァがれッ！　一頭だって一言坂を通らしゃァしねえぜ！』

激しい啖呵を叩きつけたが、敵の血気を好ましくすら思うのが甲斐源氏の荒武者たち。

『よきかなッ！　なれば、我の突撃、止めてみせよッ！』

ドッ、と飛び出したのは、山県昌景の江尻城！　彦根城の胸板へ槍先を定めた超高速の突進はさながら流星！　これぞ、武田騎馬城の猛突進の極み！　が――ギイィンッ！

『遅ッせえやいッ！』

虎松は目にも止まらぬ一突きを見事に捉えていた。鉤爪にて槍を弾き、すでに江尻城の懐深く滑りこんでいる。江尻城の喉首目がけ輝く鉤爪が突き込んだ！　反射的に引き寄せた槍の柄(つか)で、キンッ！　寸でで受け止めた江尻城！　彦根城は休まない。槍の柄に引ッかけた右の鉤爪を支点に、ギュルンッ！　回転まかせの左鉤爪が弧を描く！

『ぬうりゃッ！』

江尻城の豪力が槍に込められ、彦根城を突き飛ばした！　パッ、と後方に跳んで距離を取った彦根城へ、逆襲の突きが繰り出される！　キィンッ！　と、鉤爪で受け流す彦根城へ、さらに突きッ！　突きッ！　突きッ！　突きッ！　連続的な突きが襲いくるッ！

『しゃらくせえッ！』

負けん気の強い虎松は守りに徹したりはしない！　敵がそれだけの手数なら、己(おのれ)はその倍を出してやるとばかりに、神速の突きを縫って、強引に斬撃(ざんげき)を放ち続ける！　江尻城の放つ直線的刺突(しとつ)！　彦根城の孤状の掻撃(そうげき)！　線と孤とが目まぐるしく交錯する！

『クッソオオッ！　負ッけねえぞ、オッラァッ！』

江尻城との戦いに熱中する虎松を、忠勝の声が諌(いさ)める。

「馬鹿者ッ！　熱くなるな！　まわりを見よッ！」

我に返れば、刃を交える江尻城と彦根城の左右を他の騎馬城が駆け抜けていった。

「味方が追われておるぞ！　撤退戦ということを忘れるでないッ！」

「チッ！　わーッたよッ！」

江尻城の槍が突き出された！　彦根城は胸前で鉤爪を十文字に交差させてそれを受ける！

ガーンッ、と弾かれた勢いを利用して、後方——坂の下へと大きく跳躍した！　中空で一回転。彦根城の四肢が、ガパッと割れて変形する。タッ、と地に着地した時、彦根城の城体が猫科の四足獣の姿へと変っていた。彦根城の第二の姿、走行に特化した虎形形態である！

『てめえの相手はあとでしてやらァッ！　馬臭え首洗って待ってやがれッ！』

江尻城へ捨て台詞を投げると、先を走る騎馬城を追って一言坂を猛速度で駆け下りる。

突進力を誇る武田騎馬城の速度を、強化改築された彦根城の走行形態は凌駕していた。見る間に江尻城を引き離し、前をいく二十三の騎馬城の最後尾へと彦根城は追いついている。

『ウラウラウラァッ！　どけどけどけェッ！』

怖じけることなく騎馬城の群れに突ッ込んで、城と城との間を巧みに縫って疾駆した。

幾体もの騎馬城が、己の傍らを駆け過ぎる彦根城を串刺しにせんと槍を突きだしたが、小回りに関しては彦根城が上である。機敏に躱し、時には敵城の股下を潜り抜け、騎馬城どもを惑乱しながら瞬く間に先頭付近へ達していた。

すでに機馬隊は逃げる松平方の鐵城に追いつかんとしている。

逃げ遅れていたのは、一宮城。一番遅かった久野城にも追い越され、先陣を切る馬場信春牧之島城に背後を取られていた。牧之島城が槍を振り上げる！

『いけねえッ！』

タッ、と地を蹴り、彦根城が牧之島城へ体当たりを食らわせた！　槍先がぶれて、一宮城の肩口を槍先が擦過する。一宮城は九死に一生を得た！　かと思われた矢先、即座に二十四将がひとり秋山虎繁の大嶋城が一宮城に並ぶ！　ドッ！　と、槍を突き立てた！

『ぬあッ！』

地へ崩れ落ちる一宮城！　その哀れな残骸が坂の途中に倒れたまま、遠ざかっていく。

『チクショウッ！　一城やられたッ！』

悔しがっている暇はない。彦根城の左右には、馬場信春の牧之島城と秋山虎繁の大嶋城――武田の勇士二名が並んでいた。双方の槍が唸りを上げて彦根城へと突き込まれる！

『うおッとッ！』

前方へ跳んで回避した彦根城。武田機馬隊の駆ける真ん前へと転がり出た。すぐ前を松平方の鐵城向笠城と久野城が並んで駆けている。その先に匂坂城。残っているのはこの三城のみ。

槍を回転させながら、大嶋城が躍り出た。狙いは彦根城ではない。その先の向笠城だった。

『させッかよッ！』

すかさず飛びかかり阻まんとする彦根城。と、ここで、ヒュッ！　空を切る音がして、彦根城の後脚へ何かが絡みついた。足を取られて転倒する！

『うあッ！　なんだァッ!?』

鎖であった。二十四将のひとり武田軍の忍術達者真田幸隆の真田本城の投げたものである。

即座に鉤爪で鎖を切断し、蹶然と跳ね起きた時にはもう遅し！　向笠城は大嶋城の槍に背中から突き通されていた。ドウッ！　と、爆散する向笠城！　残るは久野城、匂坂城。

すでに大嶋城は久野城を屠ってくれんと槍を振り上げている！

『危ねえぞッ！』

彦根城が、弾かれたように飛び出し、久野城を突き飛ばした。ゴロゴロと坂を転げていく久野城。ドガッ！　と、先程まで久野城のいた場所に大嶋城の槍が突き刺さる。ただし、無事かどうかは保証の限りではない。乱暴な方法だが、とにかく久野城がやられるのだけは防げた。

「虎松！　もっと動き回るのだ！　敵の意識を引きつけ、味方の逃げる時を稼げッ！」

「さっきから、やってんだよッ！　この暴れ馬ども、全ッ然乗ってきやしねえッ！」

武田機馬隊の諸将は、虎松が近づいた時のみ仕掛け、深追いせず逃げる鐵城を追撃し続けている。立ち止まって行く手を塞ごうとすれば、山県昌景の江尻城のように一体のみが彦根城の相手を引き受け、他の二十三城は先にいってしまう。

『こっちこっちこっちでいッ！　てめえら、こっちにかかってきやがれッ！』

ここで前列の鐵城たちが、同時に槍を高らかと持ち上げた。投擲の構えである。

「イカン、虎松ッ！　匂坂城を守れッ！」

「わかってんだよッ！　バーローッ！」

彦根城が匂坂城を庇う位置に割って入ったのと、複数の槍が投擲されたのは同時であった！

飛来する槍を、彦根城は跳んで回って次々と鉤爪で弾き落とす！　が、これは敵の誘導！

槍を防ぐ彦根城の真横をサッとすり抜けたのは二十四将がひとり内藤昌豊の箕輪城！　即座に匂坂城へ追いつくと、ブンッ！　ひと振りさせた槍の柄が匂坂城の首に叩き込まれる！

　ブンブンと回転しながら匂坂城の頭部が天高く吹ッ飛んだ。首を失った胴体だけが、虚しく数町駆けたかと思うと、フイにバタッとぶッ倒れる！

　先に坂を転げていった久野城を除けば全ての城が落とされたことになる。

「虎松！　もはやこれまで！　撤退だッ！」

「なんでいッ！　ここで一城でもいいからぶッ潰してやろうじゃねえかいッ！」

「ならんッ！　我らまでここで倒れれば、二俣龍域を守り切れぬ！」

　悔しさを呑み込んで、虎松は彦根城を駆けさせた。後方より武田機馬隊の暴力的な馬蹄の音が追ってくる。武田方も残る彦根城を標的に定めていた。幸い足だけなら彦根城が勝っている。

　すぐさま敵軍を引き離した。間もなく一言坂を下り切る。と、ここで忠勝が声を上げた。

「虎松、気をつけよ！　追ってくる敵の数が減っておるぞ！　おそらく――」

　忠勝が敵の数が減じている理由を口にするよりも早く、その意味が明らかになった。ザザッ！　と坂の出口に騎馬城五体が飛び出てきたのである。

「別の道から回り込まれてたッてかい!?」

　前方の五体、ジャキッ！　と槍を構えた。

「面倒ッくせえッ！　どきゃあがれェッ！」

彦根城は坂を下る勢いのまま槍衾に突ッ込んだ！　滅多矢鱈に鉤爪をぶん回す！　手のつけられぬ大暴れこそが虎松の持ち味だ。さすがの騎馬城五体もザッと後退する。が、この隙に後続の機馬隊が迅速に動いて北へ続く道——すなわち二俣龍域方向へ回り込んでいた。

『うッわ！　マジかよ……！』

やむなく彦根城は南へ駆ける。二俣龍域とは逆方向だ。機馬隊は執拗に追ってくる。大きく引き離し、どこかで方向転換をはかりたいところ。しかし、騎馬隊どもはどうあっても彦根城を逃がさぬつもり。またも隊をふたつに分け、先回りさせている様子があった。

甲斐山中にて日夜猛獣を相手取っている狩猟闘争民族甲斐源氏。逃げる虎形城を追い詰める手際はまさに狩りそのもの。今、彦根城は追い立てられる一頭の獣だった。

案の定、迂回せんとした東の道の先から別の機馬隊が駆けてくるのが見える。

彦根城は首を西へ向け直した。二十四騎が横なりに大きく広がって、イヨイヨ彦根城の逃げ場を塞ぐ陣形！　彦根城は駆けるしかない！　駆けた！　駆けた！　駆けた！

「うおッ！」

急停止ッ！　彦根城の目の前に絶望的な光景が広がっていた。断崖絶壁がそこにある。西へ駆けた結果、天竜川にぶつかってしまったのである。ビョウビョウッと激しい川風が吹いていた。見下ろせば激流が渦巻いている。向こう岸は遥か遠い。到底跳び越えられる距離ではない。

振り返れば、扇状に広がった騎馬城たちが、ジワリジワリと距離を縮めていた。

一城一城が凶暴な龍氣光をその身より放出させ、ここで確実に彦根城を討ち倒す気ぶり。先程のように我武者羅に暴れたところで血路など開きようもない。

「飛べ、虎松」

忠勝が言った。

「ハ？　飛べッて、この崖からか？」

鐵城といえども飛び込んで無事に済む保証のない崖の高さ、流れの速さである。

「それよりほかに逃れるすべはない。飛べ」

「オイオイ、軍師だろオッサン。逃れるすべじゃなく、勝つすべを教えろッてんだよ……」

騎馬城どもが槍を構える音がした。今まさに彦根城へ一斉に突撃せんとしている。

「飛べッ！」

忠勝が急かしたのと、武田機馬隊が雄叫びを上げたのは同時であった。

『うおおおおおおおおおおッ！』

二十四の咆哮が合わさって、さながら一頭の超巨大な獅子が大咆哮を迸らせたかのようであった。真ッ赤な大波のごとく機馬隊が猛突撃で迫ってくる。

『チ、チックショオォォォォォッ！』

――彦根城が千尋の絶壁より身を躍らせた。

三

「二俣龍域が落とされた!? もう!?」

遠江国西南の敷知郡濵松龍域に到着した竹千代とさやかは、愕然となった。

今は日暮れである。武田が青崩峠を越えたのが早朝のこと。たったの一日しか経っていない。

榊原康政が、悔しげにこう漏らす。

「松平劣勢と見た遠江国の国人城主たちが続々と武田へ寝返っています。予想を上回る数の離反です。口惜しいですね……。戦前にあれだけ根回しをしていたのに……」

この濵松龍域を残し、遠江国のほとんどが一日にして武田の制圧下に落ちたのである。

「忠勝や虎松は……?」

「ここに……」

障子が開き、本多忠勝の巨体が現れた。その後にムスッとした顔の虎松もいる。

「溺れ死ぬかと思ったぜ。クッソ! 手も足もでなかった!」

虎松は苛立たしげに自らの太腿を叩いた。忠勝が頭を下げる。

「面目次第もござらん……。敵城に追われ、天竜川を渡って逃れてござる。救えた城は久野城のみ……。二俣龍域に戻ることも叶わず、オメオメと生き恥を晒すことになり申した……」

「イヤ、ふたりともよく生きて戻ってくれた」

心底からの労いを竹千代は口にした。

「それで、武田と戦ってみた感触はどうだった？」

「武田二十四将、一城一城が一騎当千という噂に誇張はござらん。強化改築した彦根城をしてようやくその一城と互角……。が、それよりも統制の高さが尋常ではござらんかった。我の強い甲斐源氏をここまで纏め上げる信玄公の武威をいやが上にも思い知らされましたぞ……」

「その信玄の城はどうだったんだ？」

　これに答えたのは虎松である。

「んなもん、見てねえやい」

「見てない？」

「アア。武田信玄の城なんつうご立派なもんは影も形も見えやしなかったぜ」

　ここでさやかが口を挟んだ。

「斥候に出てた忍びのみんなも、信玄さんのお城を、まだ見てないって言ってたよ」

「今回の西上作戦に信玄公は参戦していないということでしょうか？　まず二十四将を先行させ、東海道を制圧……織田との直接対決となったらイヨイヨ信玄公の登場とか……」

　と、康政が首を捻った。

「なんにせよだ」と、竹千代が一同を見回し「武田の次の標的はこの濵松龍域だ。ここを奪われれば遠江は完全に武田の手に落ち、三河への侵攻を許すことになる。この地だけは何としてでも死守するぞ！」

「ハハッ！」

　こうして、陽が昇る前に、竹千代は濵松龍域前に陣を布いたのだった。

　浜松城を筆頭に、彦根城や三河国人城主たちの諸城、百に及ぶ砦城が敷知郡の平野に整然と居並ぶ。土塁や空堀の他、馬防柵、掻盾などによって濵松龍域は鉄壁の守りとなっていた。

　武田を迎え撃つ万全の態勢が整っている。数だけならば松平軍が勝っていた。浜松城単体ならば二十四将個々の鐵城よりも上である。敵を十分にこちらへ引きつけ、防備を活かし、敵城の動きを削ぐ。浜松城と彦根城で敵の足並みを乱し、他の城で包囲するようにして圧し潰す。

（決して勝てぬ戦ではない！）

　こう竹千代は己へ言い聞かせる。

　白々と夜が明けてきた。すでに斥候の忍びより武田軍が二俣龍域を発った旨が伝えられている。間もなく武田軍が濵松龍域へ攻め寄せてくるのだ。

　松平方の誰もが息を呑んでその時を待っている。

「きたッ！」

　遥か地平の先に、赤い一団が見えた。馬塵を上げて進むその姿は紛うことなき武田の赤備え。

『まだ攻めるな！　十分に引きつけろッ！』

　緊張のあまり今にも飛び出していきそうな城主たちに竹千代は声を放った。

　皆、ジリジリと焦れながら、遠くに見える武田軍を瞬きすら忘れ凝然と睨みつけている。

(こい……こい……こい……)

竹千代は汗ばむ手で魂鋼刀を握りながら、心中でこう呟き続けていた。

(こい……こい……こい……こい……こい……こい……)

幾百回念じたろうか。ここで武田軍が実に意外な動きをした。

「こない……?」

地平線上に見えた武田軍が、松平軍を横目に、三河方向へ進んでいくのである。武田軍は濵松龍域のすぐ傍に姿を見せておきながら、攻めることなく通過せんとしていたのだ。

(なぜだ?　このまま三河に攻め込めば、三河国内に残してきた国人城主たちと俺たちの挟み撃ちを食らうぞ。龍氣の補充も二俣龍域に戻らなきゃできなくなるし……イヤ、待て)

竹千代は腰部陣間に通ずる護摩壇の火に呼びかけた。

「康政。三河国人衆は武田に寝返ったりはしないよな?」

護摩壇の火に榊原康政の顔が映り、歯切れ悪くこう言う。

『しないと、言いたいところですが、遠江国人衆の離反を見ると……』

「そうとも言い切れないか?」

『開戦前に文のやり取りをした感触ですが、奥三河の国人衆が様子見をしてる雰囲気でした。彼らの領地は武田領である信濃に近いですから慎重になっているんでしょうけど……』

「武田が三河に侵攻すれば、そいつらはどうなると思う?」

『……すでに調略が行われているなら武田へ寝返るかもしれません』

竹千代は苦い顔になった。

（そういうことか……。武田がこのまま三河に侵攻すれば、奥三河の国人衆が一気に松平から離反する。そうなれば、俺たちこそ濵松龍域に孤立する形になるぞ……。敵の狙いはそれか）

武田を見送ってはならない。三河へ侵入される前に武田を撃退せねば松平の負けなのだ。

「出陣するぞ！　討って出て武田を背後から追撃する！」

こう竹千代が意を決した時である。

「待って、竹千代、何かが〝変〟だよ」

さやかが制止した。さやかの〝変〟は侮れぬ。

「どうした？　何が変なんだ？」

「わかんない。でも……なんか変だよ」

驚異的な勘の鋭さのみで軍師を務めるさやかだが、自身の感づいた〝変〟を分析し、言語化する能力に乏しい。竹千代はさやかが言葉にするのを待ちたかった。

しかし、すでに赤い一軍は遥か西へ駆け去ろうとしている。決断を急がねばならない。

竹千代の腹が決まる。名乗り法螺貝へ口を寄せ、大音声で全軍に告げた。

『皆の者、出撃だッ！　武田に三河の地を一歩たりとも踏ませるなァァァッ！』

『おおおおおおおおッ！』

松平軍がドッと鬨(とき)の声を上げた。真ッ先に飛び出したのは、彦根(ひこね)城。遅れてならじと、他の鐵城(キャッスル)や砦城(フォオト)が雪崩(なだれ)出た。西へ走る武田軍の尻目がけて大津波のごとく突撃する。

武田機馬隊最後尾の騎馬城が、一時こちらを振り返った。と、すぐさま機馬隊の駆ける速度がグンッと上がる。こちらを振り切るつもりらしい。

『逃がすかよ、コンチキショーめッ！　一言坂(ひとことざか)での借りを返してやんだからよォッ！』

虎形(なり)に変形した彦根城が、ビュッと疾風のごとき速度で武田軍との距離を詰めていく。

先程の一度以来、武田軍は一城としてこちらを振り返らない。松平軍の足止めをしようとする城もまたない。ただただ松平軍を引き離すことに専念している。

「やっぱり変だ……」と、さやかが呟(つぶや)いた。「あたしたちを振り切りたいなら最初から全力で駆けていたはずだよ。追い駆けてから急に速度を上げた。どうして……？」

両軍の駆ける大地が緩やかな上り坂になってきた。この先は台地になっている。台地上は手つかずの広大な原野で〝三方ヶ原(みかたがはら)〟と、呼ばれていた。

追い追われる中、両軍はその三方ヶ原へと進入する。丈の高い雑草が生い茂り、ところどころに灌木(かんぼく)林が点在する物淋しい荒野である。ここでさやかがハッとなった。

「竹千代！　これ、誘い出されてるんじゃない!?」

直後、前方を駆けていた武田軍がパッと左右に散開した！　散るとともに、クルリと城首を返す！　突然のことに松平の諸城は一瞬戸惑い棒立ちになった！

この時、松平軍は武田軍を追うことによって列状になっている。その伸びきった無防備な隊列の両側面へ、驚くべき迅速さで武田機馬隊が回り込んだ！

『かかれえッ！』

雄叫びを上げて、武田の騎馬城が左右から圧し潰すように突撃してくる！

そう！　武田は鉄壁の守りの布かれた濵松龍域にいる松平軍を自軍の戦いやすい三方ヶ原まで誘導するため、わざと姿を見せて素通りしたのである！

竹千代は武田を迎え撃つために万全の準備をし、策を練っていた。だが、武田を追ってしまったがために、それらの準備と策は尽く用いることが叶わなくなったのである。

『うおおおおおおおおッ！』

鬼武者どもの大咆哮に松平方の城主のおよそ三分の一ほどが圧倒され、身が竦み動けなくなった。残る二分は乱れ戸惑い浮足立つ！　そこへ、ドドッ！　と、突きこまれる槍の先！　アッという間に数体の鐵城が槍の餌食となって落城する！

松平の諸城は猛速度で戦場を駆け巡る騎馬城に翻弄されていた。敵城から距離を取ろうと駆ける鐵城は即座に回り込まれ、胸板を無惨に突き通された！　取り囲まれ足並みのそろわぬ松平軍は機敏にして計画的に動く騎馬城たちの槍を受け、面白いように倒れていく！

『みんな落ち着いてッ！　数はこっちが上だよ！　一城だけで動かないで！』

さやかが戦場に声を放った。これに従い、味方と背中を合わせる松平方の諸城。

だが、その周囲を騎馬城たちはグルグルと旋回し、惑乱させて槍を繰り出す！　巧みな槍捌きを防ぎれずに、方々で討ち取られている！

大混乱の戦場で、彦根城が若武者形に戻り、鉤爪を振り回して必死で応戦していた。

『オラオラオラァ！　何匹でも同時にかかってきゃあがれッてんだァッ！』

駿脚を活かして走り回り、向かいくる騎馬城の槍を捌いている。しかし、無茶苦茶に暴れまわる虎松を敵方はまともに相手しない。代わる代わる刺突を繰り出し、即座に駆け抜けていく。彦根城は反撃の隙を与えられず、防戦を強いられていた。

『てやんでいッ！　逃げんじゃねえや、臆病もんがァッ！』

竹千代の浜松城にも敵城は同様の戦法で襲撃を繰り返してくる。浜松城の前方と後方より騎馬城が槍を振り回しながら、突撃してきた。交差する槍先を、名刀天叢雲で、ギインッ！　弾いた時には、すでに二城は遠く駆け抜け、次なる二城が即座に左右より猛進してきた。

『うおりゃああッ！』

裂帛の気合とともに、ふたつの槍先へぶつけるように刀を大振りに振る浜松城！　ドドッ！　と、叩き込まれた豪力が槍もろとも騎馬城二体を吹ッ飛ばした！

その二城、咄嗟に槍の柄で己を庇ったと見え、倒れた姿勢から俊敏に跳ね起きると、ひしゃげた城槍を投げ捨てて腰の城脇差を抜き身構える。

数体の騎馬城がジリジリと遠巻きに浜松城を囲んでいた。浜松城は体を軽く開き、右手一本で刀を握り、左手は相手を制するように突き出して、油断なく全体を見るでもなく見る。

隙のない浜松城の構えに、取り囲む騎馬城たちも攻めあぐね、ユックリと竹千代の周りを回るように移動した。死角にまわった一城が、タッ、地を蹴って、飛び込んでくる！

『りゃあッ！』

振り返りざまに放たれる浜松城の横薙ぎの一刀！　バサッ！　の音とともに伝わる確かな手ごたえ！　ブンブンと回転しながら中空に舞ったのは、騎馬城の槍持つ右腕！

竹千代は、周囲を取り巻く騎馬城を睨むように眺めまわした。

（大丈夫だ。一対一なら俺が強い！　一城ずつ撃破していけば勝てるぞ！）

そう心に思い定め、刀を構え直した。守りの構えから攻めの構えへ。

騎馬城たちが、ズズッ……と、僅かに後退を見せる。槍の構えも守りのそれに転じていた。

浜松城の放つ強大な龍氣に気圧されるものを覚えている。

『いくぜェエッ！』

竹千代が討って出んとした、その時だった。

「何をしておる、馬鹿者がァアアッ！」

雷鳴のごとき怒喝の声が戦場に響き渡った。

四

竹千代、のみならず松平武田両軍全ての人間が、今の一喝で動きを止めてしまった。

それほどの迫力と威厳とがその声に込められていたのである。

さらにこの一喝、名乗り法螺貝を通した時に生ずる独特の反響がなかった。

すなわち、生声だったのである。木魂すものとてない広大な三方ヶ原、鐵城同士が相争う騒擾の中で、一切の機器も用いずに発された声なのである。

「あれ……」

さやかが外界を映す大護摩壇を指差した。そこに一体の騎馬城が映っている。武田二十四将のひとり高坂昌信の海津城である。その頭頂に、ボウッと青く光放つものがあった。

人間が海津城の頭上に立っていたのである。高所ゆえ風も強く、戦の最中で不安定なその足場に、シッカリと、揺るぎない堂々たる仁王立ちを見せていた。

風を受ける焦げ茶色の髪は獅子の鬣を思わせ、さながら大獅子が鎧を着て直立しているかのようだった。右手に握るのは〝風林火山〟の金文字が描かれた軍配団扇。それが燦然と蒼い輝きを放っている。ただの軍配ではない。形こそ軍配だが、魂鋼刀だ。

男の燃え盛る眼光が、浜松城――イイヤ、浜松城の城眼を透かして竹千代へ向けられていた。

凄まじい威圧を竹千代は覚えている。生身の体にもかかわらず、その男の存在感は周囲のどの鐵城よりも大きかった。人の体で鐵城と同等以上の〝大きさ〟を備えている。

（……この感じ……同じだ……）

上杉謙信と対面した時と同じだけの〝大きさ〟を竹千代は男に見た。戦慄的に確信する。

「武田信玄……ッ！」

信玄はずっといた。搭城もせず、生身のまま海津城の頭頂に……！

フッ、と信玄が跳んだ。驚くべきことに高層の海津城の頭部より飛び降りたのである。

直後、ドドォーンッ！　と、鉄球でも落ちたかのごとき激震とともに信玄が大地に着地していた。大地にひび割れが生じているが、信玄自身は無傷でそこに膝立ちになっている。

「愚かなるぞ、松平竹千代公ッ！」

凄まじい大音声が信玄の口より発された。人間が発したとは思えぬ大声に、空気が震え、城内の竹千代の肌すらビリビリと刺激する。我知らず竹千代の身が仰け反った。

「貴殿はそれでも一軍の将かッ！　見回してみよッ！　兵はどうなっておるッ！」

『エ……？』

言われるままに広く戦場を見回せば、すでに松平の諸城はほぼ討ち取られ、壊滅状態だった。落城した城から脱出した足軽衆が逃げ惑っている。唯一無傷なのは彦根城のみだった。

「一軍の将が、己の戦いのみに熱を上げ、自軍の被害に気がつかぬとは笑止千万ッ！　勇に逸り、全軍へ目が行き届かぬなど愚将の極みぞッ！」

語りながら信玄は一歩一歩浜松城へ歩んでくる。生身で敵城へ歩み寄る無謀。しかし、それが無謀に感じられない。それどころか、信玄の百倍以上もある浜松城が後ずさっている。

足を止め、武田信玄が一際大きく声を放った。

「人は城、人は石垣、人は堀ッ！ 忠義の臣さえおれば城など無用なものなりッ！」

信玄が大きく手を広げた。あたかも周囲の二十四城こそが己のひとつの城であるかのごとく！ それゆえに己は搭城せず生身であるのだと誇示するがごとく！

「遠江の国人衆が瞬く間に俺へ寝返ったは、不義理ゆえではないぞ！ 我のみを押し通し臣下を顧みぬ、貴殿の未熟さが招いたことよッ！ このこと、しかと心得よッ！」

ここで、ニイィと信玄の口元に凶暴な笑みが生まれた。

「だが、貴殿のその〝熱〟を好ましくも思うぞ、竹千代公……」

獅子に狙い定められた草食獣のごとき悪寒が竹千代の体幹より滲み出る。

「主君としては未熟！ だが、一武士としての貴殿の熱は眩しいほどだ！ サアッ！」

信玄が踏み出す。浜松城が下がる。魂鋼刀を握る竹千代の身が震えを帯びていた。

「サア、見せてみよ、その熱を！ 俺へ貴殿の全力の熱をぶつけてみよッ！」

凄まじい気迫が信玄の肉体より放出され、竹千代の身を打つッ！

「サア！ サア！ サアッ！」

連続的な「サア」の声はさながら熱波！ 竹千代の内なる何かを激しく揺さぶった。

『ぬうううぅ……！』

浜松城の城剣が次第次第に上がっていく。竹千代自身、この動きを意識していない。信玄の一声一声が竹千代の潜在意識を震わせ、不覚筋動を生じさせていたのだ。

「サアッ！」

一際強いこの声が引き金となる。誘い込まれるように浜松城が動いた！　刀を振りかぶり、小さな武田信玄目がけて長大な城剣を叩き落とす！

ドッ！　と、武田信玄、微塵に打ち砕かれたかと思いきや——

「まだ熱が足りぬ……」

ヒヤッ……と冷たい汗が竹千代の顳顬を伝った。

巨大な刀身の下から信玄の声がした。竹千代やさやかを始め松平方の全人間が、眼前で展開された驚天動地の光景に、愕然と言葉を失う。

——信玄が軍配で城剣を受け止めていたのだ!?

「神代の神剣も、斯様に脆弱な熱ではなまくら同然……！」

信じられぬことを口にした武田信玄！　グッ！　と刀を受け止める腕に力を込める！

「ぬおりゃあああああッ！」

信玄の驚異的豪力が城剣ごと浜松城を、ドドドッ！　と、後方へ跳ね倒した!?

「とうとうたる定めに抗いたくば、全力の熱を見せてみよッ！　熱をもってして築くのだ、大河すら堰き止める大堤をッ！　俺は築いてきたぞ、運命の激流を制する信玄堤をッ！」

言い放つとともに、信玄が龍氣光に輝く軍配を天高く掲げた！

「人は城ォッ！　人は石垣ィッ！　人は堀ィィィィッ！」

ドガッ！　と、軍配を大地に突きたてる！

信玄を中心に稲妻状の軌跡を描き、輝きが大地を二十四方へと走り巡る！

光が騎馬城どもの足下へと到達！　脚部から全身へと伝導し、さらに光輝を増大させる！

煌々たる輝きの中で、騎馬城たちに幾何学的な切れ目が走り、仕掛け箱のそれを見るがごとく城体が割れ、スライドし、組み変わり、形を変え始めたではないか!?

『な、なんだ、これは……？』

変形を終えたものからスーッと滑るように信玄のいる場所へと集合し、機械音を響かせながら積み上がり始めた!?　高く高く、なお高く！　焔の堤が築き上げられていくかのごとく！

ついに二十四城全てが集合し尽く、青い光がパッと弾けるように掻き消えた！

そこに立っていたもの——イイヤ、聳え立っていたもの！

巨大と言ってもまだ足りぬほどに巨大な一体の鐵城がそこにいたのである！

二十四騎馬城が合体してひとつの城となった！　それはまさに「人は城」の体現！

高さは優に浜松城の五倍！　横幅もまた五倍！　燃える焔のごとき深紅の石垣装甲甲冑！

金色の角を有する赤鬼を模した前立を頂いた兜——諏訪法性兜には、豊かなヤクの白毛が鬣のごとくあしらわれ、城体より放出される猛気によってユラユラと乱れ揺らめいている！

太い腕が猛！　太い脚が猛！　太い肩が猛！　太い胸板が猛！　全身全霊猛威の権化！　猛

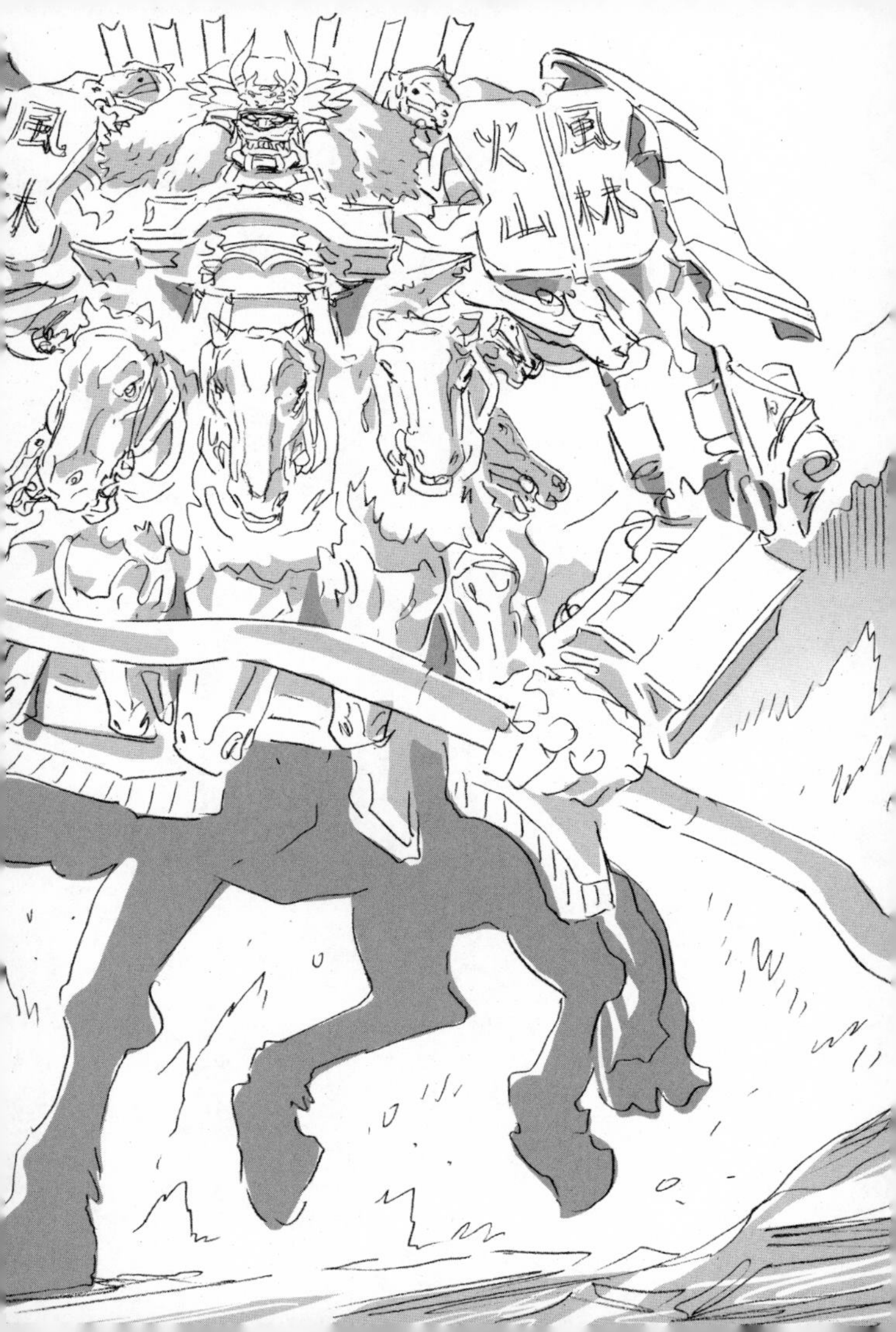
風林火山

威の大山とでも形容すべき超巨大鐵城！

オドロオドロオドロオドロオドロオドロッ！　と、陣太鼓が激しく打ち鳴らされた！

サア、括目せよ！　これぞまさしく――


――天下最強合体ッ！　〈烈麒王渾　躑躅ヶ崎〉三方ヶ原に顕現なァ〜りィ〜ッ！


オドロオドロオドロオドロオドロオドロッ、ドドドドォォォォォンッ！

サテ、この巨大城塞の天守では武田信玄が床几にドッカと座り、魂鋼軍配を床面の魔法円に突きたてつつ、城眼を通して足下の矮小な浜松城を見下ろしていた。

傍らに狸のごとく蹲り控える隻眼の男は、軍師山本勘助。

「珍しきことですな。躑躅ヶ崎館城をお出しになるのは、川中島以来ではございませぬか？　お言葉ですが、天下最強合体などせずとも、松平は倒せたと思うておったのですがノォ？」

青崩峠から三方ヶ原に至る武田軍の動きは、全てこの老獪な古狸の差配である。勘助はすでに必勝を確信していた。にもかかわらず躑躅ヶ崎館城を出したことに、不可解さを覚えている。

「サテサテ、お屋形様、これはいったい……」

と、ここまで口にし、勘助は信玄の眉間が苦しげにしかめられていることに気がついた。

「お、お屋形様!?」

信玄は自身の胸を握り潰さんばかりに押さえている。歯を食いしばった顔面に脂汗が浮いていた。巨体がワナワナと震えている。

「まさか、お屋形様、発作を……!?」

「ぬうッ!」

「ぬううう……」

信玄が力イッパイ己の胸を殴りつける。その衝撃が信玄の身の震えを霧散させた。ハアハアと肩で息をしてはいたが、顔からは脂汗がひいている。一呼吸吐き、こう言った。

「……案ずるな。大事ないわ……」

「生身で城剣を受け止めるなど、ご無理をなさるからですぞ。何ゆえ、あのような……」

「フッフッフッ……そうよな……。俺らしくもない。少々熱くなり過ぎたわ……」

答えた信玄を、勘助の隻眼が見つめていた。

(お屋形様は、松平公に肩入れしておられる……)

懇切丁寧なほど信玄は、竹千代へ己の力と信念とをむき出しに見せつけている。

松平竹千代は、心の臓に魂鋼が生じ、摘出し切れぬ魂鋼が未だに残り続けているとか。

実は、信玄もそうなのだ。信玄は心臓に魂鋼の生じた武士だったのである。

元服の日から、長い命ではないと言われてきた。若年の頃は刹那の生涯を輝かせてやらんと我武者羅に戦った。甲斐源氏を纏め上げ、並み居る周辺有力武将と鎬を削りながら信州や上州へ侵攻を繰り返した若き日の信玄は、今の竹千代と重なる。

信玄が竹千代へ語った言葉は、若く未熟だった己へかけてやりたい言葉なのだ。

（まるで、己の後継を育てんとするかのようではないか？）

頑強な肉体と精神によって心臓に爆弾を抱えながらも三十半ばまで生き永らえた信玄。

だが、最近になって発作が頻発している。四十は超せぬであろう。

信玄は己の修羅の生涯で得てきたものを誰かに残したく思っているのかもしれない……。

——サテ、竹千代である。

浜松城天守にて、竹千代は五体をわななかせていた。

「こ、これが……これが躑躅ケ崎館城……」

震える竹千代の唇より声が漏れ出る。

「フ……フフフ……フフ……」

なぜだろう。竹千代の声に笑いが混じる。さやかが心配そうに竹千代へ目をやった。

「すげえな……。アア、これが武田信玄か……。感動するほど恐いぜ……。フフフフ……感動したなら俺はもっと強くなれる。こいつを倒せば、俺は上へいける……」

言葉にするごとに竹千代の身に火照りが生まれる。信玄は「熱が足りぬ」と言っていた。目の前の巨城より放出される熱量を思えば、確かに竹千代の熱など温いばかり。だが、信玄の熱が、竹千代をさらに熱くさせている。この戦でどこまで熱くなれるかを期待する己がいた。

『虎松ッ！』と、竹千代は、法螺貝を用いて、呆然と立ち尽くす彦根城へ呼びかける。

『エ？　オ、オウ！　なんでいッ！』

虎松の声は、夢から覚めたかのようだった。虎松もまた圧倒され、喪神していたらしい。

『恐れるな』

『お、恐れてなんかいねえやい！　バッキャローッ！』

威勢を取り戻した虎松を、竹千代は頼もしく思う。

『デカくはなったが二十四の敵が一体になったと思え。むしろ戦いやすい。あのデカさだ。小回りも利かないだろう。俺とおまえのふたりでなら倒せる！』

『あったりめえだッ！　おいらひとりだって十分なぐらいでいッ！』

喚くと、彦根城が鉤爪を構えた。浜松城も天叢雲を正眼につける。

（敵城装甲の硬質さは並大抵のものじゃないな……。彦根城の鉤爪は通じないだろう。彦根城の敏捷さと暴れッぷりで隙を作り、俺の天叢雲で急所を突く……！）

以上の策を手早く脳内で組み立てた竹千代、魂鋼刀を握り直した。

感心したような信玄の声が、躑躅ヶ崎館城より漏れる。

『ホウ？　我が躑躅ヶ崎館城を前にしてなお戦意失わぬとは見上げたものよ。これは楽しみだ。その戦意、完膚なきまでに叩き折ってやるのがなァ……』

信玄の言葉が終わるか終わらぬか、タッ、と動いたものがある！　彦根城だ！

『うおりゃあああっ！』

猛速度の彦根城が赤い突風のごとく躑躅ヶ崎館城へと突撃していく！　浜松城も駆けた！　彦根城と浜松城、ふたつの流星が二方向より躑躅ヶ崎館城を挟み撃ちにする！　避けられるはずがない！　ならば受けるはず！　彦根城の執拗な連撃を受け続ければ、いずれ隙が生まれる！　それを見定め、一撃くれてやる！　そう竹千代は考えていた！　が――

――ドヒュッ！

彦根城の爪が空を掻いた。

『エッ!?』

避けられた!?　ナント、重々しく見えた躑躅ヶ崎館城の巨体が、残像の尾を引きつつ驚くべき俊敏さで彦根城の攻撃を回避したのである！　即座に反転し跳躍、追撃せんとする彦根城！　躱す躑躅ヶ崎館城の顔面目がけ鋭利な鉤爪を走らせる！　しかし、またも、ドヒュッ！　滑るように躱す躑躅ヶ崎館城！　躱した巨城の無防備な背中が、すぐ浜松城の目前に移動してきた！

ここぞッ！　と、浜松城、刀を逆袈裟に斬り上げる！　パッ、と躑躅ヶ崎館城が跳んだ！　と、見えたは一瞬！　瞬時にして躑躅ヶ崎館城は数町先へ着地していた。

予想もしなかった躑躅ヶ崎館城の敏捷力！　規模が大きくなればそのぶん機動力が落ちるのは鐵城力学の常識！　が、二十四城が合体した躑躅ヶ崎館城は内部に二十四の龍氣機関を搭載させている。超重量の巨体を縦横無尽に動かし得る龍氣増量を可能足らしめているのだ！

『クッソッ！　いくら速いッつッたって、おいらにゃ敵わねえだろうがァッ！』

彦根城がダッと飛び出していった。

『待てッ、虎松！』

竹千代の制止も聞かず、彦根城が猛進する！

フッと躑躅ヶ崎館城の巨体が掻き消えた！

『甲州流軍法〈疾如風打駆流〉ッ！』

――ドォッ！　と、音が遅れてやってきた。

『どわああああああああッ！』

悲鳴の尾を引いて、彦根城が遥か数里の果てに吹ッ飛んでいく！

何が起こったのか⁉　端的に語るならば、突進する彦根城を、躑躅ヶ崎館城もまた突進によって迎え討ち、当たり負けした彦根城が弾き飛ばされたということになる。

が、躑躅ヶ崎館城の突進は、傍で見ていた竹千代の目に一切捉えられなかった。さながら躑躅ヶ崎館城の巨体が一瞬消失し、彦根城の地点まで瞬間移動したかのごとく映ったのである⁉

躑躅ヶ崎館城は、脚部龍氣を超増幅させ、瞬間的に音速を超えてみせたのだ！

飛ばされた彦根城は数里の先で煙を上げながら動かなくなっていた。

『やられたのか……？　たった一撃で……？』

愕然となった竹千代。虎松と忠勝の安否が気になったが、いつまでも心を残しておく余裕はなかった。即座に城剣を構え直し、守りの姿勢を取る。と――

『いないッ!?』

巨大な躑躅ヶ崎館城が広大な三方ヶ原から忽然と消え失せていたのだ!? 飛んでいった彦根城へ目を向けたほんの一瞬の間に……!? 焦り、周囲を見回す浜松城。しかし、いない!

『甲州流軍法〈徐如林周徹底潜〉……』

不穏極まりない声が聞こえたのは浜松城の真後からだった。

ハッ、と振り返って、見えたのは大拳骨を凶暴に振りかぶった躑躅ヶ崎館城! 一切気配を感じられなかった! なんと見事な隠形の術! などという考えが浮かぶ間もなく――

――ドガァッ! と、重々しい一撃が、浜松城の背中に炸裂する! 背骨をへし折られたような衝撃に、浜松城の城体が大地へ叩きつけられた! 地を二度三度バウンドし、転がる。

浜松城内では、城体の損壊を告げる緊急法螺貝がけたたましく鳴り響き、警告行燈が赤く点滅していた。さやかが護摩壇の火に忙しなく指示を叫んでいる。

「みんな、無事!? 背部装甲に内部機巧の露出する損壊があるみたいだよ! 足軽大工衆のみんな、応急修築に当たって! 追撃がくるよ! 陀威那燃お願い!」

大地を震動させながら躑躅ヶ崎館城がドッドッドッと駆けてくる。

(な、なんだ……この強さは……ま、まるで太刀打ちできないぞ……。こ、こんなの……)

竹千代が浜松城を起き上がらせた時、躑躅ヶ崎館城はすでに数町の距離まで接近していた!

その右腕が真ッ青な龍氣炎によってギラギラと輝いている！　咄嗟に浜松城が城剣で身を守ったのは機転というより恐怖心のなせるわざ！

『甲州流軍法〈侵掠如火武剛咆〉ッ！』

直後、燃える拳が放たれた！　濃厚な龍氣エネルギーを込めた一拳が、盾とした城剣へと爆然と叩き込まれたッ！　受けたにもかかわらず、凄まじい衝撃！　衝撃だけで浜松城の前面装甲に亀裂が走る！　城内に伝わった波動が、足軽衆をも壁面へ叩きつけた！

倒れ転がった浜松城を確認すると、躑躅ヶ崎館城は即座に地を蹴って跳躍する！　巨体が軽々と宙へ舞う！　浜松城の真上で結跏趺坐の姿勢を取った！　カッ！　と、光輝を放つ！

『甲州流軍法〈不動如山暴爆下〉ァアアアッ！』

ようやく膝立ちまで起き上がった浜松城へ、輝く躑躅ヶ崎館城の巨体が降ってきた！

転がり直撃を避けた浜松城の真横に躑躅ヶ崎館城が落下する！　隕石衝突に等しい莫大な破壊エネルギーが落下地点より放射状に拡散した！　大破壊は三方ヶ原全土を呑み込む広範囲に及び、爆風によって灌木が根こそぎにされ、大地が内側より抉れ吹き飛ぶ！

しばし、濛々たる土煙が世界を覆い尽くしていたが、やがてそれが風に吹き流れた時、手つかずの原野であった三方ヶ原に、土と岩石だけの広大な擂り鉢状の穴ができていた。

この小惑星落下跡のごとき大穴の中心に、躑躅ヶ崎館城が佇立している。

その鋭い城眼が数里先――岩石に半ば埋もれつつも微かに動く浜松城を捉えていた。

信玄は、ニィ、と獰猛な笑みを浮かべ、躑躅ヶ崎館城を歩ませる。

一方、浜松城は、惨憺たる有様であった。石垣装甲が剝がれ落ち、内部機巧がところどころむき出しになっている。面部にも無惨な蜘蛛の巣状の罅が入っていた。

城内では、鳴りやまぬ緊急法螺貝音と警告行燈の点滅の中、足軽たちが倒れ呻いている。

天守ではさやかが床に投げ出されていた。起き上がろうとするが足首を痛めたらしく覚束ない。

竹千代は床面へ突き立てた魂鋼刀に縋りついている。目立った外傷は見られないが、肉体の傷以上に大きな負傷をその内面に受けていた。

(そんな……そんな……て……手も足もでない……)

躑躅ヶ崎館城を前にし、その肉と心とが燃え立っていたあの時点からまだ数分ほどしか経っていない。にもかかわらず、その時の熱がスッカリ竹千代の五体より失せ切っていた。

燃え盛る若武者の心を——何者にも屈せぬ主人公の勇気を、たったの数分！　それッぱかしの時間で武田信玄は圧し折ってしまったのだ！

感動すれば強くなる。乗り切ればさらなる高みに到達できる。そんな初々しい希望など抱きようもない。強くなったところで足下にも及ばなかった。乗り切るなど到底不可能だった。

消し炭のごとくなった心に宿ったのは深い恐怖と絶望である。

「さ……さやか……て……撤退だ……。撤退するぞ……」

「ウ……ウン……」

心を打ち砕かれたのはさやかも同様だった。

「み、みんな……撤退だよ……。他陣間のみんな、脚部陣間に増援にいってあげて……」

撤退に反対する者など一人としていなかった。即座に脚部を中心に龍氣が増幅される。

だが、ここで城内全ての人間を慄然とさせる事実が明らかになった。

「あ……脚が……右脚が動かないぞ……？　起き上がれない……」

竹千代の言葉に、さやかは絶句した。背面の曼荼羅を振り返る。仏の光が一か所消えていた。

「腰部と右脚部が損傷して、龍氣伝導が断絶されてるよ!?」

ズズンッ！　と、浜松城の背後より音がした。躑躅ヶ崎館城が歩んでくるのが見える。その巨大な姿は抗い得ぬ運命そのもの。粛々と迫りくる絶対破滅の化身として竹千代の目に映った。

「ア、アアアア……」

足下から頭頂まで悪寒がジワリジワリと這い上ってきた。

竹千代は動く浜松城の両腕を使って、なんとか這いずり逃げようとする。それで逃れられるはずもない。もはや何をしても無駄なのだ。

「アアアア……アアアアアアア……」

情けない声が竹千代の喉奥から発される。潔く死を選ぶという武士の魂まで破壊されていた。残された道は無様な死以外にないのである。目に涙が滲んだ。鼻汁が垂れて口まで伝った。

「アアアアアッ！　アアアアアアアアッ！」

ついに竹千代は泣きじゃくるように絶叫した。

ズズン……ズズン……ズズン……。一歩、一歩、また一歩……躑躅ヶ崎館城の強大な気配が接近してきた。死神の刻む時の音のごとく着実に足音は近くなる。

アア、あと一歩！　あと一歩で追いつかれる！　あと一歩足音が聞こえたら、それが人生の終焉の時なのだ！　アア！　アア！　アア！　アアアアアアッ！　と――

『そなた……何者だ？』

信玄が怪訝げな声を発した。

五

武田信玄は意外なものを目にしていた。

数町と迫った躑躅ヶ崎館城と浜松城の間――土と岩石の大地に誰かが立っていたのである。

目を凝らすと、それは煌びやかな打掛けを纏ったひとりの少女であった。

巨大な躑躅ヶ崎館城を前にして、その少女は恐れを抱いた様子も見せずに、平然とこちらを見上げている。まるで等身大の人形がそこに置かれているかのようだった。

戦場にはあまりにも不似合いなその少女に、信玄は一瞬、幻を見ているのかとすら思う。

だが、山本勘助がこう言ったことによって、それが己ひとりの幻視ではないとわかる。

「松平の姫君？　浜松城より脱出したのでしょうかノ？」

　脱出したというならば、全力でこの場より遠ざかろうとするはずだ。足下の少女は遠ざかるどころが、踏みつけられても仕方ない敵城の真ん前にボーッと立っているのである。

　やおら少女が両腕を広げた。まるで立ち塞がらんとするかのように。

　少女の口が動いていた。何か言っている。無論、聞き取れない。

　信玄は躑躅ヶ崎館城の聴覚を拡大させ、少女の声を拾った。

「……お退きなされ……。殿を殺めさせは致しませぬ。お退きなされ……」

　ボソボソとこう言っていた。フッ、とようやく信玄の口元に笑みが生まれる。

「誰かは知らぬが、松平の縁者であろう……。己を盾にして竹千代公を守らんとするとは、ナカナカに勇ましい。武家の女とはそうあるべきよ。が――」

　信玄の眼差しに鋭さが生まれた。

「女人なれば情けを見せると思うは大間違いぞ！」

　ムウッ！　と、躑躅ヶ崎館城より濃密な猛気が漲った。必殺の軍法で少女ごと浜松城を粉砕するつもりである。非情とは思わぬ。むしろ勇敢な少女に対する信玄なりの敬意であった。

　桁外れの龍氣増大によって躑躅ヶ崎館城の周辺に強烈な龍氣場が発生し、周囲の岩々が中空へ浮き上がる。龍氣場の真ん前に生身で立つ少女もまた強い圧迫感を覚えているはずだ。

「あくまで殿を殺めるおつもりか……？」

少女が呟いた。しかし、もはや少女の声を信玄は聞いていない。

『引導を渡してくれるぞ、竹千代公！　甲州流軍法……』

躑躅ヶ崎館城が輝く右拳を高らかと振り上げた！　この時である。

「なれば、このお市、手段は選びませぬぞ……」

ガラス玉のようだった少女の瞳の内に、蒼く冷たい光が煌めいた！　途端――！

『ぬッ……ぬぐッ……』

呻き声とともに躑躅ヶ崎館城の動きが止まった。ハッと山本勘助が真隣の信玄を見る。

「お、お屋形様!?」

信玄が胸を押さえていた。目玉をひんむき満面に苦悶を浮かべている。

「ぬうううううッ！　う、うぐうううむッ！」

「発作!?　発作にございまするか!?」

信玄が拳骨を作って、己の胸をぶッ叩いた！　幾度も幾度もぶッ叩いた！　衝撃を与えることで、強引に乱れた心臓の拍動を正常なものへ戻そうとしているのである。

が、幾度叩いても治まらない。むしろ、ますます悪化していく。

「暴れよ……。胸の龍氣よ、存分に暴れよ……」

少女の呟き声が妖しく天守に響き渡る。少女の双眸が冷たく煌々と輝きを放っていた。

（こ、この娘……？　まさかこの小娘が、お、俺の心臓を……!?）

歯を食いしばり、キッ！　と、信玄は少女を睨み返すと――

「うおおおおッ！」

渾身の力を込めて、再度胸を殴りつけた！　直後、治まるどころか、心の臓を鷲掴みにされたような激痛が襲ってくる。少女の瞳は、いっそう爛々と輝きを増していた。

呼吸ができなくなる。顔面が青紫色に染まる。

「おおおおお……お、お、お、おおおおお……！　こ、こんな……！」

信玄の視界が霞み、白濁としてきた。意識が遠のく。

「こんな……こんな……！」

床几より、ノッソリと信玄は立ち上がった。瞳が虚ろになっている。何かを求めるように前へと手を突きだし、ヨロヨロと数歩進んだ。

「こ、こ、こんな……こんな場所で……お、お、終わって……なる……」

信玄の巨体が揺らぎ、ドドオオンッ！　と、前のめりにぶッ倒れた。

「お、お屋形様！」

勘助が倒れた信玄に縋りついた。信玄はなおも震える手を前へ伸ばす。

「い……いくのだ……。きょ……京へ……謙信公が……ま、待って……い……」

糸の切れたように手が落ちた。奇しくも信玄の手は西――京へと向いていた。

勘助の顔が青ざめる。信玄の手首を取って脈を診た。――脈動がない！

「イ、イカン！　すぐに蘇生を……」

勘助が力無く重い信玄の体を仰向けに返そうとした時である。

『勘助殿！　何があった!?』

床几横の護摩壇の火より武田武将の声が上がった。

『お屋形様は、何ゆえ浜松城への攻撃を止められた!?』

『何ゆえ黙っておるのだ！　勘助殿、答えられよ！』

周囲の護摩壇より、次々と押し寄せる動揺の声の中、勘助はワナワナと身を震わせた。

「方々！　お屋形様がお倒れになった！　医師をすぐに天守へ！　戦？　戦はやめじゃ！　それどころではない！　撤退！　撤退じゃあッ！」

勘助の絶叫は、躑躅ヶ崎館城を構成する二十四城全ての城主、足軽へと響き渡った……。

六

同時刻、北陸では上杉軍が加賀を発って京へ向けて進軍していた。

上杉の諸城が列を成して進む中、一際勇壮で美しく見えるのは上杉謙信の春日山城である。

その春日山城が、フイに歩みを止めた。

前触れもなく停止した春日山城天守では、上杉謙信が黙然と床几へ座している。表情にはどこか沈痛なものがあった。傍らにいた直江兼続が怪訝げに尋ねる。

「お実城様、如何されました？　何ゆえ、城をお停めなさったのです？」

謙信はナカナカ答えない。何事か深く考えているようだった。やがてこう言う。

「……たった今、信玄公が逝かれた」

「エ？」

「上洛する意味はなくなった。越後へ戻ろう」

「エ？　エ？　お待ちください。何ゆえ、信玄公が亡くなられたと……？」

すでに謙信は春日山城を東へと向け直していた。主君の鐵城が引き返し始め、上杉軍の諸城主は戸惑いだす。やむなく直江兼続は名乗り法螺貝で謙信の意思を全軍へ伝えた。

上杉軍が方向転換し、北陸道を引き返していく……。

（アア、信玄公よ。貴殿といえども、とうとうたる時の流れには抗い切れなんだか……。天上の道理は我と貴殿の上洛を望んではおられぬよう……）

フト、謙信の脳裡に浮かんだものがある。手取川合戦前夜に訪ねてきた若き三河の当主の姿……。まだ未熟で荒削りながらも、内に猛き焔を宿した青年……。青年は語っていた。

――天下分け目の決戦を日本中のやつらに見せつけてやるのは、この松平竹千代だッ！

（そうか……。これからは若き者たちの時代か……）

謙信は溜息を吐き、小さく呟いた。

「京は虚しき夢であったな。信玄公――我が友よ……」

軍神の頬に涙が伝った……。

【武田再征長篠設楽ヶ原合戦】

一

夜の京を明智光秀が歩いていた。

まだ宵の口、往来には人通りがある。むしろ酔人や煌びやかに着飾った遊女たちによって妖しい賑わいすらあった。だが、光秀の目は、そういう京の夜景を映していない。

今、光秀は配下の忍びを用いて調べ上げた驚くべき事実に心乱れていたのである。

(荒木村重殿が摂津池田の家臣であった頃、魂鋼を身に宿さぬ体質であったというのはまことだった……。松永久秀殿も元は商人であり武士の血は引いていなかった……)

さらに、二名には驚くべき共通点があった。

(荒木殿は利休殿の弟子……。松永殿もかつて堺にて利休殿から茶の教えを受けていた……)

まるで千利休がふたりに鐵城を操る力を与えたかのようではないか……？

(望む己になるわびさびの茶……？　そんなことが可能なのか……？)

このようなことを悶々と考え、光秀はほとんど無意識裡に歩み、それでも足が覚えていた目的地へときちんと到着する。光秀はある寺の前まできていた。

——〝本能寺〟という寺である。

油小路の東に位置し、およそ一町四方の寺域を持つ寺だ。種子島や、南蛮貿易の盛んな堺に多くの宗徒を抱えており、滞在する門徒にも、南蛮兵器製造の技術者が多い。

織田信長は、とある理由でこの本能寺を京滞在中の宿舎として選んでいる。

光秀は本能寺の門を潜り、七院ある塔頭のひとつへ入った。廊下を歩み、奥にあるひと間に入ると、光秀は床の間の掛け軸をめくる。壁から鎖が突き出ていた。それを引ッ張る。

ゴウンッ、と室が揺れた。微かな浮遊感を光秀は覚える。室が自動的に下がっているのだ。長い降下時間の後、ひとつ震動があり絡繰りが止まる。ビーッと音が鳴り、自動障子が開いた。

そこに広がっていたのは、東寺の五重塔がスッポリ入るほど広く高い空間である。

壁面には木製の足場が組まれ、僧形の技術者たちが作業に当たっていた。

中央に高らかと聳え立っているものがある。刀だ。巨大な刀が柄を下にして立っているのである。それこそ五重塔ほどの大きさのあるこの刀は、鐵城の扱う城剣に違いない。

鏡のような刀身が煌々と青く神秘的に明滅している。それは心臓の拍動を思わせ、さながら意思を持ち生きているかのようだった。長く見つめれば、魅入られ、跪きたくなるような妖しい神威を備えている。人の手によって鍛えられた刀ではない。神の手により鍛えられた刀——

——〝草薙剣〟であった。

刀身に無数の管が接続され、十数ほども周辺に配置された武骨な絡繰り装置と繋がっている。その尽くが本来鐵城の原動機として用いられる龍氣機関であった。

織田が草薙剣を手にしているという竹千代の予想は当たっていたのである。

熱田神宮に眠っていた草薙剣を我が物とした信長は、初めその強大な力を戦に用いていた。美濃を攻め滅ぼし、三好長慶を討伐したのは草薙剣の神力によるものである。

しかし、今、信長は、それを合戦には用いていない。では、何を用いているのか?

光秀は、草薙剣の前に立つふたりの人物に目がいく。

ひとりは織田信長、もうひとりは織田四天王のひとり丹羽長秀であった。

「光秀、きたか」

信長が振り返り、ニッと笑った。機嫌がいいようである。

「遅れて申し訳ありません」

「気にするな、いささか俺が早かった」

こう言って、信長は草薙剣を恍惚の眼差しで見上げた。

「光秀、見よ。イヨイヨ、完成だぞ。〈天下布武本能寺種子島砲〉が、イヨイヨな……」

丹羽長秀が紳士的な微笑みを称えながら口を開いた。

「私の推測通り、やはり草薙剣はただの城剣ではありませんでしたな。『古事記』にある禍津神の軍勢を瞬時に壊滅させたという記述から草薙・天叢雲両剣が大量破壊兵器であったことは明らか。その本来の用い方を我ら織田が復活させたのです」

本能寺の宗徒たちを指揮し、この大絡繰りを造り上げたのは、織田随一の改築の名手、丹羽長秀であった。信長が京を制圧してより一年、長秀はこの兵器の開発に尽力していたのである。

「とはいえ、射程範囲は未だ畿内に留まっております。完成にはほど遠くございますな」

「だが、撃てるようにはなった。そうだな？」

「ハ。試射はまだでございますが……」

信長は今一度光秀へご機嫌な顔を向ける。

「そういうわけだ、光秀」

「おめでとうございます。上様の天下統一にまた一歩近づきましたな」

と、言った光秀だったが、内心では複雑だった。

（神代の神剣をこのように利用するのは不敬が過ぎるのではないか？　イヤ、この兵器は人の扱う範疇を超えてはいまいか？　このようなものを造りだすこと自体が神への冒涜……）

「それでだな、光秀、本日、さっそく試射を行ってみようと思うておるのだ」

何となく口にした信長の言葉に、光秀は仰天した。

「試射!?　う、撃たれるのですか？　こ、今宵!?　天下布武本能寺種子島砲はあくまでも反織田勢力への抑止力であり、無闇に使うつもりはないと仰っておられたでは……!?」

「抑止とするためには、その威力を知らしめてやらねばなるまい。ちょうどいい標的もある」

「ひょ……標的？　ただ撃つだけでなく……何者かを攻撃なされるというのですか？」

「無論だ。そうでなければ意味がない」

アッサリ答えて、信長は丹羽長秀へ顔を向けた。

「長秀、比叡山は狙えるか？」

「エッ!?　比叡山にございますか？」

これには、丹羽長秀も狼狽を隠せなかった。

「上様、試射の標的として比叡山を……？　いささかそれは……」

比叡山は、京の北東に位置する霊山で、全域が総本山延暦寺の境内となっている。

「フン。比叡山の坊主どもは以前より三好や六角、朝倉どもの残党を匿い、力を貸している。京の間近にあの坊主どもが居座り続けるのは目障りよ。討ち滅ぼさねばなるまい」

確かに比叡山の僧侶たちは、反信長勢力に加担している。僧侶自身武装しており、山内の坊舎の多くは砦城であった。また多くの霊山がそうであるように比叡山は龍域でもある。京を攻めんとする勢力にとって格好の軍事的拠点と成り得るのだ。

「で、ですが、上様！　比叡山は聖域にございますぞ！」

堪らず光秀が叫んだ。ギロッと信長が光秀を睨む。

「そう、その聖域よ。坊主どもは、聖域をよいことに攻められぬと高をくくっておる。ゆえに増長するのだ。思い知らせてやらねばなるまい。織田は仏罰など恐れはせぬとな」

「いけませせぬ！　それだけはいけませせぬ！　左様なことをなされては、神州全土の宗徒より仏敵と見なされましょうぞ！　抑止どころか敵を増やすだけにございます！」

「増えるならば増えればいい。俺は常より申しておる。気に食わねばかかってこいとな」

「それは相手によりまする！　比叡山を侵すのはおよしくだされ！」

「光秀ッ！」

信長が光秀の襟首を引ッ摑んだ。底冷えのする声で問いかける。

「俺に意見するのか？」

「わ、私は、ただ……比叡山に手を出すのは……あ、悪手であると……申し上げておるのです……。左様なことすらご理解……いただけませぬか？」

ピクリと信長の額で癇筋が動いた。光秀は思い切って声を張り上げる。

「ご理解いただけぬならば、それはただの暴君ですぞ！　非情な破壊者に過ぎませ……」

直後、信長の鋼鉄の握り拳が光秀の顔面に炸裂した。

床へ叩き倒された光秀は、眼鏡が割れ、鼻血を流し、両目が結膜下出血を起こして真ッ赤になっている。鼻を押さえて呻く光秀へ、信長は侮蔑的に目線を落とした。

「意見したくばせよ。ただし押し通すだけの力が無くば聞き入れぬがな……」

何も言い返さぬ光秀だったが、その内面にはムラムラと激しいものが渦巻いていた。

（力が無くば聞き入れぬ……？　力無きものの言葉は蔑ろにすると……？）

信長は、光秀への暴力などなかったかのように、平然と丹羽長秀へ向き直った。

「サア、長秀(ながひで)、支度せよ」

先程の打擲(ちょうちゃく)を見せられては、丹羽(にわ)長秀も逆らうことなどできなかった。

長秀は、草薙剣(クサナギノツルギ)の前に据(す)え置かれた卓状の機器へと歩んでいくと、取りつけられた算盤(そろばん)の珠をパチパチと弾いて座標を入力する。ボウッ……と、周辺の龍氣(りゅうき)機関が光を強めた。床面に鐵城(キャッスル)の天守にあるものとよく似た光の魔法円が浮き上がる。

「し、支度が整ってございます。これへ」

頷(うなず)き、信長(のぶなが)が魔法円へと歩んだ。円の内へ入ると腰の魂鋼刀(たまがねとう)を抜く。

「起動せよ！　天下布武本能寺種子島砲(てんかふぶほんのうじたねがしまほう)！」

魔法円の中心に魂鋼刀を突き立てた！　途端、草薙剣(クサナギノツルギ)の輝きが高まる。空間が眩(まばゆ)いばかりとなり、丹羽長秀や僧形(そうぎょう)の技術者、そして明智光秀(あけちみつひで)も目を眇(すが)めた。

強烈な光の中、ゴオンゴオンゴオン……と、夥(おびただ)しい数の機巧(メカニズム)が起動する鈍い音が響く。

本能寺を上空から見下ろせば、その寺域がふたつに割れ、輝く草薙剣(クサナギノツルギ)が迫(せ)り出してくるのが見えただろう。複数の龍氣機関にて増幅された濃密な龍氣が、草薙剣(クサナギノツルギ)に伝導し、さらにそこで超増幅されていた。濃厚膨大な龍氣が徐々に徐々に切ッ先へと集まっていく。

極限まで龍氣が高まり、凝縮された時、信長が大音声(だいおんじょう)を張り上げた！

「発射ァァアッ！」

直後、ドオッ！　と、刀身に集中していた龍氣光が上空高く打ち上げられた！　本能寺より射出された赫々たる光球に、京洛の人々は度肝を抜かれて夜空を仰いだことだろう。

光球は高く高く上昇し、雲すらも突き抜ける！　そこで放物線を描くと、今度は急降下！

光球の落ちていく先は、京の北東――比叡山のある位置であった！

カッ！　と、夜の京が一瞬真昼のごとく明るくなる。一瞬遅れて――

――ドドドドドオオオオオオオン！

轟然たる爆音が鳴り渡った。京の人々は見る。比叡山が赤々とした焔に包まれているのを

……！　比叡山全域が灼熱の業火に包まれ、火の山と化していた。堂宇や坊舎は一棟として

無事ではあるまい。そこに滞在していた僧侶たちもまた……。

これが織田の超兵器――〝天下布武本能寺種子島砲〟！

複数の龍氣機関と草薙剣を接続し、神剣の持つ龍氣超増幅作用を利用して、遠方の対象を

爆撃する。破壊力が桁違いなのは比叡山の惨状を見れば明らかだが、それにも増して射程距離

の広範さこそが規格外であった。現在の射程範囲は、畿内に留まっているが、理論上は神州

全土――南は九州薩摩、北は蝦夷地に至るまで破壊的光球を落とすことができるのだ！

「ワハハハハハッ！　燃えておるわ、比叡山が！　ワハハハハハッ！」

光秀は真ッ赤に染まった双眸を見開き、哄笑を迸らせる信長の背を凝視していた。

（魔王信長！　この御方に……この御方には太平の世を築くことなどできぬ……！　この御

方は神州の大地を焦土に変えることしかできぬ……！　できぬ！　できぬ！）

明智光秀の胸中に、ある決意が明確に形を成したのはこの時であった。

二

竹千代が三方ヶ原を駆けている。

背後より巨大で圧倒的なものが迫っていた。赤々と燃えるそれは躑躅ヶ崎館城である。

全力で足を動かすのだが——どうしたことだろう？　駆けても駆けても三方ヶ原を出られぬのだ。さながら遠江の片隅のこの原っぱが永劫の果てまで続いているかのごとく。

躑躅ヶ崎館城がもう真後ろまできていた。巨城の影が竹千代を呑み込む……！

「うわあああああああああッ！」

絶叫とともに跳ね起きた。枕元の刀を引ッ摑むと、それを抱きしめて震える。

周囲は薄暗い。そして静かであった。ここでようやく竹千代は気がつく。

「ゆ……夢……？」

浜松城の寝間である。心底、竹千代は安堵した。激しく動悸する心臓を深呼吸で整える。

予期せぬ武田軍の撤退から日が経っていた。

三方ヶ原の合戦では味方に甚大な被害が出、多くの鐵城がまだ修築途中である。松平方の大敗と言っていい。それにもかかわらず武田は軍を返した。

上杉が上洛を取りやめ越後へ帰還したと聞く。武田の不可解な撤退の理由を上杉に備えるためだと言う者もいたが、同日に進軍をやめた上杉の動きを武田が知り得たとは思えない。また、今一歩まで追いつめた浜松城にトドメを刺さなかった理由にもならないだろう。

謎であった。とはいえ、謎だ謎だと首を傾げていても仕方がない。

再び武田が攻めてきた時、どう迎え撃つかを考えねばならなかった。

「た、武田が……また攻めてくる……？」

これを思った時、強烈な恐怖が竹千代の心奥より湧き起こった。

三方ヶ原での大敗の記憶が竹千代の心中に焼きついて消えてくれない。

数も策も技も心も若さも……全く武田信玄には通用しなかった。

信玄が脅かしたのは、竹千代の生命のみではない。自信、勇気、希望、信念、野心、矜持、情熱……そういった竹千代の根幹と言えるものを完膚なきまでに圧し折ったのである。

（天下に名乗りを上げるなど……井の中の蛙だった……）

駿遠三の三国を統一したぐらいで調子に乗っていた。越後上杉は言うまでもなく、相模北条、中国毛利と、天下には武田に匹敵する大名がまだまだ存在している。自分ごときがそれらの群雄に肩を並べることなどできようはずがないと考えてしまうのだ……。

「俺はまだ戦っていけるのだろうか……」

竹千代の胸の鋼鉄の城は、今まさに落城せんとしていたのである……。

フト、竹千代は人の気配を感じた。

寝間の障子が僅かに開き、その向こう側から誰かが竹千代を見つめている。暗い中、薄らと障子に映る小柄なシルエットから、竹千代はそれが誰であるかを察した。

カタリ、と障子が恥じ入るように閉じる。竹千代は苦笑した。

「いい、お市。入ってくれ」

オズオズと障子が開く。お市が広縁に座っていた。

「申し訳ありませぬ。何やらお声が聞こえましたので……」

頭を下げた。飛び起きた時の悲鳴がお市まで届いてしまったのだろう。

「ビックリさせて悪い。チョット悪い夢を見て魘されていただけなんだ」

お市は無言のまま頭を下げ続けていた。そんなお市へ、竹千代はこう尋ねる。

「……ナア、お市、あの時、おまえは三方ヶ原で何をやったんだ？」

武田が撤退した時、お市は浜松城を庇うように城外に立っていた。まるでお市が躑躅ヶ崎館城を追い返したかのように思えたのである。

「……申し訳ございませぬ」

と、お市は答えにならぬ答えを返しただけだった。

考えてみればお市にあの強大な躑躅ヶ崎館城を追い返せるはずもない。ただ、お市が自分を守ろうとしてくれたのだけは確かだろう。それに感謝するとともに危うさも覚えた。

「お市、岐阜へ戻れ」

努めて優しい声で竹千代は言った。

「武田はまた攻めてくる。今度こそ松平(まつだいら)は滅ぼされてしまう。その前に岐阜へ帰るんだ……」

「武田には勝てぬのですか？」

「勝てないだろうな……」

「武田が恐(こわ)いのですか？」

「恐い」

竹千代は、泣き笑いのような顔になった。

「三方ヶ原を夢に見ぬ日はない……。瞼(まぶた)を閉じれば、それだけであの躑躅ヶ崎館城の姿が浮かんでくる……。身が震える……。胸の動悸(どうき)が止まらなくなる……。恐い！　俺は恐い！」

実際に、三方ヶ原の記憶が脳裏に蘇(よみがえ)り、竹千代の身が震えを帯び始める。

ガタガタと青ざめる竹千代を、お市は無表情に眺め、こう言った。

「勇敢な時はどこまでも勇敢で……臆病(おくびょう)な時はどこまでも臆病……」

竹千代は、キッとお市を睨(にら)む。

「そうだ。俺は臆病者(おくびょうもの)だ。失望したろう？　岐阜へ戻れ！　もっと強い男の元へいけ！」

「イイエ」

キッパリとお市が言った。

「失望など致しません。むしろ好ましく思うてございます」

意外な言葉に、竹千代はお市を見つめ返す。

「あなた様は上を向いても下を向いても全力で感情を高ぶらせる……。わらわにはそれがありませぬ。ゆえに、わらわの目に、殿は眩しく、愛おしく映っておりまする……」

お市が竹千代へ躄り寄った。その白く華奢な手が伸び、竹千代の胸に触れる。

「殿のここは、未だ激しく燃えておられる。それが見えており、聞こえております……」

お市は竹千代の胸から手を離し、自身の胸へ当てた。

「その殿の火が、わらわのここにも移ったようにございます」

「お市に……？」

「殿は己を持たぬ者は松平にはいらぬと仰られましたな？　以前なれば、岐阜へ戻れと言われれば戻ったでしょう。強い男の元へいけと言われればいったでしょう。ですが――」

この時、竹千代はお市のガラス玉の瞳の内に初めて強い感情の光を見た。

「――今は真ッ平御免にございます」

「お市……」

「岐阜に戻るなど嫌です。他の男のところになどいきたくありませぬ。この三河がよい。竹千代様でなくては嫌にございます。松平が滅びるというならば、運命を共に致します」

ここまで言い切ると、お市は深々と頭を下げた。

「これがわらわの〝己〟にございます。松平に置いてくださりましょうか？」

竹千代は啞然となった。人形のようであったお市の、ここまで強い感情に戸惑ってしまう。

だが、気がつけば胸の内が微かに熱いことに気がつく。

先程お市に触れられた——未だ燃えていると教えられた場所だった……。

三

「俺はまだ戦っていけるのだろうか……」

石田佐吉が鬱然と呟いた。佐吉自身意識せぬうちに零れ出た呟きである。

目の前の布団には、骸骨のように痩せ細った竹中半兵衛が瞼を閉じて横たわっていた。眠っているのだが、その寝息がゼエゼエと苦しげである。

墨俣城の一室であった。佐吉がこの中央播磨の茶臼山に戻ったのはつい先程のことである。

昨日、ようやく美嚢郡三木城の別所長治が降伏した。

別所長治は籠城を続け、時を稼げば、京へ上杉と武田が攻め込むであろうと読んでいたらしい。そうなれば秀吉は京へ引き返さねばならなくなり、その背後を突く算段だったのだとか。

しかし、武田も上杉も上洛途中でなぜか自国へと引き返してしまった。先の見えなくなった別所長治は開城を決断せざるを得なくなったのである。

また三木城包囲中、当主直家を失った備前宇喜多家が織田へ降る旨を申し出てきた。官兵衛が幾度も文で誘いをかけた結果である。これで秀吉軍は播磨と備前を攻略したことになる。

次はイヨイヨ備中だ。待ち受ける最後の難敵は、備中高松城主清水宗治。これを落とせば、毛利も安芸から出てこざるを得まい。織田と毛利の直接対決が始まるのである。

本来ならば奮い立ってもよい状況。だが佐吉の心は暗澹としていた。

(全ては官兵衛の思惑通りに進んでいく……)

鹿之介の死が堪えていた。尼子再興を七難八苦の先に信じていた彼の死は、いつの日か望む己に到達できると信じ悪戦苦闘する佐吉へ、その奮闘が無為なものであることを思い知らせた。

「世は一部の才ある者の思惑で進んでいきます。才無き者、力無き者を置き去りにして……」

眠る竹中半兵衛に、佐吉は小声で語りかける。

意識のない半兵衛に聞こえるはずもない。ただ、己の思いをどこかに吐露したかった。

「俺がいくらもがいたところで、才ある者の歩みには追いつけぬのでしょうか……。半兵衛殿が御自身の後継に、俺ではなく官兵衛を選ばれたのは、そういうことなのでしょうか……」

佐吉は膝に置いた握り拳をギュッと握りしめた。

「ならば俺がここにいる意味はなんなのでしょう？　俺の歩みは無為なのでしょうか？」

佐吉の顔が歪んだ。涙が滲み出る。

「お……俺は……もう戦っていけませぬ……。戦うことに……意味を見出だせませせぬ……」

己が惨めで惨めで仕方がなかった。もうこれ以上は言葉すら出てこなかった。

どれほどの時間、佐吉はそうしていたろう。

　フト、気がつくと半兵衛の瞼が開いていた。

「ア……。起こしてしまいましたか？　すみませぬ。すぐに退出致しますゆえ……」

「佐吉さん……すみません……」

　立ち上がろうとした佐吉を、半兵衛のかぼそい声が止めた。

「私が勝手に決めたことが……佐吉さんを……苦しめていたんですね……」

　先程までの呟きを聞かれていたことに気がつき、佐吉は恥じ入った。

「ざ、戯言と聞き流し、忘れてくだされ」

「すみませんね……」と、なおも半兵衛は詫びる。

「私にはそういうことが……わからない……。人というものを……軍略の上でしか……理解できない……。私自身の命すら……盤上の駒としか見ることができない……。だから……」

「は、半兵衛殿。もう結構にございます。どうかお休みになってください」

「だから……すみません……。佐吉さんに何も残してやることが……できないんです……」

「何を仰いますか。俺は、半兵衛様に多くのものを……」

「イイエ。何も……残していません……。伝えられていません……。だから……私は……」

　半兵衛の重病人とは思えぬ澄んだ眼差しが、佐吉を見た。

「――官兵衛殿に、あなたのことを任せました……」

　佐吉は半兵衛の言葉の意味がわからなかった。

「……官兵衛殿は……佐吉さんに……よく似ていますから……」

「お、俺があの男と？」

心外であった。あんな男と自分が似ているものかと、憤りすら覚える。

「佐吉さんは……官兵衛殿を……誤解していますよ……。佐吉さんを……じれったく思って……どうしていいのかわからず……ああいう態度を取ってしまって……いるんです……」

「俺をじれったく……？」

「やはり御自身に……佐吉さんが似ているから……」

「に、似てなどいませぬ！」

「よく似ていますよ。その胸の内の火が……。官兵衛殿の軍才は……生まれながらのものではないでしょう……。苦しみ……もがき……胸の内を燃え上がらせて手にしたものです……」

半兵衛は、コホッと軽く咳き込んだ。

「火を持つ者にしか……至れぬ境地がある……。その境地へ佐吉さんを導くことができるのは……官兵衛殿だけです……。だから官兵衛殿に……あとを任せました……」

半兵衛と官兵衛——二名の軍師が初めに顔を合わせた時、半兵衛は官兵衛に「あとを任せてもよいか」と尋ねていた。官兵衛は「そのために主家を捨ててまできた」と答えた。

——任せたものには、佐吉も含まれていた。

「佐吉さん……。官兵衛殿は不器用な御仁です……。己の背中を見せることでしか……何かを人に伝えることができぬのでしょう……。その背中に……ついておいきなさい……」

半兵衛の手がユルユルと伸び、膝に置かれた佐吉の手に触れた。

「大丈夫。きっと佐吉さんは……私のいけなかった場所までいける……」

無言で聞いていた佐吉は、身の内に微かな熱を感じていた。

火を持つと教えられた胸の奥に……。

四

さやかは竹千代の寝所から出てきたお市と目があった。

「ア。お市ちゃん……」

さやかもまた悪夢に魘された竹千代の絶叫を耳にして駆けつけていたのである。

だが、寝所の前まできてみれば、すでにお市がいた。どうしてよいのかわからぬまま、さやかは室の外で竹千代とお市の会話を立ち聞きしていたのである。

「た、竹千代はどうだった？」

「大事ない。お休みになられた」

素ッ気なく答え、お市はスタスタと広縁を歩み始めた。さやかもついていく。

さやかは、寝所でお市が竹千代に語っていた言葉を思い出した。

それは感情表現の希薄なこの少女とは思えず情熱的なもので、お市がそれほど強い想いを抱いていたことに感動すら覚えた。その想いを竹千代に伝えられたことを嬉しくも思った。

だけど、なぜだか胸が苦しい。竹千代が不安や迷いにとらわれた時、その傍らに寄り添い、言葉をかけてやるのはお姉ちゃんであるさやかの役目だった。

だが、近頃は、竹千代と距離ができた気がしている。

姉から軍師。姉弟から主従へ関係性が変わったことによる距離なのだろう。そして、何より竹千代が自身の周囲よりも天下へと目を向け始めたことにその理由があるのだと思う。

（たまには気にかけてあげなきゃダメだよ、置いてけぼりにしちゃってる誰かのこと……）

あれは、自分自身のことを無意識に吐露していたのかもしれない。

フイに、前をいくお市が立ち止まった。危うくさやかはぶつかりそうになる。

お市は夜天に浮かぶ月を眺めていた。赤い月だった。

「啼いている……。大気を巡る龍氣が……啼いている……」

不思議なことをお市は口にした。お市がさやかを振り返る。微かにその表情が強張っていた。

「この世を錆つかせんとして……何かが動き始めておる……」

「エ……？」

さやかもまた月へ目をやる。血のような赤錆色をした月だった……。

五

赤錆色の月が、甲斐国甲府の武田館を照らしている。

館内の広間には、二十四将がそろい、喧々諤々と議論を戦わせていた。議題はこれである。

――お屋形様亡き後、武田は如何にすべきか、、、、、、、、、……。

三方ヶ原にて不意の発作に襲われ心肺停止状態に陥った信玄。軍を返し、蘇生を試みたが無駄だった。上洛の途上で戦国最強の英雄は呆気なくその覇道に満ちた生涯を閉じたのである。

「亡きお屋形様の野望を実現させるため、再び上洛の途につきましょうぞ！」

「イヤイヤ、越後に上杉が戻っておる！　今は上杉との戦に備えるべきであろう！」

「お屋形様の死をいつまでも秘してはおけぬぞ！　いずれ感づいた織田めが必ずや軍勢を差し向けてくる！　織田に如何にして抗うか議論すべきではないのか!?」

二十四将たちの議論は、意見が大きく分かれて纏まらなかった。

「方々！　落ち着かれませい！　おひとりおひとり順にご意見を述べられよ！」

山本勘助が必死に場を纏めようとするが、難しい。

個々が一騎当千の二十四将は、信玄の武威あってようやく統制されていたのだ。信玄が無くなれば、烏合の衆に過ぎない。今や戦国最強武田軍は分裂の危機に瀕していたのである。

ここで、気炎囂々たる評定の場を、ソッと立ち上がり去っていく男がいた。

議論に熱中する二十四将の誰ひとりとしてその退席に気がつく者はいない。それほどまでにその人物の存在感は希薄だった。暗い廊下に出たところで、男は忌ま忌ましげに声を漏らした。

「俺になど……誰も期待しておらぬのか……ッ！」

信玄（しんげん）の息子、武田勝頼（たけだかつより）である。

勝頼は、信玄が亡くなったことによって武田の家督（かとく）を継いでいた。だが、形式的にだ。

実質的には、家中に勝頼を主君と認めている者はいない。

理由は言うまでもなく魂鋼（たまがね）の生成の遅い体質ゆえ、未（いま）だ城主になれておらぬからだ。とはいえ、時が満ち、城主となったとしてもその評価は変わらぬだろう。

――若殿は血が薄い……。武田を継ぐ器にあらず……。

これが家人らの評価である。力こそを至上とする甲斐（かい）源氏は、力無き者へ冷ややかだった。

「クソッ！」

勝頼は、ドカドカと廊下を歩むと、ひとつの室へと入った。

ピシャリッ！　と襖（ふすま）を閉めると暗い部屋の内で勝頼はさらに叫ぶ。

「クソッ！　クソッ！　クソッ！　俺だって！　俺だって武田の子なんだ！　俺だって戦士なんだ！　俺だって戦えるんだ！　俺だって……俺だって……俺だって……！」

握り拳（こぶし）を作って、勝頼は室内の柱をぶッ叩いた。幾度も幾度もぶッ叩いた。

「俺にだって力があればァァァァッ！」

「喫茶去（きっさこ）」

フイに背後より声がかかった。

ハッ、と声を呑んだ勝頼の耳に、サラサラと茶筅を繰る涼やかな音が聞こえてくる。

振り返ると、室の隅に白装束の男が座して茶を点てていた。勝頼は今までその男の気配に気がつけなかった。まるで、たった今忽然とそこに現れたかのように……。

千利休というこの男は、信玄西上中にフラリと甲府を訪れた旅の茶師である。茶に興味のあった勝頼は彼を館に招いたのだが、その柔らかな物腰に魅了され、長くとどめ置いていた。

「荒れておられるご様子……。それも無理からぬこと。父君を亡くされたのですから……」

勝頼は極秘事である信玄の死すら打ち明けるほどに利休へ心を許していた。

勝頼は利休の優しさに引き込まれるように話し始める。

「モトモト親父は長くなかった。俺は、親父が亡くなるまでにはなんとしてもと思うて鍛錬を積んできた……。だが、あの偉大過ぎる親父に追いつくなど俺には土台無理な話なのだ……」

勝頼は咽ぶように叫んだ。

「力もない！　才もない！　誰も主君とは認めてくれない！　俺にはあの光景を描けない！　親父と謙信公が京で描くはずであった……あの夢幻のごとく美しき光景を！」

「描けばよろしい。勝頼様のなさりたいように……」

「できぬ！　力無き俺にはできぬ！　俺は松平竹千代とは違う！」

ついポロリと零れた名があった。

「ハテ？　三河の殿がどうされたというのです？」

「親父は竹千代を買っていた。息子の俺ではなく敵国の竹千代を……。竹千代には親父と同じ熱があるという。それが俺には無い……」

利休が点てたばかりの茶の入った碗を持って立ち上がった。

「それで、勝頼様はどうなされたいのです？」

「……どう？」

「松平竹千代をどうしてしまいたいのです？」

勝頼は口ごもった。

「ど、どうも何も……俺にはどうすることも……」

「できまする。わびさびの茶を用いれば……」

スルスルと利休は勝頼に歩み寄り、茶碗を差出した。

――碗の中の茶は、血のように赤かった。

「望む己に成る茶…… 〝錆茶〟にございまする」

おずおずと勝頼は茶碗を受け取った。

なぜだろう。勝頼はこの妖しいとしか言いようのない深紅の茶を眺めているうちに、ひどくそれが魅惑的なものに見えてきた。飲んでもおらぬのに、酔ったような心地になる。

「サア、喫茶去。一息に……望む己に成りなされ……」

利休の言葉が誘いとなる。勝頼は魅入られた者のごとく真ッ赤な茶を飲み干した。

「うごおッ！」

途端、全身に電流のごときものが走った。頭頂から爪先（つまさき）に至るまで駆け巡ったその感覚は激しい苦痛であると同時にえも言われぬ快感を勝頼へともたらす。

「うがッ！　があああああッ！」

強烈な異物感とともに、左肩でみるみる何かが膨張していく。左肩が不自然に盛り上がった。内側より何かが肉と皮膚（ひふ）とを破ってせり上がってこようとしている。ビクビクと蠢動（しゅんどう）し、巨大な寄生虫に内側より食い破られているかのようだった。

「ぎゃあああああああああああああッ！」

勝頼の絶叫とともに、その部分が爆（は）ぜた。大量の血液が飛散して、障子（しょうじ）や畳を赤く汚す。激痛と超快楽を伴った出産アクメ的エクスタシーに、勝頼は堪（こら）えきれずぶッ倒れた。

呻（うめ）き、首を上げた勝頼は、朦朧（もうろう）たる視界の内に、見る。

――中空に真ッ赤な剣が浮遊していた。

ポタポタと血を滴（したた）らせるそれは、明らかに勝頼の体内より排出されたものである。赤いのは血に塗れているからだけではなかった。刀身が鮮血色の赤錆（あかさび）に覆われていたのである。

「こ……これは……俺の魂鋼（たまがね）からできた……魂鋼刀（たまがねとう）……？」

呆然（ぼうぜん）と呟（つぶや）いた勝頼へ、千利休（せんのりきゅう）は「イイエ」と首を振り、こう答えた。

「〝魂錆刀（たまさびとう）〟にございます……」

六

播磨美嚢郡三木龍域もまた、赤錆色の月に照らされていた。

別所長治が龍域を明け渡し、現在は荒木村重の有岡城が居城形態を取り鎮まっている。

赤い月光が有岡城の天守に差し込み、ふたりの人物を染めていた。

荒木村重と黒田官兵衛である。

「黒田殿……。解せぬぞ……」

村重が口を開いた。

「羽柴殿が茶臼山へ引き返したにもかかわらず、何ゆえ貴殿はここに残っておられるか……？　道端の糞のごとき俺になど構わず……早く備中へ向かわれては如何か……？」

「そうもいかぬ」

官兵衛の口元には例の皮肉な笑みが浮いていた。だが目だけは笑っていない。

「備中へ繰り出す前に、貴殿に確認しておかねばならぬことがあるのでな」

「ハテ？　俺に？　道端の糞のごとき俺に何を……？」

「荒木殿。貴殿とは昨日今日の仲ではないな。ゆえにこうして余人を交えず腹を割って話したいと赴いているのだ。酒でも酌み交わしながら……と、思うたが、出してくれぬのか？」

「出そうか……？」

「イヤ、結構だ。用件を先に済ませておきたい。単刀直入に尋ねるぞ」

官兵衛の口元より笑みが、スウッ……と消えた。

「――貴様、毛利と結んでおるだろう？」

白刃を突きつけるような問いであった。

荒木村重はムッツリと口を噤んでいる。官兵衛は構わず続けた。

「三木城包囲当初の別所長治の不自然な自信は、貴様と通じていたからだ。違うか？　別所長治めは籠城して持ち堪え、上杉か武田かが上洛するのを待つつもりだったと抜かしたが、あれは嘘だ。本当にやつが待っていたのは宇喜多だ」

「…………」

「策を立てたのは、おそらく毛利。宇喜多直家に佐用郡の龍域を襲わせれば、我らは貴様の軍を残し、救援に向かう。荒木軍が抑えになっているからと安心する我らを、別所と貴様の連合軍が背後から襲う。宇喜多直家と挟み撃ちする形になる。そういう毛利の命だった」

「…………」

「だが残念だったな。俺は毛利の策を見抜き、救援には向かわなかった」

ここで、ようやく村重が口を開いた。

「なんの根拠があって左様なことを……？　別所殿がそう申したのか……？」

「まさか。聞きだす暇などなかったわ。別所めは龍域を明け渡す際、家臣の助命嘆願と引き換えに腹を切った。早々に自らで自らの口を塞いだのだな。潔いものだ」

「では何ゆえ俺を疑う？」

「貴様、三木城包囲の際、敵の兵糧搬入に協力していたろう？　蜂須賀党に四六時中貴様の軍を監視させた途端、三木城への兵糧搬入が止まった。それが根拠だ」

「…………」

「何を黙っている。何か言ってみろ」

官兵衛の声に、似つかわしからぬ怒りが混じった。

「貴様が裏切りさえせねば、我らは孫四郎様や鹿之介殿を助けにいけたのだぞ……ッ。あの高潔な主従を見殺しにせずとも済んだのだぞ……ッ！　村重、なぜ裏切った？　答えろッ！」

官兵衛の瞋恚のまなこが村重を睨みつける。フウ……と、村重がひとつ息を吐いた。

「黒田殿ならばわかってくれると思うたのだがな……」

「なんだと？」

「初めて出会った時、貴殿は諸国流浪の身で、俺は摂津池田家の一足軽に過ぎなかったな……。貴殿は魂鋼を宿さぬ家柄でありながら、足軽に甘んじることを潔しとしなかった……。ゆえに軍師になるのだと……。貴殿の血の滲むような勤勉さに俺も奮い立ったものよ……」

「昔話はやめろ」

「だが……アア……俺たちの努力は、幾度、力ある者に踏みにじられ、侮辱され、唾を吐きかけられたか……。報われぬ日々の果てに、俺は己など道端の糞のごときものだと悟った……」

あくまで思い出話を続ける村重に、官兵衛はチッと舌打ちする。

「だからどうした？　俺は軍師となった。貴様など摂津一国の主となったろうが？」

「何も変わらぬ」

村重の声に強いものが生まれた。

「一歩高みに上ったところで、さらに高き場所にいるものから踏みつけにされる。黒田殿もそうではなかったか？　世間は小寺の寵愛を受ける天才軍師と貴殿を誉めそやしたが、その実は利用されていただけ。貴殿が小寺を裏切ったのには復讐の意図もあった。そうであろ？」

苦々しく口を噤んだ官兵衛へ、村重が躄り寄った。

「ナア、黒田殿、復讐してやろうではないか。神州全土の至らぬ者たちが、立ち上がり始めておる。俺はその一角に過ぎぬ。間もなく至らぬ者たちの復讐が始まるぞ……」

村重の言葉は熱を帯び、どこか常軌を逸したところがある。

官兵衛は、気味の悪さを覚え、近寄ってくる村重から逃れるように立ち上がった。

「意味がわからん……。貴様の裏切りの理由は結局なんなのだ？　力ある者への復讐？　つまりやっかみか？　勢いを増す織田信長が気に食わぬから邪魔してやると、そういうことか？」

「織田信長……。アア、まず滅すべきなのがあの男であるのは間違いない……」

ヌー……ッと、村重も立ち上がる。どこか威圧されるものを覚え、官兵衛は後ずさった。

「黒田殿、力を貸してはくれぬか？　共にこの世の有りように復讐しようではないか……」

村重が大きな手のひらを差出してくる。官兵衛は、キッと村重を睨むと、その手を払った。

「乱心者の妄言に付き合うか、たわけがッ！」

村重は払われた手を、虚ろに見つめる。

「交渉決裂か……」

「端から貴様と交渉する気などない。俺は、貴様の裏切りの確信を得にきたのだ」

「ホオ……。で、確信が持てたところで如何するのだ？」

「無論、粛清よ！」

途端、ダダダダダッ！　と階段を勢いよく駆け上がる複数の足音がする。天守へ躍り上がったのは帯刀した八名の男であった。男どもは手早く刀を抜くと、切ッ先を村重へ向ける。

「潜ませておいた蜂須賀党の男たちだ。俺が裏切り者の城にひとりでくると思ったか？」

村重は驚くでもなく、煌めく白刃を茫洋と眺めていた。

「余人を交えず腹を割って話がしたいなどと言うておいてこれだ……。ひとりできたように見せかけたのも俺を油断させる策か……。相変わらず狡猾な御仁よな……」

「助けを呼びたくば呼べ。駆けつけてくる前に、この八名が貴様を膾にする。別の一隊が俺の脱出経路を確保しているぞ。もはや貴様に打つ手はない。観念するのだな」

村重は瞼を閉じて俯いた。ヒクッ、ヒクッ、と肩が揺れている。笑っているのだ。

不可解な村重の余裕を官兵衛が不審に思っていると、ユルリと俯いていたその面が上がる。

村重の見開かれたまなこが——真ッ赤であった。

「俺を道端の糞と思うなよッ、官兵衛殿ッ！」

直後、ムウッと焔のごとく村重の肉体より赤い光が立ち昇った！　禍々しい赤光に包まれた村重の頬や腕、首にジワジワと痣のごとき何かが浮き上がり始めた。

「こ、これは……錆……!?」

有機体であるはずの荒木村重の肉体に赤錆が生じだしたのだ。

妖異極まりない村重の変化に、八名の蜂須賀党の男たちが、気圧されてジリリ……と下がる。官兵衛は男どもを鼓舞するように声を張った。

「臆すな、斬れッ！」

官兵衛の叫びに背中を押され、八名が白刃を振り上げて村重に殺到する！

ニカッと一瞬、村重の顔に壮絶な笑みが生まれた、その刹那——

——ドドオッ！　と、血煙を上げて八名の蜂須賀党員が床へと崩れ落ちた！

村重が魂鋼刀を抜いている。超速の抜刀術が、瞬時にして八名を斬って捨てたのだ。

イヤ、待て、村重の握るあの刀は本当に魂鋼刀か？　生々しく血を滴らせるその刀身はビッシリと赤錆に覆われていた。濛々と放出されるのも龍氣光とは異なる赤く邪な光である。

「き、貴様……いつからそのような技量を……」

「これが至らぬを知る者の力……あいわなびいよ！」

村重の刀が一閃された。と、見えた直後、官兵衛の右太腿が血を吹きあげた。

「ぬあァッ！」

苦鳴とともに官兵衛が倒れる。

「殺しはせぬぞ、黒田殿。今一度考えられよ、俺に力を貸すか否か……」

倒れ伏す官兵衛を見下ろし、村重が不気味に北叟笑んだ。

七

勢いよく襖が開き、議論に夢中になっていた二十四将が振り返った。

そこに立っていた武田勝頼の姿に、満座がどよめく。

「わ……若様……？　そのお姿は……？」

着物が血に塗れていた。左肩より出血している。右手には赤錆びた一剣を握りしめていた。

まなこが大きく見開かれたまま吊り上がり、さながら修羅のごとき形相である。

が、それよりも一同を驚かせたのは、その総体よりムンムンと立ち昇る深紅の光であった。

覇気の現出と呼ぶにはあまりにも禍々し過ぎる。勇猛果敢な二十四将をして、その身が竦んだ。

「出陣だ……」

勝頼が熱に浮かされたように言った。二十四将が退りつつ顔を見合わせる。

「上洛する……。再び三河に侵攻し、松平竹千代めを討ち倒し、京へ旗を立てるのだ……」

「お、お待ち下され！」

山本勘助が歩み出た。

「若様が上洛をお望みなれば、異存はございませぬ……。しかし……そのお姿は……？　若様、それはいったい……？　わ、若様……」

ここまで口にした時、突如、勘助が仰向けにぶッ倒れた。

「アッ⁉」

倒れた勘助は頭頂から股下まで一刀の元に断たれ、絶命していた。

「無礼者が……。俺を若と呼ぶんじゃない。お屋形様と呼べ……」

吐き捨てるように言って、勝頼が刀に血振りをくれた。一座が絶句する。

唖然とする二十四将を睥睨し、勝頼は重々しくこう言った。

「何をやっている。出陣と言うておろうが。トットト支度せよ」

だが、誰ひとりとして動くことができなかった。先代に大きく劣っていた惰弱な勝頼の、この異様極まりない豹変を未だに理解することができなかったのである。

「俺に従わぬか？　ならば勝手にやるぞ！　ぬうりゃッ！」

気合の声とともに勝頼が錆びついた一剣を畳に突き立てた！

カッ！　と、赤い光が迸る！　赫々たる輝きは、武田館より放射状に大地を走り抜け、甲府盆地全土へと広がった！　館周辺に留め置かれていた二十四将の鐵城を光の波動が打つ！

と、それらの騎馬城が、城主が搭乗しておらぬにもかかわらず、ガタガタと動きだしたではないか!?　見えぬ力に動かされるように歩みだし、武田館へと集合し始める!?

動揺する二十四将を余所に、武田勝頼は、暴力的なまでに高まった赤光に包まれ高笑った。

「ワハハハハハッ！　あいわなびいッ！　あいわなびいだァァッ！」

一点に集中した二十四城が、毒々しい輝きの中、歪に合体を始めた。

播磨国美嚢郡と甲斐国甲府、遠く離れた二地点で、偶然にも——イイヤ、必然か？　同時刻同瞬間に、強烈な赤い光が天高く迸った。至らぬを知る者の逆襲が、今始まったのである……。

八

半兵衛の寝室の襖が、ホトホトと叩かれた。

「佐吉、いるな?」

と、襖の向こうより聞こえてきた低い声は、蜂須賀小六のものだった。

「たった今、美嚢に残っていた蜂須賀党が戻った。ひとりだけだ。あとは皆、斬られた……」

「エ!?　き、斬られた……!?」

唐突に告げられた出来事に、佐吉は驚き耳を疑った。

「荒木殿が裏切ったのだ。前々から別所と通じていたらしい。官兵衛殿が俺の部下とともに美嚢に残ったのは、荒木殿を粛清するためだった。だが失敗した」

「そ、それで……官兵衛殿は……？」

「死んではいない。有岡城に捕らえられている」

　突然のことに佐吉は理解が追いつかない。まさか荒木村重が裏切るとは思ってもいなかったし、それを見抜いた官兵衛が密かに動いていたというのも初耳だった。

「有岡城がこちらに向かっている。我らを討つつもりだ。すぐに長浜城へ戻れ」

襖の向こう側の小六の気配が、フッと消えた。佐吉も腰を上げる。まだ頭が混乱している。総体がフワフワして、合戦を前にしているにもかかわらず緊張すらできていない。

（荒木殿が裏切り？　合戦？　何が起こっている？　オヤジ殿の指示を……）

　と――ここで声があった。

「……佐吉さん」

　振り返れば、半兵衛が病床より佐吉を見ている。その目がひどく澄んでいた。

「あなたが軍師ですよ」

　このたった一言に、期待、叱咤、激励――万感の思いが込められていた。

　一瞬にして佐吉の身と心とが引き締まる。そうだ。官兵衛が捕らえられているならば長浜城の軍師として荒木軍を迎え撃てるのは佐吉しかおらぬのだ。

　戸惑いに彩られていた佐吉の顔が精悍な――軍師のそれに変わる。

「ハッ！　いって参ります！」

半兵衛が微笑みを返した。

佐吉は半兵衛に背を向け、室を出る。足早に廊下を歩く。幾つかの言葉が脳裏を去来した。

──何か言いたいのなら勝て。勝てば戯言も戯言ではなくなる……。

──きっと佐吉さんは……私のいけなかった場所までいける……。

（いくぞ。勝って俺はいくぞ。俺の目指す場所へ。あの場所へ……！）

真っ直ぐに続く廊下の先に、佐吉はひとりの男の後ろ姿を幻視した。

「追いついてやるぞ、竹千代」

迷いなく佐吉は前へ進む。


──武田が青崩峠を越えて再び遠江へ侵攻を開始！

この一報に、床に就いていた竹千代は跳ね起きた。

手早く着替えて軍議の席へと城内を進む。途中、榊原康政と合流した。

「状況はどうなっている？」

「すでに敵は二俣に到達しているとのことです。濵松龍域の駐屯軍が迎え撃つでしょうが、防ぎきれるとは思えません。残念ながら時を待たず三河へ侵入されるでしょう」

「彦根城の修築は済んでいるか？」

「イイエ。まだ動かせる状態ではありません。まともに動かせる城は浜松城とあと僅か……」

「そうか……」

努めて平静を装った竹千代だが、心中は大いに乱れていた。

あの恐ろしい躑躅ヶ崎館城が脳裡に浮かび、恐怖が蘇る。歩いていなければ足が震え、その震えが全身に及んでいたろう。竹千代は刑場へ向かう心地であった。

「それで、どうされます？」

康政が神妙に声を潜めた。

「どう？」

「軍議の席では殿にも対面があるでしょう。なので、ここで尋ねます。武田と戦いますか？」

唐突な問いに竹千代は戸惑いを見せる。

「チョ……何言ってんだよ。戦うしか……ないだろう？」

「降伏し、助命を乞うこともできますし、亡命して織田に守ってもらうこともできます。御本心に従ってください。戦いますか？　それとも逃げますか？」

たとえ戦意がなくとも軍議の席に出れば、武家の意地として主戦論に流されがちである。それゆえ、康政は余人のおらぬ場所で主君の本心を伺っておきたかったのだ。

武田に降伏した場合、織田への裏切りになる。武田が上洛に失敗したら、織田は松平を粛清せんと兵を差し向けてくるはずだ。一方、美濃か尾張に逃げた場合、三河を武田に明け渡すことになる。松平は領国を失い、大名の座から転落する。

（どうする？　戦うか？　逃げるか？　どうすればいい？）

松平の命運がズッシリと竹千代の肩にかかっていた。

「お心のままになされませ……」

フト、声がした。見れば、廊下の角に、いつの間にやらお市が立っている。

「奮い立ち〝前〟へ突き進むも殿のお心。怯え〝後〟へ下がるのも殿のお心。勇気も恐怖も、そのお心の激しさは、共にこのお市の目には眩く映ります」

お市が、シズシズと歩み、竹千代のすぐ目の前で立ち止まった。

「お市は、その眩さに、どこまでもついていきます」

竹千代の肩が軽くなった。蛮勇も臆病も恥じる必要はない。どちらも竹千代の真実の心であり、性質は異なれど胸に宿った焔に違いはないのだから……。

改めて竹千代は、己の〝前〟と〝後〟とを思う。前には強大無比な躑躅ヶ崎館城が立ち塞がっていた。では、後には……？　心の目で、竹千代は己の覇道を振り返った。

そこにひとりの男の姿が見える。

（――追いついてやるぞ、竹千代）

燃えるまなこでそう告げて、迷いなく歩んでいた。立ち止まっていれば追い抜かれそうだった。万民に失望されようと、この男にだけは失望されたくなかった。そう思うと――

「康政(やすまさ)、俺は戦うぞ」

口がこう言っていた。

「わかりました」

否定も肯定もなく、康政は竹千代の決断を即座に受け入れた。

「武田(たけだ)が三河(みかわ)に侵攻すれば、まず狙うのは〝長篠(ながしの)〟の龍域(りゅういき)でしょう。おそらく戦場となるのは長篠龍域の西に広がる——〝設楽ヶ原(したらがはら)〟です」

「長篠、設楽ヶ原の合戦か……」

何となく竹千代の口にした言葉は、鐵城(キャッスル)戦国史上忘れ得ぬ合戦の名となるのである。

「御武運を」

お市が控え目に竹千代へ声をかけた。

「アア。いってくる」

それは夫婦の交わす言葉のようだった。

九

松平軍が設楽ヶ原に布陣したのは夜明けも近い頃であった。

動員できた鐵城(キャッスル)は、浜松(はままつ)城を含め、菅沼定盈(すがぬまさだみつ)の野田(のだ)城、鈴木重時(すずきしげとき)の足助(あすけ)城、設楽貞通(したらさだみち)の吉田(よしだ)城、奥平定勝(おくだいらさだかつ)の亀山(かめやま)城、そしてモトモト長篠龍域の守りを任されている奥平貞昌(さだまさ)の長篠城の六城。砦城は三十城。三方ヶ原の時よりも大きく数を減じている。

彦根城の加わっておらぬのが心細いが、彦根城主である井伊虎松は浜松城の脚部陣間、本多忠勝は右腕陣間の指揮をそれぞれ担当していた。

設楽ヶ原は、三方ヶ原のような原っぱではない。複数の丘が連なり、いくつもの沢が流れる複雑な地形をしていた。広大な原野であった三方ヶ原と比べ、狭苦しい地形と言っていい。

「この地形、利用しない手はないと思う」

こう主張したのはさやかだった。

「躑躅ヶ崎館城はとっても大きいよね。動きにくいはずだよ。あたしたちは丘や森に隊を分散させて潜ませる。武田さんから、あたしたちがどれだけの数いるのかわからなくさせる」

これは「戦場が設楽ヶ原になる」と聞いた時に、直感的に閃いた策だと言う。

勘働きばかりを頼りにしてきたさやかが、勘と策とをきちんと結び付けて考えている。三方ヶ原の大敗を受け、さやかなりに思い、成長するところがあったのだろう。

「槍や刀で相手してもすぐに力負けする。だから全城、装備は対城郭式種子島銃に統一するよ。一隊を三つにわけて代わる代わる撃つことによって装塡時間を無くす。つまり――」

――〝三段撃ち〟。

「でも、種子島銃では躑躅ヶ崎館城の装甲を貫けないと思う。あくまでも攪乱と威嚇が目的。最後に決めるのは浜松城。浜松城の軍法〈厭離穢土式神君欣求浄土斬〉だよ」

三方ヶ原では放つ機のなかった必殺軍法だ。天叢雲剣の龍氣増幅作用を最大限利用したこの軍法は、今川義元の駿府城を一撃で両断したほどの威力を持っている。

だが、一度撃てば魂鋼刀に蓄積された龍氣を消耗し尽くし、行動不能になってしまう。いわば諸刃の剣とでも言うべき軍法なのである。

さやかの策はこうだ。分散させた松平の諸城の射撃で躑躅ヶ崎館城を翻弄する。浜松城は身を隠しながら、敵城の隙を窺い、命中を確信できた時、必殺軍法を撃ち放つ。

外せば一巻の終わり、仕留めきれずとも一巻の終わりの策である。

すでに松平の諸城は設楽ヶ原の各所に散り潜んでいた。長篠城だけが十体の砦城とともに断崖上にある長篠龍域に残り、身を晒している。

躑躅ヶ崎館城が国境を越えたという情報が入っていた。半刻もせずに武田はこの地へ到着するだろう。竹千代を含む設楽ヶ原の全城主が息を殺してその時を待っていた。

やがて白々と世界が夜明け前の薄明に包まれだした頃である。

「なんだ……あれは……?」

東の山向こうに異様なものが見えてきた。

――血のように赤い光である。

朝焼けなどという自然なものではない。火炎などという陽性のものでもない。雲に映り、ユラユラと病的に揺らめき見えるそれは、さながら冥府のオーロラであった。

ズズン……ズズン……と、重々しい音が近づいてくる。鐵城の歩む響きに違いなかった。

赤い光は明らかにその接近する城から発されている。

山間を赤々と照らしながら、赤光を放つ巨大なものがヌウッ……と姿を見せた。

頭部を覆った諏訪法性兜、天を磨するような巨体——躑躅ヶ崎館城に違いない。

だが、その城体がどこかしら歪であった。細部に目をやり、すぐに歪さの理由に気がつく。

三方ヶ原で目にした躑躅ヶ崎館城は、二十四の騎馬城が綺麗に変形し合体したものだった。

だが、今目にするそれは、騎馬城が十分に変形し切れていない。二十四騎馬城を熱して無理やりに溶接したかのようである。元の騎馬城の面部や腕や脚が原形を残していた。

そのため城体の各所に鬼面が浮き出、全身に無数の顔を有する魔神のごとくなっている。

『人は城ォォ……人は石垣ィィ……人は堀ィィ……！』

熱を帯びた声が山間に木魂した。

『俺も上洛するゥゥ……俺もあの光景をォォ……あの光景をォォォ……！』

なぜだろう。その声はどこかしら咽び泣いているように聞こえた。恐ろしく巨大な異形の赤ん坊が、駄々をこねて哭いている。そのように見えた。

——強大無比な力を有した圧倒的な弱者。

それゆえに悍ましく、三方ヶ原で見た以上に戦慄的な存在であった。

躑躅ヶ崎館城は、ノッソノッソと断崖上の龍域へ近づいていく。長篠城とその周囲に布陣する十の砦城が、種子島銃を構えた。設楽ヶ原に潜む諸城も、躑躅ヶ崎館城へと筒先を向ける。

躑躅ヶ崎館城が龍域へ数町と迫った時――

――ドドォンッ！　雷のごとき銃声が鳴り渡った！

撃ったのは、躑躅ヶ崎館城正面の長篠城隊、設楽ヶ原に潜んでいた野田城隊と吉田城隊である。薄闇に火線を描いた複数の弾丸が躑躅ヶ崎館城に着弾！　表面装甲が僅かに爆ぜ飛んだ。

歩みを止めた躑躅ヶ崎館城の鬼面が威圧的に周囲を見回す。

『休むなッ！　撃てッ！　撃てェッ！』

野田城主菅沼定盈の号令とともに、装塡を終えた砦城が前列に出て第二射目を撃ち放つ！

長篠城隊も射撃を開始し、三方から躑躅ヶ崎館城へ弾丸の鬼雨が襲いくる！

撃った砦城は即座に後列へ下がり、装塡を終えた砦城と入れかわる。即座に三射目！　撃ったらまた下がり、入れかわる。この繰り返しによって絶え間なく躑躅ヶ崎館城へ弾丸をお見舞いすることができるのだ。

が、銃弾は硬質な躑躅ヶ崎館城の装甲に阻まれ、内部機巧までは達しなかった。

やはり躑躅ヶ崎館城の装甲を破り得るのは、浜松城の必殺軍法のみなのである。

「みんな、まだだよ！　もっと躑躅ヶ崎館城を引きつける！　それまで陀威那燃抑えて！」

さやかが城内の陣間に告げた。軍法を放つために龍氣増強を行えば龍氣光によって浜松城の潜む位置を気取られてしまう。ギリギリのタイミングで龍氣の急増強を行わねばならない。

その見極めは、さやかの勘働きひとつにかかっている。竹千代は心中で祈るように呟いた。

(頼んだぞ、さやか……)

弾丸の豪雨の中、躑躅ヶ崎館城は平然と弾煙に霞む設楽ヶ原を眺めやった。

『松平竹千代ォ……そこにいるのかァ……?』

憎々しげな声が躑躅ヶ崎館城から漏れ聞こえたかと思った次の瞬間――

――ドオッ！　と、断崖上の長篠城が吹ッ飛んだ！

半里先の山肌に激突した長篠城は、そこで爆散！　薄白い空へ濛々と黒煙が立ち上る。躑躅ヶ崎館城がその神速を用い、瞬時に距離を詰めて長篠城を叩き飛ばしたのだ。

躑躅ヶ崎館城は、無数の弾丸を身に受けつつも、ノッソリと設楽ヶ原へ歩を進めてくる。

『松平竹千代ォォ……何ゆえ貴様をォォ……。この俺ではなくウウウ……貴様をォォォ……』

歩みつつ、躑躅ヶ崎館城は首を巡らせる。真ッ赤に輝く城眼が浜松城を捜していた。

『俺の血がァァ……薄いからかァァ……貴様が天叢雲に選ばれた戦士だからかァァ……』

躑躅ヶ崎館城は、野田城隊の布陣する丘へ近づいていた。

『撃ち方やめッ！　頃合いだ、移動するぞ！』

野田城菅沼定盈が自隊の砦城らへ指示を飛ばす。頻繁に移動を繰り返し、敵城から距離を取りながら射撃することで躑躅ヶ崎館城を撹乱せよというのが、さやかからの指令であった。

迅速に野田城および砦城がバラバラと別の丘の裏へと駆け……ようとした時だ。

『そうなのかァッ！　松平竹千代ォォォッ！』

嘆き喚くような声とともに、躑躅ヶ崎館城が地を蹴って、疾風の速さで野田城隊の前面へ回り込んだ！　地を薙ぐような躑躅ヶ崎館城の脚が、野田城とその一隊を蹴り飛ばす！　建材を飛散させ、球のごとく猛転した野田城らは、数町先で動かなくなった……。

ギョロッ、と次に躑躅ヶ崎館城が目を向けたのは吉田城隊である。吉田城設楽貞通は、死神の凝視を受けた心地がし、恐怖に駆られて砦城らへ号令を飛ばした。

『撃てッ！　撃て撃てッ！　撃ちながら後退するのだッ！』

乱射される銃弾をものともせずに、躑躅ヶ崎館城は吉田城へと接近する。躑躅ヶ崎館城の重い歩みは、撃っては下がるを繰り返す吉田城隊の真ん前へすぐに追いついた。

吉田城隊は、慣れぬ種子島銃を投げ捨て、佩刀を抜き放つ！

『か、かかれエエエッ！』

引き攣った雄叫びとともに、突撃した！　フンッ！　と鼻で笑う吐息が躑躅ヶ崎館城から聞こえたかと思うと、ブワァッ！　大腕のひと振りによっていっぺんに弾き飛ばされた！

『どこだァア……竹千代ォォ……』

周囲を見回す躑躅ヶ崎館城。その後頭部に、ガイインッ！　弾丸が炸裂し、兜装甲の一部が爆ぜ飛んだ！　背後からの銃撃を受けたのである。躑躅ヶ崎館城は不快げに振り返った。

『松平竹千代かァア……』

と——ドドウッ！　躑躅ヶ崎館(つつじがさきやかた)城の左右二方向より銃撃！　一弾は躑躅ヶ崎館城の肩部装甲へ命中し、もう一弾は外れて空へ飛んでいった！　ほんの一瞬、躑躅ヶ崎館城は、右手の山林がザワッと揺れたのと、左手の丘陵が人型に浮き上がったのを視界の片隅に捉(とら)える。

森林潜伏術に長(た)けた亀山(かめやま)城と、地形に擬態(ぎたい)する能力を有した足助(あすけ)城だった。

『そこかァッ！』

怒りに任せ、躑躅ヶ崎館城が亀山城の潜んでいた森林に拳(こぶし)を叩き込む！　地が抉(えぐ)れ、樹木や岩片が舞い上がった！　だが、そこに亀山城はいない。すでに山林中を移動し、別地点より、ドウッ！　再度の射撃！　躑躅ヶ崎館城の脇腹に命中する！

『ぬうウウ……ッ！』

憎々しげに呻(うめ)いた躑躅ヶ崎館城の左手の丘の上に、足助城が躍り上がった！　種子島(たねがしま)銃の狙いを定め、撃ち放つ！　躑躅ヶ崎館城の左太腿(ふともも)に命中し、装甲の一部を爆(は)ぜ飛ばした！

ギラッと睨(にら)んだ躑躅ヶ崎館城の眼光から逃れるように、足助城は丘の向こう側へ飛び込んだ。躑躅ヶ崎館城が丘を回り込んだ時には地形に擬態して姿を晦(くら)ませている。

亀山城と足助城は、それぞれの異能を活(い)かし、巧みに移動と射撃を繰り返していた。苛立(いらだ)ちも露(あら)わに躑躅ヶ崎館城は、設楽ヶ原(したらがはら)の奥へと進んでいく。上手(うま)い誘導である。

山陰に身を潜める浜松(はままつ)城の竹千代(たけちよ)は、魂鋼刀(たまがねとう)を握りしめ戦況を窺(うかが)っていた。

長篠(ながしの)城、野田(のだ)城、吉田(よしだ)城……味方の城が次々落とされている。亀山城と足助城も躑躅ヶ崎館城を誘導する前に落城してしまうのではないか？　味方があるうちに必殺軍法を放ってしまったほうがよいのではないか？　十分とは言えぬが狙って狙えぬこともない。ならば今——

「竹千代、抑えて」

さやかの手が竹千代の肩に置かれた。竹千代の心の乱れを察したのである。

（抑えろ……抑えろ……。急いては全てが無になる。今はまだ抑えるんだ……）

竹千代はざわめく己の心に必死で言い聞かせた。抑えろ……抑えろ……と。

十

——一方、播磨。

薄明の靄気が立ち込める中、山陽道を爛々と赤く妖光を放つものが茶臼山へ近づいていた。

佐吉は長浜城天守の大護摩壇に映る禍々しい発光体に眉をひそめた。

「あれは……有岡城なのか？」

数十の砦城を引き連れて進軍してくる堅固な総構え式の樽のごとき体形である。頭部が胴体にめり込み、ほぼ肩と一体になっていた。両腕部は肘から先が不均等に大きく、さらに鉄球のごとき拳の先には天然石製の棘がついている。旗指物に染め抜かれているのは抱き牡丹の家紋。見慣れた荒木村重の鐵城〈堕吽愚　有岡〉こと有岡城に間違いない。だが——

「あの赤い光……なんすか？　それに、なんか装甲に変なの浮いてるッすよ……」

有岡城の装甲表面に痣のようなものが斑に浮いている。胸部装甲上の痣は忿怒相の人面のごとき形になっており、さながら胸に怒れる鬼面があるかのようだった。

痣の正体は錆。赤錆がビッシリと浮いていたのである。しかし、美嚢郡で有岡城を見た時から数日も経っていない。たったそれだけの期間でこれほど錆びつくものだろうか？

有岡城の襲撃に備え、佐吉はかつての小寺・赤松の砦城を数十城ほど布陣させていた。

墨俣城は未だ改築中である。動かそうと思えば動かせぬこともないので、念のため清正とその軍師代わりに秀吉を残していたが、合戦ができるほどの働きは期待できない。

長浜城と有岡城の性能は同等。福島正則と荒木村重の操城術も互角だろう。五分の合戦ができると佐吉は想定していた。だが、イザ有岡城を目にし、こう思い直す。

（想定が甘かったかもしれん……）

赤光を帯びて向かいくる有岡城は、一乗谷の合戦で落城させられた時の有岡城とは外見の変貌とは別に、大きく何かが違っている。距離があっても感じられる有岡城の戦気。言葉にならぬ圧迫。赤い光が有岡城に何らかのこの世ならぬ力を賦活させて見えた。

「正則。敵城との距離があるうちに大砲をぶッ放してやるぞ……」

「いいんすか？　有岡城内にはまだ官兵衛さんがいるんすよ？　大砲じゃ加減がきかない」

「狙うのは敵方の砦城の隊列だ。砲撃で怯ませたところで一気に突撃をかける。早々に敵軍を制圧し、優位な状況を作って官兵衛殿を引き渡すよう交渉に持ち込みたい」

「わかったッす」

正則が長浜城の右腕を敵軍へ向けた。その握り拳に龍氣が集中する。蒼々と輝きだした長浜城の右腕に、敵も気がついたのだろう。進軍が止まり、砦城らが散開した。

「今だッ！　撃て、正則ッ！」

ガコンッ！　と、長浜城の右腕が砲筒に変形する。直後――ドオオオオンッ！　轟然たる響きと共に砲弾が発射された！　同時に佐吉が法螺貝で叫ぶ。

『全軍、突撃イイイッ！』

自軍の砦城が喊声をあげて雪崩れ出た！　砲弾が敵軍の砦城へ直撃！　爆炎とともに数体の砦城が吹ッ飛んだ！　舞い上がる黒煙を突ッ切って自軍の砦城が、敵軍へ斬ってかかる！

『おッしゃアッ！　いくぜエエエッ！』

長浜城も駆け出した。駆けつつ腰の大野太刀を抜き放つ。

乱軍の中、向かう先には赤々と光放つ有岡城が、砲撃にも動揺を見せず泰然と待ち構えていた。無論、長浜城は無人の野をいくのではない。前から横から行く手を阻み飛び込みくる砦城を、斬って払い、蹴って払い、直進している。

「城内に官兵衛殿がいることを忘れるな！　狙うのは腕か脚！　敵城を無力化させるんだ！」

「わかってるッすよ！　うおおおおッ！」

速度を上げた長浜城。グングンと有岡城が近くなる！

有岡城は、グウッと、腰を落とし、両拳を前へ突き出した！　真ッ向から長浜城を迎え撃つ岩山のごとき構え！　二城、ぶつからんばかりに迫ったその刹那、ゴオッ！　と、唸りを上げる長浜城の大野太刀！　右腕目がけ、逆袈裟に斬り上げられた一閃を――ガイィインッ！

「受けた!?」

のは、狙ったはずの右腕!?　極端に太い有岡城の肘から先は盾のごとく硬質だった！

ヒュッ！　風切り音！　直後、ドオッ！　胸板へ叩き込まれる有岡城の左拳！　メリッ！と、罅入る音を聞いたかと思った次の瞬間、凄まじい衝撃が長浜城を後方へ飛ばしていた！

転倒することなく、なんとか踏み堪えた長浜城へ、重々しく有岡城が迫りくる！

迎撃せんと野太刀を八双へつけようとしたその刹那――シャ、ドッ！　颯の右拳が長浜城の顔面に炸裂した！　フラッ……と後方へ仰け反った長浜城の、今度はドテッ腹へ、ドッ！左拳がぶち込まれる！　前のめりになった長浜城の無防備な右頰へ、さらに、ボオッ！　鉤のごとく右拳が直撃した！　顳顬から大地へ叩きつけられる長浜城！

「起きろッ！　くるぞッ！」

佐吉の叫びで我に返った正則は、即座に長浜城を跳び退かせる！　長浜城の倒れていた地面を有岡城の拳が落撃した！　地が割れて土砂が舞い上がる！

地にめり込んだ腕を引ッこ抜き、有岡城が悠揚と長浜城へ顔を向けた。城眼が爛々と赤く輝いている。さしもの福島正則も、その赫々たる邪眼に気圧され、守りの正眼を取ってしまう。

己に向けられた切ッ先などないもののごとく、有岡城は真ッ直ぐ歩みくる。

『強い……強いのォ……福島殿……』

荒木村重が、先程殴り倒したばかりの相手に向かい、皮肉とも思えぬ言葉を投げる。

『その生粋の勇……天性の武……いずれも道端の糞には持ち得ぬものだ……』

その卑屈な言葉に、なぜだか正則は圧迫を覚え、長浜城を後ずさらせた。

『さぞや戦に胸躍ろう？　武功を競うのが楽しかろう？　負ける者の心など理解できなかろう？　武功の立てようもない者の気など知れなかろう？』

村重の声に毒々しい憎念が滲み始めた。

『道端の糞になど見向きもせなんだろうがッ！』

ダッ、と有岡城が飛び込んできたッ！　ブワッと猛気が実在の風となって長浜城を打つ！

一跳足で下がった長浜城！　距離を取ったつもりが、鼻先に有岡城の燃える城眼がある！

瞬時に間を詰められた!?　フッ、とその身が沈んだかと思えば、真下より顎下目がけ、右拳が突き上げられる！　首を返して直撃を躱した長浜城の頬を鋭利な打閃が擦過した！

『うおッ!?』

即座に飛び退き、野太刀を構えて牽制する！　牽制などものともせずに有岡城が飛燕のごとく突ッ込んできた！　邪魔ッけな刀身を、ギンッ！　と払って拳の間合に入り込もうとする！

下がる長浜城、刃を構え直す！　それを払う有岡城！　下がり構える長浜城！　払う有岡！

構える長浜！　間を詰めたい有岡城と、距離を取りたい長浜城の高速の攻防だ！

跳んで、潜って、突ッ込んで、千変万化、縦横無尽に繰り出される有岡城の連打連打また連打を、長浜城は、正眼、下段、上段、中段と、構えを変えて防ぎ切る！

が、敵城の一合一合が速く重い！　打撃を受ける衝撃が、野太刀を通して腕へ伝わり、長浜城の内部機巧を軋ませる！　長浜城は下がる一方！

「正則！　なんとか手を出すんだ！　腕部陣間！　敵城の打撃を圧し返したい！　腰部陣間、脚部陣間、踏み堪えるぞ！　陀威那燃強化お頼み申すッ！」

すでに全力を尽くしていた各陣間の蜂須賀党員たちが、ない力を振り絞って陀威那燃を猛回転させる！　たちまち漲り城内機巧を駆け巡る龍氣！　瞬間的に鋭敏化された正則の目が、有岡城の拳の軌道を捉え得た！　フッ、と体を開いた長浜城の胸前を、有岡城が流れていく！

「今だ、正則！」

無防備になった有岡城の側面へ、大上段に振り上げられた大野太刀が銀線を描いて叩き落とされた！　咄嗟に身構えんとする有岡城！　だが一手遅い！　このまま一刀両断！

と、佐吉が必殺を確信した時――ガイィインッ！

頭上で組み合わされた有岡城の両腕が、野太刀を受け止めていた!?

両城、互いにパッと跳び下がり、距離を取る！

「正則、なぜ躊躇した！」

先程の一刀は、全城一丸となってようやく作り出した好機であった。しかし、打ち込んだ当の正則に迷いがあったのを佐吉は見逃していない。敵城に受け止められてしまったのは、その迷いゆえである。絶好の機を正則はムザムザ逃したのだ。

「悪ィ……。だが、やりにくいんすよ。官兵衛さんが中にいる。自由にぶッた斬れるなら仕留められたッす。あの速度の敵の腕か脚しか狙えねえッつうのは、正直、キツいッすよ」

正則は、豪快に戦場を暴れまわり、敵城を力まかせに打ち倒していくことを持ち味とする城主である。高速で動く有岡城の腕や脚だけ落とせといった精密な戦い方は得意ではないのだ。

有岡城が、再び近づいてくる。長浜城は野太刀を構えて牽制の姿勢を取った。

（これでは先程の繰り返しだ。もう一度機を作ることはできるか……？）

そのためには最前のような龍氣の超増強が不可欠。だが、足軽の疲労度を考えると、そう何度もやれることではなかった。次は失敗させられない。

（問題は敵城の速さだ。あれを減じることができれば狙えるはず……）

自軍の砦城を使い、有岡城の気を逸らせることはできぬかと考えた。すぐにダメだと思い直す。秀吉軍の砦城は、皆、敵軍の砦城との戦いで精一杯であった。

佐吉が顔を向けたのは護摩壇の火である。城内との通信用のものではない。龍氣無線用のものだった。すなわち墨俣城の天守と繋がる護摩壇である。

「聞こえるか、清正！」

『佐吉、どうした？　虎之助なら隣にいるぞ』

答えた声は加藤清正ではなく秀吉である。

「墨俣城は動かせる状態にありますか？」

『アア。もう起動してあるぜ』

今度は清正の声である。

『だが、改築途中だし、陀威那燃を回す足軽も少数だ。戦の役に立つような働きはできねえぜ。ここから見てたが、有岡城のあの一撃を食らったら、もう動けなくなるだろうよ』

「村重も墨俣城が動かせぬことを知っている」

『なるほどな。その動かねえはずの城が動きだしゃ、気を逸らすことができるッてかい？』

清正は理解が早かった。

『いいぜ。高見の見物ばっかでじれッたくなってたんだ』

「頼む。方法はどんなものでもいい。俺が合図をしたらやってくれ」

『オッケーだ』

佐吉は龍氣無線を切ると、即座に正則へ向き直った。

「もう一度だけ龍氣増強をおこなう。敵城に隙ができれば狙えるな？」

「もちろんッす。次はゼッテー外さねえッすよ」

城主福島正則と、軍師石田佐吉は同時に、キッと前を向く。

今まさに有岡城が突進を開始したところであった。

サテ、墨俣城の天守。

秀吉は佐吉からの龍氣無線が切れると清正に問うた。

「虎之助、何をやる？」

「どうしたもんかな。改築中の墨俣城じゃ、大したことはできねえし……」

などと話していると、ゴトッ……とふたりの背後で音がする。

振り返ったふたりは、階段の手摺りに身をもたれさせる人物を目にし、仰天した。

竹中半兵衛が、ゼエゼエと息を荒らげながら、骸骨のような顔をふたりに向けていたのである。

「何をしておる⁉　横になっておらずともよいのか⁉」

よいわけがない。本来は立ち上がることすら困難なはずなのだ。そんな半兵衛が急な天守の階段を上ってきたこと自体が驚異的と言ってよい。

ゲホゲホと激しく半兵衛は咳き込んだ。床に血痕が散る。秀吉が駆け寄った。

「半兵衛、寝所に戻れ！　今、誰か呼んで運んでやる！」

しかし半兵衛は首を振る。青ざめた面が血に塗れ、凄まじい顔になっていた。

「き、清正……。有岡城から戻った……蜂須賀党の方は……城内にいますか？」

なぜ、そんなことを半兵衛が尋ねるのかわからず、清正は戸惑ってしまう。

「確か腰部の陣間にいたはずだが……？」

「彼を……急いでここに呼んでください……」

半兵衛の血に塗れた口元が歪んだ。それが微笑だと気がつくのに時間がかかった。

「サテ……軍師として……最期の仕事を……しましょうか……」

ドドォン……と、遠く砦城たちの撃ち交わす火縄銃の音が聞こえた……。

十一

ドドォン……。

銃声が近くなっている。立ち込める弾煙と戦塵に、パッ、パッ、と炸裂する銃弾の火の粉が爆ぜては消える。轟音と光によって設楽ヶ原は雷雲の内のごとき様相を呈していた。

視界の定かならぬ戦場を竹千代は息を呑んで見つめている。

「もうすぐ……もうすぐだよ……」

「アア……もうすぐ……。もうすぐだ……」

さやかの言葉を繰り返すことで、竹千代は動悸する胸を鎮めんとしていた。

ズズンッ！　と、一際大きく大地が揺れる。躑躅ヶ崎館城の地を踏む震動に違いない。

タッ、と浜松城の視界内の丘の上へ跳び下がった城がある。足助城だった。足助城は種子島銃を一発撃ち放つと、即座に丘の後へ飛び降りて大地へ擬態する。その丘のすぐ向こうの山林から、ドウッ！　と、赤い線を引いて弾丸が射出された。亀山城の撃ったものだ。

二城を追って、ノッソリと躑躅ヶ崎館城が、丘を乗り越え、その威容を露わにする。

浜松城から距離にして三町ほど。すでに厭離穢土式欣求浄土斬の射程内だ。

「まだだよ」と、さやかが竹千代を制する。

「今、龍氣を増幅させたらすぐに見つかるよ。敵城が背を向けるまで待って」

浜松城は山陰の闇の内に片膝立ちの体勢で身を潜めている。躑躅ヶ崎館城がこちらを向いて目を凝らせば、見つかる位置だった。捕捉されればあの神速で一瞬に距離を詰められるだろう。

亀山城が山林を躑躅ヶ崎館城の側面方向へ移動し、種子島銃を撃ち放った。足助城が、パッと擬態を解いて、タタタッと躑躅ヶ崎館城の足下を駆け抜ける。両城の動きは躑躅ヶ崎館城に浜松城へ背を向けさせようとするものだ。が、今の足助城の動きはいささか無謀だった。

『そこだアッ！』

ドガッ！　と、足助城の擬態した地面に躑躅ヶ崎館城の握り拳が叩ッ込まれた！

ドドオオオンッ！　と、爆炎を上げて足助城が落城する！

「クソッ！　また落とされた……ッ！」

「堪えて。堪えるんだよ！」

宥めたさやか自身も表情を苦しげに歪めていた。

残る一城は亀山城。もはや躑躅ヶ崎館城は、亀山城ひとつを目で追っている。今までは他城の射撃に躑躅ヶ崎館城が攪乱されていたため捕まらなかった亀山城だが、たった一城で逃げ続けるのは困難だった。もはや鉄砲を撃つ余裕もなく、森林を逃げ駆けている。

躑躅ヶ崎館城が森林へ踏み込んだ。バキバキバキッ！　と木々を踏み折って亀山城の逃げ場を奪う。逃げ惑う亀山城は猟犬に追われる小兎の心地であったろう。

躑躅ヶ崎館城は、浜松城に横顔を向けている。完全に背を向けるには至らない。

「まだ……まだだよ。まだ……まだ……」

進退窮まった亀山城が、ついに森林から飛び出した。躑躅ヶ崎館城が、亀山城を引ッ摑まんと腕を伸ばす。この時、初めて躑躅ヶ崎館城の広大な背中が、浜松城に向いた。

「今だよ！　陀威那燃回してッ！」

さやかが叫んだ！　堪えていたぶんの反動か、足軽衆が一気に陀威那燃を猛回転させた！

怒濤のごとき勢いで浜松城の龍氣が無に近いところから最大まで増大する！

ボッ！　と山陰が瞬時に龍氣光で明るくなる！　躑躅ヶ崎館城が、ハッ、と振り返った！

すでに浜松城は立ちあがり、煌々たる光の輝きと化した天叢雲を高々と掲げていた！

「竹千代、いッけェエエエエッ！」

「おおおおッ！　松平軍法……」

浜松城が、必殺の軍法を躑躅ヶ崎館城へと叩きつけんとした――その手が止まった。

(あれは……!?)

躑躅ヶ崎館城が何かを握っている。大きな手のひらに鷲摑みにされ、ジタバタもがいているのは亀山城だった。今、軍法を撃てば亀山城を巻き添えにする！

刹那の躊躇いが好機を逃した！　射出されるような勢いで、躑躅ヶ崎館城が疾駆してくる！

「避けるんだよ、竹千代ッ！」

さやかの声が耳に届いた時、躑躅ヶ崎館城は浜松城の眼前に迫っていた！

『見つけたぞ、松平竹千代ォォォオッ！』

亀山城を握ったままの拳を浜松城へとぶち込んでくる！　身を躱した浜松城の真横の山肌に、亀山城ごと躑躅ヶ崎館城の拳が叩き込まれた！　ドドオゥンッ！　と、亀山城が爆散する！

「まだいけるッ！　竹千代、撃って！」

さやかの叫びに応え、側面を見せる躑躅ヶ崎館城へ必殺軍法を叩き込まんと天叢雲を振り上げた！　その胸板に、ドガッ！　と、躑躅ヶ崎館城の裏拳が炸裂したッ！　一発で堅固な胸装甲が破砕され、浜松城の城体がぶッ飛ばされる！

ドドッ！　と、背中を地へ打ちつけられた衝撃に堪え、俊敏に身を起こす浜松城！

(まだ、いけるかッ!?)

と、刀を構えた時にはすでに遅い！　暴圧的巨体が目前に肉薄していた！　振り上げられた拳骨が、浜松城へとぶち落とされるッ！

ドゴンッ！　と、軍法を放つはずの刀が、この強烈な一撃を受け止めるのに用いられていた！　凄まじい衝撃は刀から腕、腕から足、脚から大地に伝わって、浜松城の腕装甲、脚部装甲、そして足下の大地にまで亀裂を走らせる！　そこへ、躑躅ヶ崎館城の強大な足裏がぶつってきた！　数町先まで蹴り飛ばされ、地を転がる浜松城！

よろめき立ち上がった浜松城だが、その城体に漲っていた龍氣光が弱まりだす。陀威那燃の超回転をそう長く続けていられるはずがない。足軽衆が疲弊してきたのだ。

この機を逃す躑躅ヶ崎館城ではない。地をひと蹴り、一跳足で距離を詰め、禍々しく輝く拳を繰り出してきた！　ガギィインッ！　と刀で受けた浜松城、暴然たる衝撃に弾かれるッ！　さらなる一打が襲いくるッ！　受ける！　弾かれるッ！　受ける！　弾かれるッ！

『消えろ！　消えろ！　消えてしまえッ、松平竹千代ッ！』

怒濤のごとき猛連撃を放ちつつ、躑躅ヶ崎館城は喚き散らしたッ！

『それが親父の言っていた松平竹千代の輝きかッ！　俺の持ち得ぬ輝きかッ！　天叢雲に選ばれた戦士の輝きかッ！　忌々しいぞッ！　忌々しいぞッ！　輝きを持たぬ者の怨嗟を知れッ！　弱き者のッ！　至らぬ者のッ！　力無き者の力をォォォッ！』

火花が散って、受けた刀が上がった！　浜松城の胴部ががら空きになる！

『消えてしまえェエエエッ！』

渾身の一撃が浜松城のドテッ腹で爆裂したッ！　建材をまき散らしながら浜松城の城体が、

天高く打ち上げられ、頭頂から堅い地面に落下した！　ドドォ！　と、倒れる浜松城！

　城内では緊急法螺貝がワンワン鳴り響いていた。警告行灯が赤々と明滅している。天守の曼茶羅図が、城内各所に重大な損傷があることを告げて忙しなく点滅していた。

「う……ううウ……」

　床に投げ出されたさやかが呻きながら身を起こす。痛みを堪えつつ、竹千代へと目をやった。

「竹千代……!?」

　床几が倒れ、竹千代が床へ仰向けになっていた。瞼が閉じられている。

「竹千代！　大丈夫!?」

　馳せ寄って呼びかけたが、返事がない。抱き起こそうとして後頭部に手をやると、ヌルッとしたものに触れた。

「血!?」

　頭を強く打ったらしい。一瞬、最悪の事態を考えたさやかだが、竹千代の胸が上下していることに気がついた。息はある。だが、意識がない。

「竹千代！　竹千代！」

　ズズン……、と、不吉な震動があり、さやかは大護摩壇へと顔を向ける。

　歩みくる躑躅ヶ崎館城が大きく映っていた。さやかの体幹を冷やかなものが流れる。

「竹千代！　ダメだよ！　目を覚まして！　竹千代！」

幾度となく呼びかけるさやかの耳に響くズズン……の音は、不気味に不気味に大きく近くなってくる……。

十二

播磨では長浜城と有岡城の攻防が再開されていた。

乱れくる有岡城の連攻！　下がりながら野太刀で受ける長浜城！

「正則！　茶臼山方向へ下がるんだ！　できるだけ敵城を墨俣城に近づけるぞ！」

正則からの返事はない。戦闘に集中し、答える余裕がないのだ。チャント聞いている。

「各陣間！　もう一度だけ陀威那燃全回を願いたい！　兵の疲労は？」

『心配するな』

答えたのは全陣間の蜂須賀党を総括的に指揮している蜂須賀小六だった。

『数人ずつ交代させ、休息を取らせていた。まだいける』

「かたじけない！　茶臼山の麓に着く頃合いを見て龍氣増強を最大に致す！　御準備を！」

有岡城の猛功は続いていた。瞬きひとつさえ命取りになる神速の連打を、正則は見事に野太刀で受け切っている！　一合しては一歩退き、一打受けては一歩退く！

まなこを見開いた正則の額にはジットリと汗が浮いていた。

（堪えろ、正則！　もう少しだ！　もう少しだぞ！）

次第次第に茶臼山が近づいた。あと数町ほどでいい地点に到達する。全員の緊張が頂点に達した時！

「陀威那燃増強用意！　清正、間もなくだ！」

福島正則、陀威那燃の回し手たち、加藤清正、そして佐吉。

「いけエエエエッ！」

蜂須賀党員たちが、陀威那燃の中で全力の駆け足を開始する！　陀威那燃が回る！　龍氣が増大される！　長浜城に伝導された龍氣が正則の五感を研ぎ澄ます！　と、ここで――

『うおりゃああああああっ！』

墨俣城が山肌を全力で駆け下りてきた！　下半身ばかりが煌々と龍氣に輝いている！

ハッ、と村重が気を取られたのが、隙となる！　ドガッ！　と墨俣城が体当たりを食らわせた！　無論、脚部にしか龍氣のこもらぬ墨俣城の体当たりなど大した効果はない。有岡城は飛ばされも転びもしなかった。小柄な墨俣城は、大人に抱きつく童のごとき状態になっている。

『クッ！』

有岡城が、墨俣城を突き飛ばした！　一瞬だが有岡城の気が逸れる！

「ヨシ！　今だ、正則！」

長浜城の豪刀が上段より落雷のごとく撃ち込まれる。有岡城は、反射的に受け止めようと腕を出したが、遅い！

――ドッ！　と、堅いものを斬り落とす確かな手ごたえ！　ブンブンブンッ！　と回転しながら何かが高々と宙を舞った！　ザクッ！　と、地に突き立ったそれは有岡城の右腕だった。

タッタッ！　と、有岡城が下がる。長浜城が野太刀の切ッ先を向けた。

『荒木さん、腕一本でもまだやるッすか？』

右腕を失くした有岡城からは沈黙しか返ってこなかった。拳による当て身を主力とする有岡城にとって利き腕を落とされたのは致命的だろう。勝負あった。

佐吉は、チラと、大護摩壇の片隅に映る墨俣城へと目をやる。突き飛ばされた時、茶臼山の山肌に激突したと見え、城体がひしゃげ、装甲が砕けていた。

（なぜ、清正は体当たりなどという無謀なことを？　他にもやりようはあったろうに……）

理由は後で問うとして、佐吉にはまだやることがあった。

『潔く降伏されよ、荒木殿』

長浜城の法螺貝を通し、佐吉は有岡城へ呼びかけた。

『あくまで戦われるというのならばお相手致す。次は左腕、その次は脚を落としてみせよう』

『…………』

『官兵衛殿を盾に取るような卑怯は致すまいな？　拙者、官兵衛殿にいささか思うところがある。人質に使うならば、これ幸いと彼の御仁を見捨て有岡城を討つ所存だ』

八割ハッタリ、二割本心の言である。

『官兵衛殿を引き渡し、城を捨てるならば、命ばかりは助けるようオヤジ殿を通じ上様に進言しよう。悪い事は言わぬ。降伏されよ』

何を考えているものか、無言を貫き有岡城はウンともスンとも返さない。

と、有岡城が動きを見せた。長浜城がザザッと詰め寄り牽制の野太刀を突きだす。それを意にも返さずノソノソと有岡城の歩んだ先には、切断された右腕が突き立っていた。

有岡城は無造作にそれをで引ッこ抜くと、やおら右肩の切断面に宛がう。ボウッと右肩と右腕の接触面が淡く赤光した。直後、目を疑う出来事が起こる。

「ナ……ッ!?」

有岡城の右肩口よりウゾウゾと虫の這い出るごとく何かが湧きたち、切断面を覆っていく。赤錆である。赤錆が切断された腕と肩とを繋がんとしていたのだ。

佐吉が唖然と見つめる中、右腕は完全に癒着を果す。感覚を確かめるように、有岡城は右の手のひらを開いては閉じてみる。指先まで不自由なく動いていた。

「こ……こんな……こんなことッて……あるんすか?」

正則が慄然と尋ねてきたが、佐吉にこの奇怪事を説明できるはずもない。

有岡城が拳を構えた。再び、その城体に妖しい闘気が湧き起こる。

『降伏は致しませぬぞ……。石田殿』

佐吉と正則、両名の爪先から頭頂まで名称し難い悪寒が走った。

フッ、と有岡城の城体が動作する。

「いかん！　くるぞ、正則！」

途端、有岡城が飛び込んできた！　接続されたばかりの拳が眼前に迫りくる！　ギィンッ！と、刀で受ける長浜城。いつ果てるとも知れぬ攻防の繰り返しがまた始まったのだ。

そして今度こそ策がなかった……。

十三

竹千代は暗闇の中にいた。

躑躅ヶ崎館城から強烈な一撃を受けて、そこで何かが切れたように竹千代の視界が真っ暗になったのである。己を呼ぶさやかの声が聞こえるような気がしたが、それは遠く微かであった。

このままではマズいという焦慮がある。光を取り戻さねば躑躅ヶ崎館城にトドメを刺される。

（だが……勝てるのか？）

さやかの策は破られ、必殺軍法を放つ機は失われた。もはや勝機はないのではないか？　あの赤々と強大な躑躅ヶ崎館城の姿を思い出すと、抑え込んでいたはずの恐怖と絶望が湧き起こってくる。もう勝つ見込みなどないのではないか……？

そう思った時、フイに鮮烈な叫び声が聞こえた。

――（持ち堪えろ！　持ち堪えるんだ！）

途端、竹千代の視界に、パッと光が戻る。

だが、周囲の様子がおかしい。浜松城の天守とは違う。見知らぬ城の見知らぬ天守に竹千代はいた。見知らぬ恰幅のいい大男が床几に座って魂鋼刀を握る背中が見える。大男は鐵城を操城し、今まさに何者かと戦っているところらしかった。

その大男の傍らに——佐吉がいた。

(佐吉……!?)

と、声に出したはずが、声にならなかった。いや、声がないのではない。肉体がない。竹千代は肉体を持たぬ心のみでこの場にいたのだ。

佐吉は何事かしきりに叫んでいる。だが、竹千代の耳にその声は聞こえない。佐吉の声のみならず一切の音声がしなかった。

完全無音の中、佐吉は必死に必死に魂鋼刀を握る大男へ声を放ち続けている。

大男が操城主で、佐吉が軍師なのだ。佐吉が軍師を務める鐵城は、今、絶体絶命の窮地に陥っているのだろう。大男の顔には濃い疲労と焦燥が浮いている。佐吉も同様であった。

だが、佐吉はそれでもなお声を張り続けている。いつも冷めた端正な顔を歪め、紅潮させ、鬼のごとき形相になって……。

(熱い……)

竹千代は、佐吉の身から強烈な熱気が発散されているのを感じた。肉体がないはずなのに、佐吉から放出される熱によって己の身が焼かれているかのようである。まるで佐吉が一個の炎と化しているかのように竹千代の目に映った。

(佐吉、おまえはこんなにも熱く己を燃やしていたのか……)

震えた。燃え盛る佐吉を目にし、竹千代の魂は感動に打ち震えた。

上杉謙信(うえすぎけんしん)や武田信玄(たけだしんげん)に感じた感動とは性質の違うものだった。そのふたりから受けた感動が仰(あお)ぎ見るがごとき天上ものであったのに対して、佐吉から今与えられている感動は、ひどく身近な——卑近と言ってもいい感情の振幅だった。

(ああ……そうだ。俺の欲しかった感動はこれなんだ……)

佐吉の熱は大きく眩(まぶ)しい。だが、佐吉を大きく眩しいと思う己が許せなかった。それは謙信や信玄に感動した時には湧(わ)き起こらなかった感情だった。

(倒したい……)

ここで、竹千代は自身の胸の奥に眠り続けていたものに気がついたのである。

(佐吉、俺はおまえを倒したい！　倒したいぞ！)

武田信玄よりも上杉謙信よりも織田信長(おだのぶなが)よりも、竹千代は目の前のこの漢(おとこ)を倒したかった。

(俺の全ての戦は、佐吉、おまえを倒すための戦だ！)

こう思った瞬間に、竹千代の視界が白転した。

「竹千代！」

瞼(まぶた)を開けると、さやかの顔がある。竹千代の意識は元の浜松城の天守へと戻っていた。

竹千代が意識を失っていたのは時間にして数分に満たなかったであろう。佐吉を見たのは刹那の昏倒による夢であったらしい。

「竹千代、動ける!?　敵がもうすぐそこに……!」

焦慮に駆られた言葉に前を向けば、もう数町ほどまで距離を詰めた躑躅ヶ崎館城が見えた。

躑躅ヶ崎館城は変わらず赤々と大きく禍々しい。だけど――

(ああ、全然……)

――佐吉の熱には及ばない。

「さやか」

「何?」

「俺たちは三方ヶ原の幻を見ていたらしい。幻を見て、勝手に怯えていたんだ」

竹千代は顔を引き締め、言い放った。

「勝てるぞ、さやか。〝勝つ〟と信じればな」

竹千代は魂鋼刀を握りしめ、浜松城を立ち上がらせた。

躑躅ヶ崎館城の歩みが止まる。

全身の装甲が罅入り砕けた浜松城の姿を目にし、躑躅ヶ崎館城は嘲笑を漏らした。

『クックック……まだ立つかァァァ……ならば、次こそォォォ……』

『あんた、誰なんだ?』

竹千代は、躑躅ヶ崎館城の声を遮った。

『信玄公じゃないな？』

躑躅ヶ崎館城は不快感を滲ませた。

『首を討つ者が信玄公でなくて不服かァァ……？』

『不服じゃない。納得したんだ。三方ヶ原の時よりも弱いからな』

『何ッ？』

『速度や力は確かに増している。だが、操城が荒い。軍法も放てていない。策も練られていない。龍氣調整も滅茶苦茶だ。おまえ、初陣だな？』

僅かに動揺を見せた躑躅ヶ崎館城。だが、動揺は湧き起こる憎念に塗り潰される。

『強者めがッ！』

激昂した。

『貴様の言う通りだ！　俺は合戦の経験も、操城の技も、城主の才も、臣下の信頼もない！　貴様の持っている何ひとつとして俺は持っておらん！』

『………』

『だが、貴様が高見より弱いと罵る相手が牙を持たぬと思うなよォ！　いずれ強者は持たざる者の牙に倒れる時がくる！　俺は持たざる者――至らぬを知る者の先陣を切るゥ！』

怒声が、凄まじい烈風へ変じ、浜松城にぶつかってきた。だが、竹千代は叫び返す。

『違うぞ！　おまえが本当に持っていないのは、技でも力でも才でもない！　こ、こ、の焔だ！』

浜松城が己の胸部に握り拳を当てた。

『信玄公の焔は絶大だった！　だが、おまえの胸には焔がない！　おまえは他者の胸の焔を羨み妬むばかりで、己の胸の焔を燃やしてこなかった！　違うか？　そんなおまえが何かを手にできるはずがない！　だから弱いと言った！』

躑躅ヶ崎館城の城体がワナワナと震えを帯びた。

『おのれ……おのれ……』

『俺はおまえ以上に何も持たぬ男を知っているぞ』

畳みかけるように竹千代は言った。

『俺の知るその男は、いつも軽んじられ虐げられ報われぬ――いつ倒れてもおかしくない道を歩んでいた。だが、持ち堪え持ち堪え持ち堪え、今なお俺の背中を脅かし続けている。その男は何も持たぬが、その胸に灼熱の焔を宿している。ここに――』

ドンッ！　と、浜松城は己の胸を殴りつけた。

『――決して落ちることない鋼鉄の城を持っている！　俺が生涯かけて落とさねばならぬのは、その男の胸の堅城だ！　鋼鉄の城を持たぬおまえになど負けてはいられないッ！』

躑躅ヶ崎館城の震えが頂点に達し、閾値を超えた！

『おのれェェエエッ！　鋼鉄の城など、打ち崩してくれるわァアアッ！』

千の軍勢のごとき戦気を迸(ほとばし)らせ、躑躅ヶ崎館城が突ッ込んできた！

「さやか！」

竹千代が叫ぶ。

「俺を信じろ！　〝勝つ〟と信じれば、勝てる！」

「うん！」

さやかは竹千代を信じていた。

十四

茶臼山(ちゃうすやま)の麓(ふもと)に、拳と刀とが打ち合う音が響いている。

有岡(ありおか)城の猛功、それを受ける長浜(ながはま)城。操城する福島正則(ふくしままさのり)、陀威那燃(ダイナモ)を回す蜂須賀(はちすか)党員、共に疲労と緊張が限界に達さんとしていた。

「持ち堪えろ！　持ち堪えるんだ！」

佐吉(さきち)が正則を鼓舞(こぶ)せんと叫ぶ。だが、持ち堪えた先に勝利などあるのか？

思えば、佐吉はずっと持ち堪えてきた。身に魂鋼(たまがね)を宿せぬことがわかった時も持ち堪えてきた。幼くして捨てられ、寺に入れられた時も持ち堪えてきた。松平(まつだいら)で余所者(よそもの)と差別された時も持ち堪えてきた。今川(いまがわ)に飼い殺しにされた時も持ち堪えてきた。秀吉(ひでよし)一味に入り無力な己を思い知った時も持ち堪えてきた。だが、一度として勝利を摑(つか)んだことはなかった。

(いくら持ち堪えたところで報われぬ……！)

この思いが過る。過った思いは、心を侵食していった。正則へ浴びせていた声が次第次第に弱く、少なくなっていく。ついには無言になってしまった。

(報われぬ……。どうせ、報われぬのなら……)

こう俯いた時であった。

――(佐吉、俺はおまえを倒したい！　倒したいぞ！)

強烈な、声なき声が佐吉の脳裡に響き渡った。

(竹千代……？)

幻聴に違いないが、幻聴とは思えなかった。まるで、すぐ傍らで竹千代が叫びかけてきたかのように聞こえた。それほどまでに明瞭で熱烈な声であった。

消沈していた胸に、メラメラと……メラメラと、何かが湧き起こってくる。

(そうか、竹千代……。俺がおまえを倒したいように、おまえも俺を倒したいか……)

佐吉の顔に薄らと笑みが浮き上がった。

己はなんのために持ち堪えてきたのか？　竹千代を倒すその時のためだろう。ならば報われなかったと決めるのは、竹千代に敗れたその時だ。竹千代と雌雄を決するその日まで、報われたも報われぬもない！

(まだだ。まだ負けぬ！　俺の全ての戦は、竹千代、おまえを倒すための戦なのだ！)

佐吉はガバッと顔を上げ、声を放った。

「正則、今、策を練る！　信じろ！　〝勝つ〟と信じれば、勝てる！」

正則は軽く頷(うなず)いた。佐吉を信じている。

佐吉は脳髄(のうずい)を絞った。策を捻(ひね)りだそうとする。熱が出るほど考える。最後の最後まで持ち堪える。持ち堪えるのだ。持ち堪えた先に報われるものがあると信じて……。

結論から言おう。結局、佐吉はなんの策も浮かばぬことになる。これが現在の佐吉の限界であり、非情な現実であった。だが、持ち堪えんとする者に手を差し伸べる者はいる。

『佐吉、聞こえておるか？』

唐突に龍氣(りゅうき)無線の護摩壇(ごまだん)より秀吉(ひでよし)の声が発された。

『有岡(ありおか)城に官兵衛(かんべえ)はおらん。つい今しがた救い出した』

「エッ!?」と、佐吉は驚き目を丸くした。

『先程、墨俣(すのまた)城で有岡城へ体当たりを仕掛けただろう？　あの時、蜂須賀(はちすか)党を数人有岡城に飛び移らせ、城内に忍び込ませた。合戦中、兵が陀威那燃(ダイナモ)働きに駆り出され、城内の警備は手薄になる。そこを突いて官兵衛を牢(ろう)から出した』

「し、しかし、合戦中の城に忍び入り、この短時間で牢を破って再び脱出するなど……」

『半兵衛(はんべえ)の差配だ』

「半兵衛殿の……？」

『半兵衛め、蜂須賀党員を呼んで、城内の縄張りを聞き取ったのだ。あいつ、居城形態の有岡城内の様子を聞いて、戦備えに変形した後の城内の見取り図を頭の中で作り上げおった』

佐吉は嘆息を漏らさずにはいられなかった。

（さ……さすが半兵衛殿……。逆立ちしても叶わない……）

差を思い知らされてなお清々しい。これぞまさしく天才軍師竹中半兵衛の奇策である。

『半兵衛から伝言だ。〝あとは佐吉さんの差配次第。御武運を祈ります〟だ、そうだぞ』

佐吉の背が引き締まった。

「わかりました。半兵衛殿にお伝え下され。期待に応えてみせます、と！」

『ニャッハッハッ！　気張れよ！』

龍氣無線が切れる。佐吉は正則へと顔を向けた。

「聞こえたな、正則！」

「ああ！」

ニッ、と正則が笑った。

「もう遠慮はいらない！　全力でいけッ！」

「おおッ！」

墨俣城内で、龍氣無線を切った秀吉は、フウッと息を吐いた。

「半兵衛やい。佐吉は期待に応えてくれるそうだぞ……」

振り返ったそこでは、半兵衛が仰向けに横たわり、瞼を閉じていた。

荒かった呼吸が落ち着いている。イヤ――止まっていた……。

半兵衛の傍らでは清正が顔を俯かせ、膝立ちになっている。その肩が小刻みに震えていた。

ポタポタと半兵衛の頰に清正の涙が落ちる。秀吉の手が清正の肩に置かれた。

「最期の最期まで好きなことだけやって逝きおった。なんとマア幸せなやつだわい……」

秀吉はポンポンと清正の背中を叩いてやると、天を仰いだ。その瞳にも光るものがある。

竹中半兵衛の顔は、どこか得意げだった……。

十五

ギイィイインッ！

高らかと鳴り響く金属音！　舞い散る火花！　躑躅ヶ崎館城の重い一撃を天叢雲が受け止めた！　強烈な衝撃に浜松城の足裏がザザザザッと地を擦って後退するッ！

『砕いてやるゥウッ！　砕いてやるゥウッ！　砕いてやるゥウッ！』

怒声のままに躑躅ヶ崎館城は、立て続けに拳をぶち込んでくるッ！　次から次へと投げつけられる岩山を、刀で撃ち返しているかのようだった！　一発一発の衝撃が浜松城内に激震を走らせる！　各陣間も大揺れに揺れ、陀威那燃を回す足軽衆の駆け足すらも苛んだ！

『陣間のみんな！　大丈夫、勝てるよ！　敵は三方ケ原の時よりも弱い！　竹千代はきっと勝ってくれる！　だから、みんなも勝てると信じて陀威那燃を回して！』

さやかの凜と澄んだ声が、城内に響き渡る！

「ジジイども！　年寄りの冷や水をタップリ流すんじゃーッ！」

「任せとけ、じさまーッ！　武功を立てて孫にお年玉をあげたるわーいッ！」

左腕陣間、酒井忠次の甲高い檄に、矍鑠たる酒井隊の老兵たちが応えた！

「当陣間は攻めの要！　死力を尽くし一言坂の雪辱を果たすのだッ！」

「うおおおおおッ！　後れは取らぬぞーッ！」

右腕陣間、本多忠勝の荒々しい下知に勇猛果敢本多隊が勇ましく答える！

「皆さーん！　よく考えて回すんですよー！　全城の龍氣調整は僕らの仕事ですよー！」

「ハッ！　承知！」

腰部陣間、榊原康政の飄然とした指示に、榊原隊の足軽衆が冷静に答えた！

「オラオラてめーら！　他の陣間に負けたらぶん殴るぞ、バッキャローどもッ！」

「ヘイッ、お頭！　やってやってやってやりやすぜーッ！」

脚部陣間、井伊虎松の罵声に、野盗時代からの彼の家来で構成された井伊隊が返事した！

竹千代の強い意志！　その意志を伝えるさやかの意志！　それを受け取る各陣間の隊将たちの意志！　さらに城内数百人の足軽衆の意志が高まる！　松平に〝己〟を持たぬ者はいない！

胸に鋼鉄の城を持たぬ者はいない！　浜松城は、松平全御家人の鋼鉄城の集合なのだッ！

『砕いてやるウウウッ！　砕いてやるウウウッ！　鋼鉄の城など、砕いてくれるウウウッ！』

躑躅ヶ崎館城は猛攻を繰り返すッ！　受けて下がっているのは浜松城！　一方的に攻撃を繰り出しているのは躑躅ヶ崎館城！　だが、なぜだろう!?　圧しているのは浜松城に見えるッ！

『砕いてやるウウッ！　砕いてやるウウッ！』

やはり操城技術は信玄に大きく劣る！　冷静さを欠いた大振りの攻撃は、見切れば受けられた！　そして受けることができるのならば、反撃もできる！

「今だよ！」

さやかの声！　滑るように拳を躱す浜松城！　横流れの刀身が唸りを上げる！

ギイイイインッ！

長浜城が、有岡城の拳を受け止めたッ！

『ぬッ!?』

驚きを声に表す荒木村重！　受け止めたのは野太刀ではなく長浜城の左腕だった！

「いいぞ！　いけッ、正則ッ！」

横殴りの豪刀が有岡城の脇腹へ直進するッ！　サッ！　と伏せて躱す有岡城！　長浜城が刀

を返し、上段より敵頭頂へ叩き落とすッ！　ザザザッ！　妖しいまでの俊敏さで有岡城が後退した！　と、思うと、地を蹴って跳ね返るように突ッ込んでくるッ！

「狙えッ！」

佐吉の声とともに長浜城の左腕が向かいくる有岡城へ突き出された！　左腕が青々と輝きを帯びているッ！　直感的に横に跳んだのは荒木村重の戦人の勘である！　直後、ドオォンッ！　と、長浜城の左腕より砲弾が発射された！　数町先で爆炎が上がる！

受けに徹するしかなかった長浜城だが、今は一進一退、互角の攻防を行えていた！　官兵衛が救いだされたことによって、福島正則の本来の戦闘スタイルを存分に発揮できるようになったのである！　官兵衛を奪還したのは、半兵衛の策だ。だが、半兵衛の助力を得られたのは、ここまで持ち堪えたがゆえ。七難八苦の先に、光があった！

（荒木殿！　俺もまた道端の糞のごとき男だ！　だが、俺は俺を糞とは言わぬぞ！　俺は弱さを己の名とはせぬぞ！　弱さとは焔を燃え上がらせるために胸へ込めるものだッ！）

一剣を脇につけ、ダダダダッ！　と、長浜城が駆けた！　シャッ！　と、有岡城が迎え撃つ！　二城激突せんとした時、有岡城が空へ跳んでいた！　落下と共に拳を叩き落とす！

（俺の胸の焔の熱さ！　見せてくれるッ！）

長浜城が刀を逆巻かせるッ！

ズザアアアアアアッ！

浜松城が躑躅ヶ崎館城の脇腹を斬って抜けた！

『ぬぐあああああッ！』

躑躅ヶ崎館城の苦鳴ッ！　初めて一撃くれてやった！　だが、浅いッ！　よろめきつつも躑躅ヶ崎館城が振り返る。浜松城の腹部装甲が割れていた！

バックリと躑躅ヶ崎館城の腹部装甲が割れていた！

『おのれッ！　おのれッ！　おのれッ！　俺だって！　お、お、俺にだってッ！　焔はあるッ！　俺の胸にだって鋼鉄の城はあるんだァァッ！』

『ナラ、それを見せてみろッ！　おまえと俺の焔、どちらがより熱いか勝負だ！』

浜松城が走る！

『うううううおおおおおおォォォォッ！』

浜松城の蒼い龍氣が高まるッ！　躑躅ヶ崎館城の赤い妖気が膨れ上がるッ！

深紅の拳閃と、蒼い斬線が、交錯するッ！　さながら凶星と新星の入り乱れるがごとしッ！

ズガアアアアアァァァッ！

新星のごとく立ち昇った長浜城(ながはま)の野太刀(のだち)が、有岡城(ありおか)の胸板装甲を裂いた！　が、有岡城は怯(ひる)まない！　身を斬られながらも長浜城の顔面に拳(こぶし)を叩き込むッ！　ドガッ！　頭部がもげたかと錯覚する衝撃を覚えつつも、長浜城は踏ん張り下がらない！　豪刀を袈裟(けさ)に振り落とすッ！

（これが俺の焔(ほむら)だァアッ！）

ドガアンッ！

腹部へ叩き込まれた躑躅ケ崎館(つつじがさきやかた)城の一撃に、浜松城(はままつ)の城体が一瞬撓(たわ)む！

だが、半歩退いた足で突ッ張り踏みとどまる！　踏みとどまった脚が大地へめり込む！　大地の力を借りて繰り出す真ッ向両断の一刀！

『効かないぜッ！　おまえの焔！　その程度かッ！』

ギインッ！

有岡城が、長浜城の一剣を左腕で受けていた！　砕け舞い散る左腕装甲の破片を突ッ切って、三日月を描く右拳が襲いくるッ！　ドゴッ！　長浜城の脇腹へ打ち込まれる衝撃ッ！

（負けぬぞッ！　俺の焔！　この程度ではないぞッ！）

ザザザッ！　と、横に地を擦る足裏！　長浜城が刃を振るうッ！

（この程度ではないぞ——竹千代ッ！）

キイィンッ！

浜松城が敵城の攻撃を受け止めたッ！

『ぬるいッ！　俺のほうがもっと熱いッ！　ぬううううう……ッ』

圧し潰されそうな重量を刀一本で支える浜松城！　その両腕に龍氣が漲る！

パッ！　と、押し返しざま——一閃ッ！

ギンッ！

敵城の一撃を佐吉の剣が受け流す！　流れのままに繰り出す斬撃ッ！

「いくぞォッ！」

佐吉が声を張る！

ガキィンッ！

竹、千代、が受け止めた！

ギリギリギリギリギリ……ッ！


受け止められた剣に満身の力を込め佐吉は圧し込む！

相手も同等の力で圧し返してくる！　拮抗した力が、弾け、二城、跳び下がるッ！

キッ！　と、佐吉は燃えるまなこで相手――東を睨んだ！

竹千代が西にいる相手を睨み返すッ！

熱線と化した眼光が遠い距離の中間地点でぶつかり合うッ！

全身に煌々たる龍氣を漲らせつつ、握りしめた刀を高く高く掲げていく！

呼応するように佐吉もまた刀を大上段に上らせた！

総身より立ち昇るのは胸の焔か龍氣の輝きか？　相手が強く輝くなら、己はより強く！　相手が熱く燃えるなら、己はより熱く！　互い互いに高め合うッ！

向かい合う二城より眩い光が迸ったッ！　イザッ！　決着の時ッ！

竹千代が駆けたッ！　佐吉が駆けたッ！　二名、喉を限りに咆哮するッ！

『松平 軍法〈厭離穢土式神君欣求浄土斬〉ッ!!』

『羽柴軍法〈不動英傑倶利伽羅 龍 王剣〉ッ!!』

カッ！　と、莫大な光輝が爆発的に放出されるッ！

設楽ヶ原が、山陽道が、一瞬、真昼のように明るく照らし出された。落城した鐵城から脱出を果たしていた三河国人城主たちが、墨俣城の秀吉と清正が眩さに目を眇める。

光が消え、黎明の薄闇が戻った時、二城が背中を向けあい塑像のごとく硬直していた。

三河の浜松城と、播磨の長浜城、遠い遠い距離を隔てたふたつの城が同時に――

――チンッ。

納刀した。躑躅ヶ崎館城が、有岡城が、ユラリと傾ぐ。ひどくユックリと巨城が倒れ――地につくとともに大爆発を起こした。

――〈烈麒王渾　躑躅ヶ崎〉〈堕吽愚　有岡〉落城なア～りイ～ッ！

爆風を背に立ち尽くす浜松城天守で、竹千代は西――佐吉のいる方角を見つめていた。

そして佐吉の目もまた東に向けられていた。

【終章愛宕山茶会本能寺前夜】

愛宕山は京の西に位置する霊山である。

山中には火神加具土神を祀る神社があり、古来より火伏の神として信仰の対象となっていた。

愛宕とは〝仇子〟のことであると言う。女神伊奘冉尊が火神加具土神を生んだことによって身を焼かれ命を落としたという神話がある。母を殺した仇子の鎮まる山ゆえあだご山であった。

今、夜も更けて通う者とてない愛宕山中の西坊——威徳院に明かりが灯っている。

サラサラと茶筅を繰る涼やかな音が、静かな山の内に響いていた。

篝火の焚かれた威徳院の境内にて、千利休が茶を点てている。

茣蓙が敷かれ、並べられた七つの座布団に六人の利休の高弟が座していた。周囲を囲む篝火によってその顔は濃い影に隠されている。漂わせる雰囲気に尋常ならざるものが窺えた。

ピタッと、茶筅を繰る利休の手が止まる。利休の目が空いた七つ目の座布団に向けられた。

「此度の茶会……荒木様は、やはりこられなくなりましたか……」

その呟きは、だから何かを感じたという風でもなかった。

「甲斐の武田が松平公に討たれ……上杉は軍を返された……。中国が制圧されれば、もはや織田様に歯向かう者などおらぬようになりましょうな……」

この時、篝火の外の闇の内で音がした。六人の高弟たちが一斉にそちらを見る。

「アア……やはりきてくださりましたか……」

利休が、ニッコリと微笑みを向けた。

「――明智様」

火明かりと山闇のあわいにひとりの男――明智光秀が現れた。

「お待ちいたしておりました。ササ……どうぞ、こちらへ」

利休が指し示したのは、荒木村重の座るはずだった席だ。まるで光秀がくるために、その席が空けられていたかのようである。光秀は立ち尽くしたまま強張った顔を利休に向けていた。

「利休殿……わびさびの茶を用いれば望む己に成れるというはまことか?」

「エエ。明智様も、もうおわかりになってらっしゃるから、ここにこられたのでは?」

光秀はしばし俯き黙する。青ざめた顔の裏で、様々な感情が渦巻いているようだった。

やがて意を決して上げられた、その眼鏡の奥の瞳には強い光が宿っていた。

――燃え盛る反逆の光が……！

「敵は本能寺にあり。我、主殺しの〝仇子〟とならん……」

……とうとうと運命の大河は流れる。

竹千代を、佐吉を、この世の生きとし生ける者全てを内に孕んで、とうとうと。

そのとうとうたる大河の流れが――今宵、激流へ変わらんとしていた……。

あとがき

御無沙汰しております。手代木正太郎です。

一巻を刊行してから一年以上も間を空けての二巻となってしまい、お待たせして申し訳ありませんでした。

さて、晴れて二巻が刊行されたわけですが、今シリーズ『鋼鉄城アイアン・キャッスル』、すでに読了されている方はお気づきかと思いますが、擬音表現が多くなっております。

実は、これは意図的でありまして、作者から読者様へ注文というのも恐縮な話ですが、この擬音――たとえば「ドカーン」という爆発音でしたら、実際に何かが爆発した音を脳内に再生させるのではなく、人間が口で「ドカーン」と叫んでいるのを想像していただきたいのです。

擬音に限らず、この『鋼鉄城アイアン・キャッスル』というシリーズの全文章ですが、ひとりのやけにテンションの高い講釈師が、口から唾を飛ばしながら辻の演台で、見物人に向かって嘘八百の軍記物語を語って聞かせている――そういうイメージで執筆しておりました。

その試みが読者様に面白く伝わっていれば幸いです（ただの空回った文章になっていましたら、なんというか……すみません）。

このように好き勝手に書いてしまっている『鋼鉄城アイアン・キャッスル』ですが、たくさんの方に支えていただいているシリーズとなっております。

原案・原作のＡＮＩＭＡ様、僕の暴走気味の執筆を許容していただき、懐の深さに本当に感謝しております！　メカデザインの太田垣康男先生、お忙しい中、たくさんの鐵城のイラストを描いていただき、カッコよさはもちろん、イメージの広がりや熱量ある画面に感動し、作家として多くのことを学ばせていただいております！　イラストを担当してくださっているｓａｎｏｒｉｎ様、僕の執筆の遅れによりスケジュールを調整いただいたようで申し訳なかったです。素敵なデザインで自分の中のキャラクターの解像度が格段に上がりました！　一巻刊行以前から今作品とのコラボレーションを申し出てくださった岡崎市様、色々な企画によって今作品を多くの方に知っていただけるようになり、本当にありがたいです。いつか必ず岡崎へ行きます！　そして、担当の小山様、かなり原稿が遅れてしまいすみませんでした。僕が東北に移住してからお会いできる機会がすっかりなくなってしまいましたが、どこかのタイミングで飲みにいきましょう！

それでは、今回はこのあたりで……。三巻はもっと早くお届けできればと思います。

手代木正太郎

メカデザイン：太田垣康男

2巻発売おめでとうございます！手代木さんの筆も益々冴え渡り、溢れるイマジネーションに引っ張られる形で、私も頼まれもしないのにまたイメージイラストを沢山描いてしまいました！読者の皆様が作品世界を楽しむ一助になれば幸いです！

COMMENT

キャラクターデザイン：sanorin

今回は新キャラも登場し、熱さ全開でした。手に汗握る展開や相変わらずのキャッスルの独特なネーミング、そして太田垣先生のキャッスルたちの絵に読者の皆様もテンションが上がったのではないでしょうか！

個人的にお市が予想以上に健気でキュンとしてしまいました。

今回もそんなキャラクター達のデザインなどをさせていただけて幸せでした。竹千代と佐吉とさやかの今後の行方……気になりすぎます！是非3巻を！パオォオオンパオォオオン！

原案・原作：ANIMA

鋼鉄城プロジェクトが立ち上がって早3年。念願の2巻が発売されました。(涙
新キャラクターも追加され、日本全土を巻きこんだ国盗り合戦へと物語も広がりました。
千利休の目的、毛利攻略、竹千代とお市の関係など、今後の展開が気になっている読者も多と思います。ただ、私たちのゴールは「映像化」です。アイアン・ハママツをテレビに、スクリーンに立たせる為、日々準備を重ねて参ります。今後とも応援の程、よろしくお願い致します。

S T A F F C

STAFF

米塚 圭（ANIMA）
土屋 俊介（ANIMA）
西川 毅（ANIMA）
平岩 真輔
小林 治

GAGAGA
ガガガ文庫

鋼鉄城アイアン・キャッスル2

手代木正太郎
原案・原作：アニマ

発行　2022年7月25日　初版第1刷発行

発行人　鳥光 裕

編集人　星野博規

編集　小山玲央

発行所　株式会社小学館
〒101-8001 東京都千代田区一ツ橋2-3-1
[編集]03-3230-9343　[販売]03-5281-3556

カバー印刷　株式会社美松堂

印刷・製本　図書印刷株式会社

Printed in Japan　ISBN978-4-09-453078-0